W0212022

ullstein

Das Buch

Nicole liebt ihren Mann. Sie hat einen üppigen, sinnlichen Körper, und sie hat Lust auf Sex. Doch seit die beiden Kinder da sind, herrscht Flaute im Ehebett. Gut, dass sie als Lokführerin regelmäßig zehn Tage am Stück auf Tour ist: Dann geht sie einem geheimen, zweiten Leben nach. Entlang der Strecke hat sie sich ein Netz aus Liebhabern geflochten, die sie in den fremden Städten kennengelernt hat. Hemmungslos erprobt sie die Spielarten der körperlichen Liebe: Sie weiht einen Küchenlehrling ins Einmaleins des Sex ein; sie lässt sich, als Dienstmädchen verkleidet, von einem alten Professor dominieren; sie spielt die Edelhure für den Anwalt, der Busenfetischist ist – und vieles mehr.

Nicole weiß, wovon Männer träumen, und sie kommt auf ihre Kosten! Mit Lust am Tabubruch verschafft sie sich außergewöhnliche Erlebnisse …

Die Autorin

Franka Frederik ist das Pseudonym einer bekannten deutschen Autorin und Journalistin. Während ihrer Recherchen in der Arbeitswelt machte sie die Bekanntschaft mit der Lokführerin »Nicole«. Sie inspirierte Franka Frederik zu diesem Roman.

Franka Frederik

FUCKING FULDA

Eine *erotische* Deutschlandreise

Ullstein

Besuchen Sie uns im Internet:
www.ullstein-taschenbuch.de

MIX
Papier aus verantwortungsvollen Quellen
FSC® C014496

Originalausgabe im Ullstein Taschenbuch
1. Auflage März 2013
© Ullstein Buchverlage GmbH, Berlin 2013
Umschlaggestaltung: ZERO Werbeagentur, München
Titelabbildung: Frau: Getty Images / © Colin Anderson;
Schranke und Schild: FinePic®, München
Satz: LVD GmbH, Berlin
Gesetzt aus der Sabon
Papier: Pamo Super von Arctic Paper Mochenwangen GmbH
Druck und Bindearbeiten: GGP Media GmbH, Pößneck
Printed in Germany
ISBN 978-3-548-28441-5

Sylt
Flensburg
Fehmarn
Kiel
Rügen
Rostock
Usedom
Bremerhaven
Hamburg
Schwerin
Bremen
Berlin
Osnabrück
Hannover
Magdeburg
Münster
Cottbus
Göttingen
Halle
Dortmund
Kassel
Leipzig
Düsseldorf
Dresden
Erfurt
Köln
Chemnitz
Aachen
Fulda
Koblenz
Frankfurt
Saarbrücken
Karlsruhe
Regensburg
Stuttgart
Ulm
Augsburg
Freiburg
München

Prolog

Nicole war eine kluge, fröhliche Frau von zweiunddreißig Jahren. Das blonde Haar trug sie halblang, die blaugrauen Augen blickten wach in die Welt, und wenn sie lächelte, fassten die Menschen Vertrauen zu ihr. Sie war behütet aufgewachsen; ihre Eltern hatten ihren Lebensweg stets aufmerksam begleitet, aber nie übermäßig kontrolliert. Sie hatte als Kind den Werkzeugkasten ihres Vaters geplündert, eifrig mit Hammer und Säge hantiert, aus Holzresten einen Kaninchenstall oder eine Seifenkiste gebaut, und sie hatte immer viel Sport getrieben, Leichtathletik und Judo, später war sie einem Schwimmverein beigetreten. Früh zeigte sich, dass Nicole vor allem dann glücklich war, wenn sie mit ihren Händen etwas schaffen und sich körperlich verausgaben konnte. Zum Karneval oder zu Kindergeburtstagen verkleidete sie sich gern, lieber als Pirat denn als Prinzessin. Bis zur Pubertät wurde Nicole häufig für einen Jungen gehalten. Noch mit fünfzehn gehörte sie nicht zu jenen, die sich aufwendig schminkten und zurechtmachten. Sie ging in Jeans und Turnschuhen in die Disco und tanzte bis zum letzten Titel ungezähmt und wild. Das Abitur legte sie mit gutem Durchschnitt ab, aber sie wusste schon damals, dass sie einen handfesten Beruf ergreifen wollte. Sie hatte die Wahl zwischen Bankkauffrau und medizinisch-technischer Assistentin. Nicole verwarf alle Möglichkeiten und wurde Lokführerin.

Während der Lehre war sie das einzige Mädchen unter zweihundert Lehrlingen. Die Mit- und Umwelt kommentierte das skeptisch bis naserümpfend, doch Nicole machte es nichts aus; ihr gefiel es sogar, sich zwischen all den jungen Männern zu behaupten. Den Mann fürs Leben lernte sie nicht unter den angehenden Lokführern, sondern auf der Party einer Freundin kennen. Nicole war zwanzig und begann gerade im Rangierdienst, Stefan war vierundzwanzig und studierte Philosophie. Er sah gut aus, war intelligent und zärtlich und ein eher vorsichtiger Mensch. Seine abwägende Haltung dem Leben gegenüber ergänzte sich gut mit Nicoles Pragmatismus. Sie zogen gemeinsam in eine Wohnung im Berliner Norden. Stefan schloss sein Studium ab und wurde, um der Arbeitslosigkeit zu entgehen, freischaffender Gutachter für wissenschaftliche Arbeiten. Er zog ab und zu kleinere Aufträge an Land und arbeitete von zu Hause aus. Nicole wurde von einem deutschlandweit tätigen Unternehmen eingestellt, das ausschließlich Güter transportierte. Sie erwarb Streckenkenntnis und Baureihenlizenzen. Bald durfte Nicole auf zwanzig verschiedenen Strecken und sechzehn verschiedenen Loks fahren. Sie galt als zuverlässig, flexibel und hart im Nehmen und stand ihren männlichen Kollegen in nichts nach. Ihre Arbeit führte sie zehn Tage am Stück durch die Republik; meist trat sie den Dienst am Montag an und kam am Mittwoch der darauffolgenden Woche zurück nach Berlin. Das Leben auf der Strecke war manchmal ungemütlich, öde die zugigen Bahnhöfe, einsam die Hotelnächte, trostlos der Fastfood-Fraß. Ausgehungert fiel sie zu Hause in Stefans Arme, und in der ersten Zeit verbrachten sie ganze Tage im Bett und vögelten unersättlich.

Doch Stefan litt unter dem Warten, dem Nichtstun. Er haderte mit sich, konnte sich nicht entscheiden, ob er promovieren oder Taxifahrer werden sollte. Nicole schaffte es immer seltener, ihn aufzumuntern.

Als Nicole mit vierundzwanzig feststellte, dass sie schwanger war, freute sich Stefan unbändig auf das Kind, fieberte dem Geburtstermin entgegen und seiner neuen Rolle als Vater. Nicole brachte einen Sohn zur Welt, den sie Pepe nannten. Bald darauf wurde Lina geboren, Pepes kleine Schwester. Stefan war überglücklich und kümmerte sich großartig um die beiden. Auch Nicole liebte ihre Kinder, aber sie fühlte sich als Hausfrau und Mutter unterfordert. Über kurz oder lang würde sie zwischen Küche, Supermarkt und Kita eingehen wie eine Primel. Sie brauchte das Leben auf der Strecke. Das ökonomische Argument gab ihr recht; sie war auch auf das Geld angewiesen, denn von nun an musste sie eine vierköpfige Familie ernähren.

Stefan hatte sich in der Überzeugung eingerichtet, er sei schon immer ein häuslicher Typ gewesen. Bewerbungen verschickte er nicht mehr. Im unwahrscheinlichen Fall einer Zusage hätte er den Job der Kinder wegen ohnehin nicht annehmen können. Unter Freunden galten sie als modernes Paar, das die Geschlechterrollen getauscht hatte, und nur einige frustrierte, an Haus und Herd gefesselte Mütter aus der Kita fanden es unverantwortlich, dass Nicole ihre Kinder so lange allein ließ. Wenn Nicole zu Hause war, ließen Pepe und Lina den Vater links liegen, belagerten die Mutter wie eine Göttin und wetteiferten um ihre Aufmerksamkeit. Das war ungerecht, aber völlig normal. Nicole hatte seit den Geburten weiblichere Formen behalten; ihre Brüste waren üppig und ihr Arsch verlockend rund. Vielleicht fehlte Stefan das Knabenhafte, das sie mit zwanzig noch gehabt hatte, vielleicht bekam er das Bild der stillenden Mutter nicht aus dem Kopf, das ihm Respekt abnötigte, sich aber störend vor seinen Trieb schob. Vielleicht waren es einfach nur die vielen gemeinsam verbrachten Jahre, die Routine, der Mangel an Gelegenheiten, die Müdigkeit nach einem ausgefüllten Familiensonntag. Er hatte sich manchmal noch aus Pflichtgefühl auf sie gerollt. Dabei hatte Nicole einiges unternommen, um ihn heiß zu machen. Sie hatte sich Dessous und Strapse gekauft, Kerzen angezündet und Gleitgel bereitgestellt. Einmal hatte sie ihm einen versauten Wunsch ins Ohr geflüstert: Sie sei eine kleine Schlampe, die mit dem Gürtel zur Räson gebracht werden müsse. Das war zu viel für Stefan gewesen. Er hatte sich entrüstet auf die andere Seite gedreht. Über die nächtliche Szene war nie mehr ein Wort gefallen. Nicole hatte ihre Bemühungen seitdem eingestellt. Es sollte noch zwei Jahre dauern, bis sie das geheime Leben begann, von dem diese Geschichte erzählt.

Berlin/Montag/18.31 = = = Fulda/Dienstag/01.14

Am Abend fuhr Nicole mit dem ICE von Berlin nach Fulda. Wie immer suchte sie sich einen Fensterplatz, stellte den Rucksack auf den Sitz neben sich, um ihre Ruhe zu haben. Sie stöpselte sich die Ohren mit den Wise Guys zu; später hörte sie dann Snow Patrol. Sie studierte die Unterlagen, die die Firma ihr vor jeder Tour zuschickte, aktuelle Langsamfahrstellen und Umleitungen, die sie in den nächsten Tagen auf der Strecke erwarteten. Nebenbei aß sie zwei Leberwurststullen und eine Birne aus dem Fresspaket, das Stefan ihr mitgegeben hatte. Laut Fahrplan sollte die Fahrt drei Stunden und vierzehn Minuten dauern, allerdings hatte der Zug eine Verspätung von vierzig Minuten.

Gegen elf Uhr nachts erreichte Nicole das Hotel, den Ableger einer soliden Kette in Bahnhofsnähe, drei Sterne, nichts Besonderes. Wann immer der Dienstplan Nicole nach Fulda führte, übernachtete sie in diesem Hotel. Der Chef des Hauses persönlich hatte ihr Sonderkonditionen eingeräumt, und meist erhielt sie dasselbe Zimmer, die Sechshunderteinundzwanzig. Der Türsummer ertönte, der Nachtpförtner begrüßte sie und gab ihr den Schlüssel vom Brett hinter der Rezeption. Sie schaffte das Gepäck ins Zimmer, das im sechsten Stock lag. Sie kippte ein Fenster, zog die Vorhänge zu und ging auf die Toilette. Als sie sich die Hände wusch, warf sie einen kurzen Blick in den Spiegel. Was sie dort sah, gefiel ihr gut, besonders der strenge Zug um den Mund.

Nicole fuhr mit dem Fahrstuhl in den Keller. Dort befand sich die Hotelküche. Die Tür war bloß angelehnt. Das Schild, auf dem in gebieterischer Schrift *Zutritt nur für Personal* stand, ignorierte Nicole und betrat einen weiß gefliesten Raum, der vor Sauberkeit strahlte. In den dicken Fugen zwischen den rotbraunen Bodenkacheln glänzte matt die Restnässe. Schüchtern und lautlos trat der Lehrling aus einem Nebenraum. In einer Hand hielt er einen Besen wie ein Hirte. Er stützte sich auf dem Stiel ab und schaute Nicole aus braunen Rehaugen treu und scheu an. Seine Wangen waren von karamellgleicher Farbe. Die Kochmütze war blütenweiß, ebenso die Jacke, die bis zum obersten Knopf geschlossen war. Auf Hüfthöhe wölbte sich der gestärkte Stoff bereits auffällig. Was für ein gutaussehender Junge. Bescheiden, gepflegt, wohlerzogen. Den Ständer hatte er vermutlich schon, seit er Nicoles SMS mit dem Wortlaut *Könnte Dir nach 11 eine Lektion erteilen* erhalten hatte. Etwa fünf Meter lagen zwischen ihnen.

»Hallo Kleiner«, sagte Nicole und lächelte, »hat wieder mal ein bisschen länger gedauert bei der Deutschen Bahn.«

Sein Blick flackerte, aber er gab sich Mühe, Nicole ins Gesicht zu sehen. Der Lehrling war gerade mal achtzehn. Oder hatte er geschwindelt und war erst siebzehn? Nicole hatte ihn drei Wochen nicht gesehen, und in dieser Zeit schien er noch hübscher geworden zu sein. Kein typischer Jugendlicher, nein, da war nichts Cooles, nichts Angeberisches oder gar Schlampiges. Ein braver, fleißiger und vor allem williger Junge. Nicole schlenderte ruhig und voller Vorfreude durch die Hotelküche. Die Leuchtstoffröhren an der Decke warfen unerbittlich ihr kaltes Licht. Optimale Sichtverhältnisse waren Vorschrift. Nicole kam das sehr entgegen. In übermannshohen Regalen standen große Aluminiumtöpfe. Gusseiserne Pfannen hingen an den Wänden,

Kellen, Teigschaber, Schneebesen, Quirle, auch Geräte, die Nicole nicht kannte. Die Gasherde blitzten vor Sauberkeit, und die metallisch glänzenden Arbeitstische standen auf massigen Beinen dicht aneinander. Nicole fuhr zur Kontrolle mit dem Zeigefinger über einen der Tische und schaute auf die Fingerkuppe. Kein Krümelchen, kein Tröpfchen. Sie ließ den Blick durch die Hotelküche schweifen.

»Das hast du sehr gut gemacht«, lobte sie, »alles blitzblank.«

Verlegenheit huschte über das Gesicht des Lehrlings. Sie ging auf ihn zu, nahm dem Lehrling den Besen aus der Hand, strich ihm über die Wange und spürte kaum Stoppeln auf der kindlichen Haut. Sein Blick flammte auf, und seine Hände begannen zu zittern, als er Nicoles Taille umfasste und sie ungestüm an sich riss. Sie packte die Hände und löste sie entschieden von ihrem Körper.

»Nicht so hastig!«

Der Lehrling nickte ergeben. Nicole strich über die Ausbuchtung. Der junge Schwanz ließ sich nicht biegen. Seine Spitze stach gegen den festen Stoff der Jacke. Nicole liebte diesen Überdruck. Sie liebte es, den Lehrling seinem Schwanz ausgeliefert zu sehen. Zart betastete sie den harten Knüppel. Wie lange quälte sich so ein Frischling mit der Übermacht seines Schwanzes? Der beim kleinsten falschen Gedanken erigierte und sich nicht bändigen ließ, durch keine Wichserei und nicht einmal durch einen Sprung in eiskaltes Wasser? Vier, fünf Jahre vielleicht? Spätestens dann bekäme er den Schwanz in den Griff. Er würde sich seltener melden und bald nur noch auf Stimulanz reagieren. Jetzt aber, da der Lehrling sich plagte zwischen Gier und Scham, da seine Augen bettelten und sein Atem heftig ging, jetzt brauchte er jemanden wie Nicole, eine erfahrene Lehrerin. Die Mädchen in seinem Alter, mochten sie sich auch sexy geben und zurechtmachen, wie sie wollten, sie waren überfordert mit einem solchen Riesenschwanz. Da gab es schnell unschöne Szenen, Missverständnisse und Enttäuschungen. Der Kleine hatte dringend eine richtige Frau nötig. Sie brachte ihm Timing bei, lehrte ihn, geduldig zu sein, und lockte ihn auf die Schwelle zwischen Lust und Schmerz. Sie machte ihn fit für die Liebe. Später einmal würde er sich an Nicole erinnern, halb wehmütig, halb stolz, und dankbar sein.

Nicole ließ den Lehrling stehen und ging in die Mitte des Raumes zu den Arbeitstischen. Er blieb, wo er war, und starrte ihr hinterher, denn so viel hatte er bereits gelernt: Hier gab Nicole die Kommandos, und erst wenn sie es erlaubte, durfte er handeln. Langsam zog sie die Jeans und das Sweatshirt aus. Sie genoss es, sich aus der Männerkluft zu schälen und das Weibliche zu offenbaren, die Rundungen, die weiche weiße Haut, die Brüste. Sie lehnte sich mit dem Hintern an die kalte Metallkante. Sie griff sich in die Körbchen des BH und schob die Brüste zurecht. Nicole trug eine schlichte Garnitur in Hellblau mit dezenter Spitze an den Rändern, nichts Raffiniertes, nichts Kompliziertes. Der Junge schnaufte leise. Nicole musste an einen jungen Stier denken, als sie sich mit der Hand in den Slip fuhr, mit zwei Fingern zwischen die Schamlippen. Über die Menge an Saft war sie erstaunt. Sie heftete den Blick fest auf den steifen Schwanz unter der weißen Jacke und spielte leicht und ziellos mit ihrer geschwollenen Möse. Nicht nur der Junge würde nach zwei, drei Stößen kommen, auch Nicole würde heute in Windeseile explodieren. Sie hatte ein langes, sexfreies Wochenende hinter sich. Der Junge fingerte an seiner Hose, um sie auszuziehen.

»Lass das!«

Er schloss die Hose gehorsam und sah Nicole mit großen

Augen an, ein bisschen gequält. Und genau das tat sie, ihn quälen. Bald aber würde sie die Distanz aufheben und ihn zu sich bitten. Bald, nicht sofort. Sie würde ihn zu sich bitten, aber noch nicht erlösen.

»Deine wievielte Lektion ist das heute?«

Der Junge hob vier Finger.

»Die vierte Lektion schon«, sagte Nicole gedehnt und ließ eine kurze Pause entstehen, bevor sie hinzufügte: »Dann wirst du heute zum ersten Mal meinen Saft trinken dürfen.«

Die Rollenverteilung war klar: Sie sprach und befahl, er schwieg und gehorchte. Später, vielleicht in Lektion zehn, würde Nicole ihm beibringen, schmutzige Wörter zu benutzen, die sie beide geil machten.

»Komm her! Knie dich hin!«

Der Junge eilte zu ihr und sank auf die Knie. Sie konnte die Beine gar nicht so schnell öffnen, wie sein Gesicht sich zwischen ihre Schenkel drängte.

»Zieh mir erst das Höschen aus!«

Der Junge riss es herunter. Nicole schleuderte es mit einem Fuß in hohem Bogen von sich; der kleine Fetzen Stoff verfing sich in den Windungen eines Kartoffelstampfers. Der Lehrling drückte sein Gesicht auf ihre Möse. Sie fühlte seine feste Zunge an ihrem Kitzler. Hektisch stieß sie gegen die sich hervorstülpende Knospe, die so erregt war, dass es Nicole weh tat. Sie nahm dem Jungen die Mütze vom Kopf und griff in seinen Haarschopf.

»Nicht so wild«, flüsterte sie.

Er sah sie fragend von unten an. Nicole streichelte die heißen roten Ohren. Dann machte sie ihm vor, was er zu tun hatte. Mit dem Mittelfinger massierte sie sanft seine Ohrmuschel, ließ die Kuppe stetig kreisen, und zeitgleich spürte sie, wie seine Zunge diese Bewegungen geschickt nachahmte.

Mit geschlossenen Augen konzentrierte der Lehrling sich ganz und gar auf die Weitergabe dessen, was er empfing. Es war eine indirekte Form von Onanie, der Junge diente Nicole als Medium; indem sie die Impulse durch sein Ohr schickte, gelangten sie über seine Zunge zu ihr zurück. Auch sie schloss die Augen, schob sich ein Stück vorwärts, drückte ihm das Becken entgegen, und als sie mit der ausgebreiteten Handfläche über sein Ohr strich, vom Ohrläppchen bis hinauf zur Ohrkante, da schleckte die nasse Zunge über die triefende Möse, da saugten die Lippen so inbrünstig, dass Nicole die Hand am Ohr vergaß und zu zucken begann, nur noch das Schmatzen hörte, den eigenen Atem und kleine Seufzer. Die Zunge spitzte und wand sich wieder, vollführte ihr Tänzchen, umflatterte den Kitzler, der bereitwillig und pünktlich seine heißen Wellen aussendete, die sich in Nicoles Unterleib ausbreiteten. Sie keuchte und stöhnte, ihr Herz galoppierte. Dann löste sie seinen Kopf aus der feuchten Zange ihrer Beine und schaute ihm ins Gesicht. Seine Lippen glänzten wie seine fiebrigen Augen, und nass vom Kinn bis zur Nase sah er aus wie ein Tier, das man von der Tränke weggerissen hatte.

»Du hast viel Talent«, raunte sie heiser. »Das war erst die Vorspeise.«

Sie ließ sich zurücksinken und stützte sich mit den Unterarmen auf der Metallfläche ab. Ihr Busen hob und senkte sich heftig.

»Zieh dich jetzt aus!«

Der Junge stand auf. Die langen Finger seiner schönen Hand knöpften die Jacke auf und entblößten die braune Haut, die matt schimmernde Brust, die breiten Schultern. An seinem Körper fand sich kein Gramm Fett. Um so etwas betrachten zu dürfen, gingen andere ins Museum und schlichen mit verdruckster Miene um Michelangelos perfekte

Statuen. Der Lehrling schaute Nicole an. In den Lenden schlummerte eine unsägliche Kraft. Die Unterhose war zu klein für den Riesenschwanz. Er lugte ein ganzes Stück aus dem Bund hervor, ragte fast senkrecht empor, und es schien Nicole, als sei der ganze wunderschöne Jüngling nichts weiter als das äußerst ansehnliche Anhängsel seines Geschlechts. Der Schwanz regierte. Der Lehrling konnte nichts dagegen tun.

»Du siehst fantastisch aus. Und jetzt steck ihn mir rein.«

Der Junge trat zwischen Nicoles gespreizte Beine. Sie legte sich auf die kalte Fläche und dachte zufrieden, als der Junge mit den Fingern das Loch suchte und fand, wie gut er sich den Stoff aus Lektion drei gemerkt hatte. Der Lehrling presste seinen Schwanz ins heiße, nasse Fleisch. Er stieß zu, Nicole bog sich, beeindruckt von der prallen Füllung; er glitt hinaus und wieder herein. Einundzwanzig, zweiundzwanzig, zählte Nicole noch, sein Schnaufen wurde lauter, und als er sich entlud, entfuhr ihm ein schmerzliches Knurren. Nicole sah sein aufgewühltes Gesicht, das er nicht unter Kontrolle hatte.

»Das war überfällig«, sagte sie lächelnd.

Er lächelte auch, zum ersten Mal in dieser Nacht, und atmete hastig. Ein Charme leuchtete auf in diesem Lächeln, der sich erst in Zukunft ganz entfalten würde. In ein paar Jahren würden ihm die Frauen zu Füßen liegen. Eine leichte Melancholie erfasste Nicole, die dann ihre Aufgabe erfüllt haben würde. Noch aber ahnte der Lehrling nichts von seiner Wirkung. Er stand vor Nicole, die sich aufsetzte und ihm über die bebende Brust streichelte. Sie umfasste das Prachtexemplar von Schwanz. Er war nicht wirklich erschlafft, nur ein wenig kleiner geworden und stand ungefähr im rechten Winkel vom Körper ab. Der Junge wartete auf Nicoles Anweisungen.

»Das war der erste Gang. Und was kommt danach?«

Der Junge lächelte wieder, als er zwei Finger hochhielt.

»Du bist ein sehr guter Lehrling!«, lobte Nicole, bevor sie vom Tisch sprang, sich umdrehte und mit dem Arsch wackelte.

Dann legte sie sich bäuchlings auf die Arbeitsplatte und krallte sich mit den Händen an deren Kante fest. Sie streckte den Hintern heraus. Der Junge berührte vorsichtig ihre Hüften.

»Nimm es dir, nimm dir, was du brauchst.«

Der Junge streichelte Nicoles Arschbacken, schob sie auseinander und fingerte den halb steifen Schwanz in die warm gefickte und gedehnte Möse. Er bewegte das Becken, langsam und gleichmäßig, und Nicoles Stirn rutschte im Rhythmus auf dem Aluminium auf und ab. Das Metall gab dem Akt etwas Rohes und Brutales. Nicole rückte sich zurecht, bis der Winkel stimmte, und konzentrierte sich auf die Stelle in ihrem Innern, die der Schwanz heiß rieb. Der Junge fickte souverän; sie spürte den Schwanz in sich wachsen und hörte ein lautes Schmatzen, als der Knüppel in ihre feuchte Enge glitt. Er stopfte sie gründlich, und mit einem Mal fickte nicht mehr der Junge, sondern sein Schwanz übernahm wieder die Führung. Er diktierte die Stöße und riss den Rest des Jungen einfach mit sich. Die Möse antwortete, sie pulsierte und quoll; zwei wild gewordene Geschlechtsteile, deren Besitzer sich unterwarfen, rammelten ohne Rücksicht. Als Nicole kam, verkniff sie sich den Schrei, der durch ihre Kehle jagte, um den Jungen nicht zu stören. Der Schwanz merkte sowieso, was passierte, und ein paar Sekunden später überwältigte es ihn. Der Junge zappelte und ächzte, Nicole hielt sich an der Kante der Arbeitsplatte fest und stemmte sich gegen die Wucht, mit der der Junge seinen Saft in ihre Tiefen schoss.

Als Nicole sich aufrichtete, lachte sie über die rot gescheuerte Haut an Hüften und Leisten. Der Junge setzte sich keuchend neben Nicole. Sie merkte, dass er jetzt gern etwas gesagt hätte, aber da er nicht wusste, wie er anfangen sollte, ließ er es bleiben. In seinen Augen sah sie die leise Furcht, zu weit gegangen zu sein.

»Du bist zauberhaft«, sagte sie, um ihm die Skrupel zu nehmen. »Genau so musst du es machen.«

Der Junge sah sie ratlos an. Seine Knie zitterten.

»Zur Nachspeise«, verkündete Nicole plötzlich, »will ich Torte essen.«

Der Junge wirkte perplex.

»Torte. Ihr werdet doch in dieser Küche irgendwo ein Stück Torte haben!«

Sie zupfte ihr Höschen vom Kartoffelstampfer und zog sich an. Der Junge stieg in seine Kochmontur und verschwand in einem der Nebenräume. Nicole hörte es klappern und knistern. Als er zurückkam, trug er zwei Teller in den Händen. Nicole rutschte an der Fliesenwand abwärts und ließ sich ein stattliches Stück Schwarzwälder Kirschtorte servieren. Der Junge kauerte sich neben sie. Sie stachen die Kuchengabeln in die weiche Masse, stopften sich wie Hamster die Backen voll und schaufelten das süße Zeug genüsslich in sich hinein. Sie grinsten über ihre sahneverschmierten Münder. In null Komma nix war die Nachspeise verschlungen.

»Der Chefkoch«, fragte Nicole, »ist der zufrieden mit dir?«

Der Junge zuckte mit den Schultern. Dann wiegte er den Kopf hin und her und nickte schließlich.

»Das ist gut«, erwiderte Nicole und tupfte mit dem Finger die letzten Krümel vom Teller. »Gib dir Mühe, eine Lehrstelle ist heutzutage viel wert.«

Als wolle er seinen Arbeitswillen beweisen, nahm er Nicole den leer geputzten Teller ab und räumte ihn beiseite.

»Wohnst du noch bei deinen Eltern?«

Wieder nickte er.

»Sind sie stolz auf dich?«

Ein erneutes Nicken, wenngleich zögerlich.

»Ich bin auch stolz auf dich.«

Sie streichelte die noch immer heißen Wangen des Jungen und stand auf.

»Ich muss jetzt schlafen. Morgen Mittag muss ich auf die Lok. Hast du Frühschicht?«

Diesmal schüttelte er den Kopf.

»Du kannst ausschlafen, aber jetzt musst du hier noch ein bisschen putzen.«

Er nickte.

»Tschüs Kleiner, ich melde mich wieder. Und sei brav.«

Er legte ihr die Arme um den Hals wie ein Kind und drückte sie so innig, als wolle er sie nie mehr loslassen. Nicole verbarg ihre Rührung in einem kurzen, burschikosen Lachen. Sie standen dicht beieinander, als sie ein Geräusch vernahmen. Ein Rascheln oder Schlurfen, dann eine Tür, die langsam und gedämpft ins Schloss fiel. Erschrocken sahen sie sich an.

»Da ist jemand«, flüsterte Nicole, »schau mal nach!«

Der Junge schlich flink durch die Küchentür. Nicole lauschte.

Hatte jemand sie beobachtet? Vielleicht der Nachtpförtner? Er war der Einzige, der wach bleiben musste, und es war langweilig, die ganze Nacht allein hinter dem Empfangstresen zu sitzen. Hatte der Nachtpförtner spitzgekriegt, was Nicole mit dem Lehrling trieb, und ein bisschen gespannt? Oder war ihr ein schlafloser Hotelgast gefolgt, ein einsamer Geschäftsreisender, der sich einen kostenlosen

Porno besorgt hatte? Womöglich hatte der Lehrling einem Kumpel Bescheid gegeben, der sich die Fickerei heimlich anschauen durfte? Nein, so ausgebufft war der Kleine nicht. Noch nicht. Oder doch? Wer wusste das schon, und selbst wenn, was konnte Nicole dagegen tun? Wenn die Sache aufflog, würde der Kleine Probleme kriegen, ziemlich große sogar. Nicole musste immer damit rechnen, den Lehrling nie wiederzusehen. Er würde kommen, der Tag, an dem sie sich für immer verabschiedeten. Doch daran wollte sie jetzt nicht denken. Der Gedanke hingegen, dass die Augen eines Fremden das Geschehen gierig verfolgt hatten, verursachte ein neuerliches Kribbeln in Nicoles Unterleib. Hatte der Fremde ihren Arsch gesehen, der unter den Stößen des Lehrlings vibriert hatte? Ihre hochgestreckten Arme und die Hände, die sich ums kalte Metall gekrallt hatten? Den nackten Lehrling, schön wie ein junger Gott, der die Kontrolle über seinen Körper verloren und wie ein Tier gevögelt hatte? Die heftigen Impulse seiner Muskeln? Sein entrücktes Gesicht? Nicole merkte, dass sie noch immer oder schon wieder geil war.

Der Lehrling schüttelte den Kopf, als er zurückkam.

»Niemand?«, fragte Nicole.

Er zuckte mit den Schultern.

»Ein letztes Mal«, sagte Nicole, »komm.«

Flugs entledigte sie sich ihrer Kleider und stellte sich mit dem Gesicht zur Fliesenwand. Sie stützte sich mit den Handflächen ab, schloss die Augen und hörte, wie der Lehrling seine Hose öffnete. Sie drückte den Rücken ins Hohlkreuz und reckte ihren Hintern in die Höhe. Dann senkte sie den Kopf, blickte zu Boden und sah den Stoff der Hose, der sich auf den weißen Turnschuhen des Lehrlings staute, als er zwischen ihre Beine trat.

Aachen/Dienstag/17.10 = = = Aachen/Mittwoch/03.02

Nach einer reibungslosen Schicht ohne Störungen kam Nicole in Aachen an. Sie sortierte die Fahrbücher, räumte den Führerstand auf und übergab den Zug, der tonnenweise Sauerkraut in Konservendosen geladen hatte, auf Gleis sechs an den Kollegen. Als sie abstieg, spürte sie die feuchte Kälte. Nicole genoss jede Minute im Freien, gleichgültig, wie miserabel das Wetter war. Viel zu oft und viel zu lange hielt sie sich in geschlossenen Räumen auf. Sie lief über den Bahnsteig, ließ sich ein kühles Lüftchen um die Nase wehen, sog die kostbare Frischluft ein. Am Bahnhofsvorplatz stieg sie in ein Taxi und nannte den Namen des Hotels. Anders als jenes in Fulda lag es nicht in der Bahnhofsgegend, sondern etwas außerhalb der City. Es war zwei Klassen besser, ein Fünfsterneschuppen mit allen Schikanen.

In zwei Stunden würde Nicole den Anwalt treffen, jenen Mann, mit dem ihr geheimes Leben begonnen hatte. Der Anwalt ließ sich die Begegnungen mit Nicole einiges kosten und reservierte stets ein De-luxe-Doppelzimmer. Heute Nacht würde sie sich über alle Maßen von ihm verwöhnen lassen. Ihr letztes Treffen lag lange zurück. Vielleicht zehn Wochen? Oder gar zwölf? Da Nicole wollte, dass der Kitzel erhalten blieb, meldete sie sich nicht immer, wenn der Job sie in seine Nähe führte. Der zunächst zarte Wunsch des Anwalts, sie zu sehen, verwandelte sich in ein Drängen, später in heißes Verlangen und noch später in tierische Gier.

War Nicole der Ansicht, der richtige Zeitpunkt sei gekommen, musste sie dem Anwalt schnellstmöglich Bescheid geben, damit er seiner Frau einen plausiblen Grund für seinen Ausflug auftischen und die Auswärtsübernachtung als Dienstreise tarnen konnte. Der Anwalt war Perfektionist, sowohl in der Erfindung wasserdichter Alibis als auch in der Gestaltung des ersehnten Rendevouz. Er ließ sich die Vorbereitungen nicht aus der Hand nehmen, und mit der Buchung des Hotels waren sie keinesfalls erledigt.

In der Empfangshalle händigte ein Rezeptionist in silbern beknöpfter Uniform Nicole den Schlüssel aus. Er übersah diskret ihre schlichte Kleidung und sprach mit jener warmen, gedämpften Stimme, wie sie nur das Personal gehobener Etablissements beherrschte: »Ihre Begleitung erwartet Sie um neunzehn Uhr im Restaurant. Sollten Sie Wünsche haben – wir sind selbstverständlich rund um die Uhr für Sie da. Einen angenehmen Aufenthalt.«

Im geräumigen Zimmer sah sie zuerst eine Flasche Prosecco im Kühler. Daneben lag ein Kärtchen, darauf stand: *Ich hoffe, das Kleid sagt Dir zu. Ich freue mich sehr auf Dich. Zum Wohl!*

Nicole warf den Rucksack auf den Boden und zog sich nackt aus. Nachdem sie sich ein Schlückchen Prosecco genehmigt hatte, öffnete sie die Türen des Kleiderschranks. Darin hing ein schwarzes, etwa knielanges Kleid mit einem tiefen Ausschnitt. Ein vornehmes, aber schlichtes Modell. Nicole befühlte seinen feinen, anschmiegsamen Stoff. Auf dem Bett lagen wie Schlangenhäute zwei Paar schwarzer halterloser Strümpfe, das eine durchscheinend, das andere blickdicht. In einer großen Schachtel, die Nicole neugierig öffnete, wartete ein schwarzes Teil aus festem, dennoch elastischem Material darauf, getragen zu werden. Ein Mieder? Ein sehr breiter Hüftgürtel? Sie fand einen Zettel, auf dem neben Pflegehinweisen, Qualitätssiegel und Firmenanschrift in geschwungener Schrift *Korselett Diana* stand. Das Korselett ließ sich an der Vorderseite mittels einer Häkchenleiste öffnen und endete genau unter den Brüsten. Neben dem Bett entdeckte Nicole schwarze Lederpumps mit hohen Absätzen. Sie goss sich Prosecco nach, stieg in die Schuhe und spazierte auf dem flauschigen Teppichboden hin und her. Die Schuhe drückten ein wenig an den Zehen, aber das hielt Nicole aus. Sie würde nicht viele Schritte darin gehen müssen.

Den Anwalt zu treffen war jedes Mal ein bisschen wie Ostern. Überall versteckte er Überraschungen. Er behandelte sie wie eine Königin. Und warum? Weil sie ihm erlaubte, ihre Titten zu kneten, bis er vor Glück schielte.

Sie streifte die Pumps ab und ging ins Bad, in dem alles aus Marmor war. Sie duschte ausgiebig und rasierte sich die Beine, die Achseln und die Möse. Den schmalen Streifen Schamhaar, den sie stehen ließ, nannte sie insgeheim Landebahn. Sie strich den Schaum über Arme und Beine, über Po und Brüste, wusch das Haar und spürte dem Wasser nach, das über Kopf und Nacken floss und in tausend Bächen abwärts rann. Dann trocknete sie sich ab, cremte sich in aller Ruhe ein und föhnte die Haare. Auf einem Marmortischchen lagen Schminkutensilien bereit. Sie trug die Grundierung auf, zog mit dem Eyeliner die Lidstriche nach, zauberte mit Wimperntusche und Lidschatten strahlende Augen, und das Rouge, das sie mit einem dicken Pinsel von den Wangenknochen abwärts tupfte, verlieh ihrem Gesicht kaum merklich eine schmalere Kontur und einen vornehmen Teint.

Im Zimmer holte sie die schwarze Spitzenunterwäsche aus dem Rucksack. Der BH saß knapp, die Brüste wölbten sich ein wenig aus den Körbchen, eine kleine Beengung, wie geschaffen für den Anwalt. Den Stringtanga spürte sie praktisch nicht, wäre da nicht der sanfte Druck auf der Rosette gewesen. Sie legte das Korselett an und brauchte Kraft, um die Häkchenleiste zu schließen. Sie warf einen Blick in den Spiegel. Das Korselett machte eine sehr schlanke Taille, hob den Busen und brachte die Oberweite zur Geltung, so dass Nicole ihre Körbchengröße B staunend für etwas zwischen C und D halten konnte. Sie entschied sich für die durchscheinenden Strümpfe und rollte sie behutsam von den Zehen über Spann und Ferse, die Waden hinauf bis zu den Oberschenkeln. Dann schlüpfte sie in die Pumps, nahm das Kleid vom Bügel, und als sie es über Kopf und Arme streifte, glitt es wie von selbst an ihrem gut verpackten Körper herab. Im Spiegel sah sie, dass das Kleid fantastisch fiel. Ein paar edle Teile, ein bisschen Schminke – und schon verwandelte sich die hemdsärmlige Lokführerin in eine rattenscharfe Bettgespielin. Im unwahrscheinlichen Fall, dass ihr ein Kollege über den Weg lief, würde der sie nicht erkennen.

Nicole schaute auf Blackberry und Handy. Es war kurz vor sieben. Sie war froh, dass keine Nachrichten eingegangen waren, weder von Stefan noch von der Zugleitung. Keine Probleme zu Hause, keine Änderungen im Dienstplan. Sie schaltete beide Geräte aus, ein kleiner Verstoß gegen die Anweisung, rund um die Uhr erreichbar zu sein. Es würde schon gutgehen. Bisher war es das immer. Zwischen zwei Schichten musste schließlich eine Ruhephase von mindestens elf Stunden liegen, die der Regenerierung der Lokführer diente. Und im Notfall konnte sie immer noch behaupten, dass sie das Missgeschick eines leeren Akkus ereilt hatte.

Um die Illusion nicht zu stören, verstaute sie den Rucksack und ihre Klamotten im Kleiderschrank. Sie zog die Vorhänge beiseite, trank ein weiteres Glas Prosecco, stellte sich ans Fenster und zündete sich eine Zigarette an. Kalte

Luft strömte ins Zimmer. Sie blickte in den Park, der das Hotel umgab und den Laternen hier und da mit Lichtflecken versahen. Die kahlen Bäume gespenstergleich, der kurz geschorene Rasen gefroren. Der Mond stand eisig schön am dunklen Himmel.

Nicole hatte den Anwalt vor fast drei Jahren in einer Hotelbar in Köln kennengelernt. Er hatte ihr einen Longdrink spendiert und Komplimente gemacht. Bald war er auf seine Frau zu sprechen gekommen, die er selbstverständlich liebte, die seinen beiden Söhnen eine wunderbare Mutter war, auf die er sich stets voll und ganz verlassen konnte. »Wir sind ein tolles Team«, hatte er gesagt, und Nicole hatte zugehört und nicht gewusst, wohin all die Bekenntnisse führen sollten. Sie hatte sich über den larmoyanten Ton des Anwalts gewundert, der nicht zu seinem Erfolg passte, und sich gefragt, ob sie ihm dasselbe von Stefan und sich erzählen sollte. Sie hätte jeden seiner Sätze unterschreiben können. Der Alkohol hatte ihm die Zunge gelockert und die Selbstzensur entschärft. Nach dem zweiten Longdrink hatte der Anwalt angedeutet, dass seine Frau im Bett nicht sonderlich erfindungsreich war. Nach dem dritten Drink hatte Nicole gesagt: »Du meinst, es läuft nichts mehr zwischen euch.« Der Anwalt hatte sich gewunden. Es schien ihm größte Mühe zu bereiten, eine einfache Tatsache auszusprechen. Er hatte sich ertappt gefühlt und schließlich unter Aufbietung allen Mutes genickt. »Pech«, hatte er traurig gesagt, »wir haben unterschiedliche Vorlieben.« Nicole hatte sich weniger für die Vorlieben seiner Frau, dafür umso brennender für die des Anwalts interessiert.

Der Anwalt war der erste Mann gewesen, mit dem Nicole fremdgegangen war. Die Treffen folgten seither stets demselben Ablauf. Seine Beigaben aber bauten sie von Mal zu Mal aus.

Nicole drückte die Zigarette aus und schloss das Fenster. Sie verließ das Zimmer und ging langsam und aufrecht über den Flur. Die hohen Schuhe gaben ihrem Gang etwas Herrisches. Dämmriges Licht fiel aus Wandlämpchen. In den getönten Spiegeln sah sie eine Diva in einem knappen schwarzen Kleid. Die Oberweite füllte prall den Ausschnitt, die schmale Taille lud dazu ein, von Männerhänden umfasst zu werden, und Nicole nahm zufrieden wahr, wie die Strumpfränder sanft gegen ihre Oberschenkel drückten.

Als sie das Restaurant betrat, stand der Anwalt von einem Tisch am Fenster auf. Nicole lächelte und ging auf ihn zu. Sie spürte die verstohlenen Blicke der Gäste im Rücken. Der Anwalt war Mitte vierzig, er trug glänzend saubere Lederschuhe, einen dunkelgrauen Anzug, ein weißes Hemd, eine hellgraue, fast silbern schimmernde Krawatte, die bestens mit seinen ergrauten Schläfen harmonierte. Das volle Haar sah wie immer frisch geschnitten aus. Er legte großen Wert auf die Einhaltung des Dresscodes. Nicole wusste, dass er regelmäßig joggte, um gegen den drohenden Bauchansatz anzukämpfen. Sein Gesicht war weder schön noch hässlich und immer makellos rasiert. Der blanke Durchschnitt, wie zum Vergessen gemacht. Ein unauffälliger, nicht unangenehmer Typ. Man konnte ihn leicht unterschätzen. Seine Stärke war die Ausdauer, der lange Atem, ein Hang zum ausgedehnten Procedere, im Beruf ebenso wie im Bett. Sie hauchte ihm einen Gruß ins Ohr und bemerkte, dass er nach Aftershave duftete. Als er ihr einen züchtigen Kuss auf die Wange gab, legte er die Hand kurz auf ihre Schulter.

»Du siehst grandios aus«, raunte er.

Nicole bedankte sich höflich und nahm Platz. Sie sah, dass der Anwalt, der sich ebenfalls setzte, angestrengt den Blick auf ihr Dekolleté zu vermeiden suchte. Die gute Erziehung verbot es ihm. Sie wählten in der Karte die Speisen aus;

der Anwalt bestellte eine teure Flasche Rotwein. Sie stießen an und begannen zu plaudern. Zuerst erkundigte sich Nicole nach den Söhnen, dem Haus und der Arbeit. Sie hatte diesen Eröffnungsteil, mit dem jedes ihrer Treffen anfing, insgeheim mit »Die Hymne« betitelt. Der Anwalt gab gern Auskunft, denn wie immer lief alles großartig – die Söhne zwei Fußball spielende Pfiffikusse mit guten Zensuren, das Eigenheim soeben auf Solarenergie umgerüstet, letzte Woche einen brisanten Fall von Wirtschaftskriminalität gewonnen. Die hervorragende Entschädigung, die der Anwalt für seinen Mandanten herausgeholt hatte, ließ er nicht unerwähnt. Während Nicole mit Genuss ihr Steak verdrückte und daran dachte, dass sie mittags im Führerstand eine trockene Bulette in sich hineingestopft hatte, sang der Anwalt das traditionelle Loblied auf seine Frau. Er schwärmte von ihrem Organisationstalent, ihren Qualitäten als Mutter und ihrem Charme als Gastgeberin. Sie halte ihm den Rücken frei. Sie bringe Verständnis für seine langen Arbeitstage auf. Sie kümmere sich darum, dass genug frisch gebügelte Hemden im Schrank hingen, putze das Haus picobello sauber, koche köstliche Mahlzeiten, kutschiere Tag für Tag die Kinder zur Schule. Man könne all die scheinbar nebensächlichen Dinge gar nicht hoch genug schätzen. Versonnen und ernst schaute der Anwalt aus dem Fenster in die Dunkelheit.

Nicole nickte bewundernd, freute sich mit ihm, zeigte Respekt und nannte die Ehefrau eine wahre Perle. Geduldig hörte sie zu und stellte die richtigen Fragen. Beizeiten hatte sie verstanden, dass all die Floskeln bereits zum Vorspiel gehörten. Sie ließ dem Anwalt allen Raum, sich seines geglückten Lebens zu versichern, bevor er mit ihr ins Bett stieg und versaute Sachen machte.

Während ihrer Streifzüge durch die Männerwelt war sie

so manchem begegnet, der das komplette Gegenteil dessen, was ihn geil machte, geheiratet hatte. Wer auf fette Weiber stand, nahm sich eine extra dürre Bohnenstange; der Arschfixierte wählte mit tödlicher Sicherheit die Frau mit dem plattesten Hintern; wer heimlich von einer gestrengen Domina träumte, griff entschlossen nach dem hilflosesten Mauerblümchen. Der Anwalt, der auf dicke Titten stand, verbrachte sein Leben mit einer Frau, die flach wie ein Brett war. Warum hatte er sie geheiratet? Weil Aussehen und Gebaren dieser Frau nichts über seine feuchten Träume verrieten. Ihre Erscheinung ließ keinerlei Rückschlüsse auf seine heimlichen Wünsche zu. Ein Ablenkungsmanöver, das dazu diente, seine schmutzigen Fantasien zu verbannen und vor den Mitmenschen und besonders vor sich selbst zu verbergen. Der Anwalt war ein wunderbares Beispiel für dieses Phänomen, über das Nicole nachdachte, während er noch immer wortreich seiner Frau huldigte. Was für ein ungeheuerlicher Aufwand für ein bisschen scharfen Sex. Nicole fand das tragisch und komisch zugleich. In ihrer Funktion als Geliebte gefährdete Nicole die Ehe des Anwalts nicht, sondern stabilisierte sie. Vermutlich sprach er nirgendwo so ausführlich und voller Hochachtung über seine Frau wie vor seiner ganz privaten Nutte. Und in diesem Gefüge lautete die wichtigste Spielregel, dass Nicole selbst nichts erzählte. Dabei teilten sie im Grunde dasselbe Schicksal, aber das erwähnte Nicole mit keiner Silbe. Für ihn durfte sie kein Zuhause, keine Kinder und keinen Mann haben. Sie war eine Lokführerin, die kreuz und quer durch die Lande fuhr und sich alle paar Wochen in ein erstklassiges Hotel einladen ließ, um sich in seine Traumfrau und Fickfreundin zu verwandeln. Das genügte.

Gegen einundzwanzig Uhr wechselten sie an die Hotelbar. Nicole stieg auf den Barhocker. Sie spürte, wie der

String von hinten auf ihre Möse drückte. Gedämpftes Licht beschien den Tresen. Weiche Jazzklänge erzeugten ein Knistern in der Luft. Der Barkeeper, in dessen Gesicht die Diskretion sich manifestiert hatte, waltete in Würde seines Amtes und bespielte sein Reich mit eleganten Handgriffen. Der einsame Tanz eines gealterten Schwulen. Nein, einen Zuschauer hatte er doch. Ein Herr, der allein am anderen Ende des Tresens saß, schaute den fließenden Bewegungen selbstvergessen zu. Nicole bestellte einen Gin Tonic. Der Anwalt nahm ein Bier und einen Cognac. Nun begann der zweite Teil des Vorspiels, den Nicole insgeheim »Die Litanei« nannte und auf dessen Gelingen sie große Sorgfalt verwendete. Leise eröffnete Nicole das intime Gespräch.

»Und deine Frau ist nicht mehr zärtlich zu dir?«

Der Anwalt schüttelte den Kopf.

»Sie steckt alle Liebe in die Jungs.«

»Sie lässt dich nicht mehr ran?«

»Heute gar nicht mehr und auch früher nur selten und ohne große Lust. Dabei habe ich immer penibel darauf geachtet, ihren Brüsten nicht zu nahe zu kommen.«

Der arme Anwalt hatte alles richtig gemacht und war dennoch disqualifiziert worden.

»Und warum wolltest du ihren Brüsten nicht zu nahe kommen?«

Der Anwalt zögerte. Er rang mit sich. Er leerte den Cognacschwenker.

»Einmal, die Jungs waren noch klein und verbrachten eine Woche bei den Großeltern, habe ich einen Versuch unternommen. Das ist sechs, sieben Jahre her. Zuerst habe ich sie mit einem Öl massiert, das hat ihr noch gefallen.«

»Und dann?«

Der Anwalt warf, aus Angst, belauscht zu werden, einen schnellen Blick auf den einsamen Herrn am Ende des Tresens. Doch der Herr hatte nur Augen für den Barkeeper. Trotzdem sprach der Anwalt nun noch leiser.

»Dann habe ich sie gefragt, ob sie einen ausgestopften BH für mich anziehen würde.«

Er atmete tief durch. Sein Gesicht verdunkelte sich. Nicole half ihm.

»Das wollte sie nicht tun?«

»Nein. Sie war entsetzt. Sie hat geschrien. Ich musste im Wohnzimmer auf der Couch übernachten. Du musst wissen, sie hat einen sehr, sehr kleinen Busen. Sie ist gebaut wie ein Junge.«

Nicole kannte die Geschichte längst auswendig. Eine Niederlage, eine Verstörung, eine Peinlichkeit, mit der er nicht fertig wurde. Der unschöne Vorfall war das Ende der Erotik zwischen den beiden gewesen, aber zugleich der Anfang seiner Suche nach Alternativen.

»Deine Frau ist flach wie ein Brett?«

Der Anwalt schluckte. Er schaffte es nicht, die Dinge beim Namen zu nennen.

»Im letzten Herbst, als sie mich in der Kanzlei besuchte, fand sie im untersten Schreibtischfach dieses Foto.«

»Welches Foto?«

»Ein Foto von Sophia Loren. Nichts weiter als ein Jugendschwarm.«

Der Anwalt tat die Sache mit einer Geste der Überlegenheit ab. Aber Nicole blieb beim Thema.

»Sophia Loren hat schöne, große Brüste.«

»Ja, die hat sie.«

Wieder sah er kurz zum Barkeeper und seinem einsamen Verehrer. Dann wagte er ein spitzbübisches Grinsen.

Nicole lächelte verständnisvoll.

»Und was ist dann passiert?«

»Sie hat das Foto wütend in lauter kleine Schnipsel zerrissen und ist wortlos gegangen. Sie hat nie wieder davon gesprochen. Sie spielt die liebende Gattin, für unsere Söhne und für all die Leute. Sie ist eine tolle Frau, meistert alles. Aber sobald wir allein sind, lässt sie mich spüren, dass sie mich für ein egoistisches, perverses Schwein hält. Und das bin ich wohl auch. Meine Wünsche sind abartig. Ich habe meine Frau sehr verletzt. Ich war rücksichtslos und habe ihr Vertrauen missbraucht. Ich habe als Mann versagt.«

Nun, da der Anwalt reumütig alle Schuld auf sich genommen hatte, war es Nicoles Aufgabe, seine Seele zu erleichtern. Sie war die Instanz, die ihn freisprechen konnte. Vielleicht war diese Sehnsucht nach Freispruch eine Berufskrankheit. Nicole legte ihre Hand auf seine und wandte sich ihm liebevoll zu.

»Für seine Wünsche muss sich niemand schämen. Du stellst dir immer große Brüste vor, stimmt's?«

Der Anwalt schaute sie halb vorsichtig, halb bittend an. Er wollte, dass sie weitersprach. Nicole kam sich vor wie seine Therapeutin.

»Du willst in das weiche weiße Fleisch greifen. Du willst darin versinken, bis dir Hören und Sehen vergeht.«

Der Anwalt saugte ihre Worte förmlich auf. Er wartete auf mehr. Nicole sah auf ihr Dekolleté, und der Anwalt riskierte einen lüsternen Blick auf die Spalte zwischen den Brüsten.

»Ich trage ein Kleidungsstück, das die Brüste für dich noch größer macht.«

»Das tust du? Nur für mich?«

»Nur für dich. Du darfst deinen Schwanz zwischen meine Titten schieben.«

Der Anwalt kämpfte tapfer gegen die letzten Reste seines guten Benehmens an. Er lächelte dankbar.

»Das würdest du erlauben?«

»Das würde ich erlauben. Es würde mir Spaß machen.«

»Es würde dir Spaß machen?«

»Aber ja. Ich will, dass alles, was ich habe, benutzt wird.«

»Wirklich?«

Nicole strich ihm zärtlich über den behaarten Unterarm.

»Du bist ein erfolgreicher Anwalt. Du hast zwei wunderbare Söhne und eine großartige Frau. Du bist ein glücklich verheirateter Mann. Es gibt nur eine Sache, eine einzige Sache, die du zu Hause nicht bekommst. Und diese einzige Sache bekommst du von mir.«

»Und es bleibt unser Geheimnis?«

»Es bleibt unser Geheimnis.«

Der Anwalt nannte dem Barkeeper die Zimmernummer. Er führte Nicole zum Lift, und als die Tür sich schloss, legte Nicole die Hände des Anwalts auf ihre Brüste. Er griff derb zu.

»Nimm sie dir, nimm dir meine Glocken.«

»Deine Glocken«, sagte der Anwalt mit erstickter Stimme.

Dieses Wort schien das größte Geschenk für ihn zu sein.

»Heute Nacht gehören sie dir allein, zwei schöne, große, pralle Glocken.«

Der Anwalt konnte gerade noch die Zimmertür schließen, bevor er sich auf Nicole stürzte, ihr Dekolleté mit Küssen bedeckte, vor ihr niederkniete und von unten die Brüste hochschob. Nicole lachte wieder und fragte sich, warum die Ehefrau sich das entgehen ließ. Was war so schlimm daran, sich einen Gummibusen umzuschnallen, wenn man dafür einen Schwanz bekam, der einen nach allen Regeln der Kunst durchfickte?

»Du hast es bitter nötig, was? Wie lange hast du es nicht mehr getan?«

»Seit unserem letzten Mal«, keuchte der Anwalt.

»Das ist lange her«, stellte Nicole fest, befreite sich aus seinem Griff und zündete Kerzen in silbernen Leuchtern an, die auf den Nachttischen bereitstanden.

»Hast du zwischendurch wenigstens gewichst?«

»Nicht oft«, antwortete der Anwalt und stand etwas verloren im Zimmer. »Manchmal morgens unter der Dusche, wenn die Kinder aus dem Haus sind und meine Frau zum Einkaufen fährt.«

Er fing an, sich zögerlich auszuziehen. Nicole löschte das Deckenlicht. Der Raum erstrahlte im Kerzenschein. Sie stellte sich vor den Anwalt, streckte ihre Arme in die Luft. Er zog ihr das Kleid aus. Nun trug sie nur noch BH und String, Korselett, Strümpfe und Pumps.

»Und woran denkst du, wenn du unter der Dusche wichst?«

»An dich, immer nur an dich, an deine wundervollen ... Glocken.«

Der Anwalt streichelte über Nicoles Rücken, Taille und Hintern. Dann wanderten die Hände zu den Brüsten zurück. Er schob einen Finger in die Spalte, steckte die Nase hinein, leckte mit der Zunge darin. Nicole kicherte und zog den Stringtanga aus. Sie schlug die Bettdecke zurück und baute sich aus den Kissen ein dickes Polster ans Kopfende. Ihre Pumps behielt sie an, als sie ins Bett stieg. Sie setzte sich, lehnte sich bequem an das Polster und öffnete die Schenkel. Der Anwalt kroch zwischen ihre Beine. Er legte sich auf den Rücken und schob die Stirn gegen ihre warme Möse. Sie hatten es schon öfter in dieser Position getrieben, und Nicole hatte ihr den Namen »Zweierbob« gegeben. Nicole spreizte die Beine noch weiter, um die breite Stirn besser zu spüren, und antwortete mit leichtem Gegendruck. Der Anwalt lag ausgestreckt da, schaute von unten auf die Brüste, die ihm aus dieser Perspektive riesig erscheinen mussten, hob die Arme und griff ins Volle. Er stöhnte vor Lust, riss an einem Körbchen, dass der Stoff knackte, und entblößte die Brust. Er liebkoste die Brustwarze, die sich sofort zusammenzog und aufstellte. Nicole staunte über ihren steinharten Nippel. Sie öffnete den BH und streifte ihn ab, während der Anwalt Laute der Anbetung ausstieß und sich am zweiten Nippel zu schaffen machte. Er klemmte ihn zwischen zwei Finger und zwirbelte ihn steif. Nicht nur die Brustwarzen, die gesamten Titten reagierten. Sie schienen immer praller und fester zu werden, sie schwollen an, so als reckten sie sich den Händen entgegen. Der Anwalt atmete mit geöffnetem Mund. Nicole packte ihn am Kinn und riss seinen Kopf nach hinten, presste sich das Gesicht in die Möse. Er schmatzte und saugte, er grapschte und knetete; alle Vornehmheit fiel von ihm ab, und Nicole, deren Atemstöße schneller wurden, bremste sich, um den Augenblick auszukosten. Sie strich über den festen Stoff des Korseletts, über dessen Rand sich die Brüste drängten, die der Anwalt so gierig bearbeitete. Sie ließ ihre Hand über die weiche Haut des Innenschenkels wandern, berührte den Strumpfrand, der das Fleisch einschnürte, sie betrachtete ihre schönen Beine in den Strümpfen und die schwarzen Pumps, deren spitze Absätze ins weiße Laken stachen. Sie thronte in einem ausufernden Bett auf den Kissen, eine weißhäutige Königin im schwarzen Mieder, von Kerzenlicht umflackert, und zwischen ihren Beinen zuckte ein nackter Männerkörper.

»Ich besorge es mir jetzt selbst«, sagte Nicole, »und danach brauche ich deinen Schwanz zwischen meinen Glocken.«

Der Anwalt verlor vollends die Fassung. Nicole sah es an seinem Schwanz, der zum Bersten geschwollen war. Sie beugte sich vor, um ihn zu greifen, und dabei begrub sie den

Anwaltskopf tief in ihren Brüsten, die ihm buchstäblich um die Ohren flogen. Er hechelte wie ein Hund, zappelte wie ein Käfer und saugte sich an Nicoles Üppigkeit fest. Nicole ließ den Schwanz los, sank zurück, schob die Hand zwischen das heiße Anwaltsgesicht und die klatschnasse Möse und rieb ihren Kitzler. Sie stellte sich vor, was der Anwalt sah. Gewaltige, riesenhafte, unbändige Titten, an deren Größe er sich berauschte, bis er darunter zu ersticken drohte. Sie empfand eine diebische Freude, eine triumphale Genugtuung, den fürsorglichen Familienvater, den braven Ehemann, den geschniegelten Geschäftsmann derart außer sich zu sehen. Nichts als blinde Geilheit blieb von ihm übrig. Als die Schübe im Unterleib sich verdichteten, schloss Nicole die Augen. Sie ließ die Eruptionen kommen und quiekte und schrie. Mit einer rabiaten Geste der Macht stieß sie den Anwalt von sich. Er sah sie verstört an. Sie schmiss die Kissen aus dem Bett, ließ sich flach auf die Matratze fallen und presste mit den Händen ihre Brüste gegeneinander. Der Anwalt bestieg sie. Er kniete sich breitbeinig wie ein Reiter über ihren Brustkorb. Mit den Oberschenkeln half er, die Titten zusammenzudrücken, bevor er ihr den Schwanz dazwischenrammte. Mit beiden Händen stützte er sich an der Wand ab und stieß im Stakkato in die weiche Spalte. Nicole, die Arme spitz angewinkelt, schaute auf den angespannten Körper über sich, die Armmuskeln, die nassen Achselhaare, die zuckenden Lenden, und so riesig, wie ihm zuvor ihre Titten vorgekommen waren, erschien ihr nun sein Schwanz, der wie ein Stahlbolzen in ihr Fleisch trieb.

»Du brauchst mein Rohr zwischen deinen Kugeln, deinen Bällen, deinen geilen Glocken?«, schrie der Anwalt noch, und schon spritzte sein Saft in Nicoles geschminktes Gesicht.

Es war viel, es war heiß, es rann über Nase und Wangen,

und der Anwalt wischte erschrocken mit einem Taschentuch Nicoles Gesicht sauber. Sie kniff die Augen zusammen, lag reglos da und ließ es geschehen. Der Anwalt zitterte und putzte. Als Nicole ihn am Arm fasste und ihm sagte, dass es genug war, legte er sich neben sie, um zu Atem zu kommen.

»Das ist der Himmel auf Erden«, sagte der Anwalt heiser.

Er stützte sich auf, beugte sich über sie und streichelte sie voller Eifer. Er zerfloss vor Dankbarkeit. Seine Busenfixierung empfand er als krankhaft, eine unerträgliche Plage für die gesamte Menschheit. Dafür hatte die prüde Ehefrau gesorgt. Nicole profitierte davon. Sie schaute ihn an und grinste.

»Wir zwei müssen heute nicht mehr in den Fitnessclub.«

Sie stand auf, wusch sich im Bad das Gesicht, entfernte die verschmierten Schminkreste und zog Pumps, Strümpfe, Mieder aus. Erst hatte er sie mit aufreizenden Kleidern ausgestattet, nun legte sie all das Geschmeide ab und reckte und streckte sich vor dem Spiegel. Sie betrachtete sich in ihrer natürlichen Beschaffenheit und sah nach, ob die Brüste Spuren von Missbrauch aufwiesen. Nur die Haut war ein wenig gerötet. Sollten blaue Flecken daraus werden, würde Nicole sie vor Stefan verbergen müssen, aber das war nicht schwer. Sie legte sich nackt neben den Anwalt, der mit erschöpftem, heiterem Gesicht zum Kronleuchter schaute. Er nahm sie in den Arm, sie schmiegte sich an ihn; sie verschränkten ihre Beine, zogen sich die Bettdecke bis unter die Nasenspitzen und schliefen wortlos ein.

In der Nacht erwachte Nicole nur halb, als der Anwalt sich noch einmal an ihr zu schaffen machte. Er befühlte ihren Bauch, strich ihr zart über die Brüste, so als wolle er sich für deren Einsatz bedanken, und die Restgeilheit trieb ihn auf sie; sie schmatzte und knurrte, öffnete die Beine, und dann stieß der Anwalt sein steifes Rohr in ihre Ritze, fickte sie gewöhnlich wie ein Karnickel. Er spritze ab, rollte sich von ihr herunter und plumpste auf den Rücken. Es ist so verdammt einfach, liebe Ehefrau, dachte Nicole und schlief weiter.

München/Mittwoch/18.51 = = =
München/Donnerstag/00.55

Nicole schloss die Lok ab. Sie lief querfeldein über das Bahngelände, überwand Bohlen, Schienen, Schotter und erreichte nach einem zehnminütigen Marsch den Münchner Bahnhof. Dort stopfte sie die Warnweste in den Rucksack und kaufte sich eine kleine Flasche Wasser, die sie gierig austrank. Sie stieg in ein Taxi und nannte die Adresse. Der Wagen fuhr durch eine Einkaufsmeile und kam im dichten Feierabendverkehr nur langsam vorwärts. Sie sah Penner an Hauswänden kauern, zerlumpte Gestalten in Mülleimern wühlen und Sprittis die Pulle ansetzen. Leute hetzten über Zebrastreifen, schlängelten sich durch die Autokolonnen und verschlangen im Gehen Sandwiches. Herren, die in ihren Anzügen dem Anwalt aufs Haar glichen, strebten mit ausladenden Schritten heimwärts, Damen in Pelzen, die winzige Hunde und viel goldenen Schmuck ausführten, betrachteten die Auslagen der Schaufenster, plappernde, junge Mädchen, die Arme mit Tüten und Taschen behängt, verstopften in Viererreihen den Bürgersteig. Münchens Nobelstraßen, die in der Dunkelheit prunkvoll leuchteten, erschienen Nicole als Verheißung. Glanz und Glamour überall, eine optische Einladung an die konsumfreudige, zahlungskräftige Kundschaft. Warum stoppte sie den Fahrer nicht, zahlte und stieg aus? Sie könnte sich unters Volk mischen und das Treiben beobachten, vielleicht für Pepe und Lina etwas Hübsches zum Anziehen kaufen und sich in einer der zahlreichen Pizzerien einen Teller Spaghetti gönnen. Nicole verspürte Hunger. Sie könnte sich den Bauch vollschlagen, gemütlich zum *Ibis*-Hotel spazieren, ein Bad nehmen, ein bisschen Fernsehen schauen und zeitig schlafen gehen. Sie empfand stets einen gewissen Widerwillen, wenn sie zum Professor fuhr. Sie hatte sich mehrmals vorgenommen, ihn nie wieder zu besuchen, doch immer war etwas stärker gewesen als die zweifellos vorhandene Abneigung. Warum tat sie sich das an? Warum kam sie nicht los von diesem Greis? Sie hatte vor zwei Jahren aus einer Laune heraus auf eine Anzeige reagiert, die sie im *Münchner Merkur* gelesen hatte: *Älterer Herr sucht junge, gehorsame Dame für gelegentliches Putzen. Hervorragende Bezahlung.* Die Neugier hatte Nicole getrieben, die Langeweile in einer fremden Stadt, auch der Übermut nach zwei scharfen One-Night-Stands in Hannover und Regensburg. Und so hatte sie unter der angegebenen Nummer angerufen. Die freundliche Frauenstimme am anderen Ende hatte Nicole verblüfft. Noch am selben Abend war Nicole in das vornehmste Viertel Münchens gefahren.

Hier sahen die Straßen wie geleckt aus, die gepflegten Fassaden voller Säulen und Löwenköpfe demonstrierten den Reichtum ihrer Besitzer. Gut bezahlte Gärtner kümmerten sich um die kostspielig bepflanzten Vorgärten, die niedrige Zierzäune begrenzten. Der Wagen hielt vor dem opulenten, fünfgeschossigen Haus mit dem golden beschlagenen Portal. Nicole gab ein großzügiges Trinkgeld und schulterte den Rucksack. Das Taxi brauste davon. Sie schaute sich um, entdeckte keine Menschenseele. So weit sie die Straße hinuntersah, gähnten leere Lichtflecken unter den nach historischem Vorbild gestalteten Laternen. Sie drückte auf den goldenen Klingelknopf neben dem Namen *Schawinsky*. Das Portal sprang sofort auf. Nicole erschrak. Hatte der Alte etwa neben dem Türöffner gestanden und auf ihr Klingeln gelauert? Das Licht im Eingangsbereich schaltete sich von selbst an. Sie passierte die majestätisch hohen Wände, auf die mit viel Pinselschwung ein wüster Wolkenhimmel gemalt war. An der Decke füllte sich der Himmel mit Scharen nackter, dicklicher Engel, die Weintrauben aßen, Schriftrollen darbrachten oder Fanfaren bliesen. Nicole befiel wieder dieses weihevolle Gefühl, das sie von ihren seltenen Kirchenbesuchen kannte. Sie entschied sich gegen den altertümlichen Aufzug, dessen eisernes Schiebegitter verdächtig quietschte und manchmal klemmte. Obwohl sie spät dran war, ließ sie sich Zeit, als sie die Stufen hinaufstieg. Der grobe dunkelrote Sisalläufer dämpfte ihre Schritte. Nicole erreichte die oberste Etage. Die zweiflügelige Tür war angelehnt. Sie klopfte vorsichtig und lauschte. Als sie nichts hörte, klopfte sie lauter. Nach einer Weile vernahm sie die knarzige Stimme des Professors.

»Herein!«

Er hörte nicht mehr gut und sprach nicht mehr viel, an manchen Tagen möglicherweise gar nichts. Nicole hatte den Eindruck, er benutze sein Sprechorgan nur im äußersten Notfall; seine Stimme klang wie eingerostet, und die wenigen Worte, die über seine runzligen Lippen kamen, wirkten wie bittere Flüche. Nicole atmete durch, gab sich einen Ruck und trat über die Schwelle. Laut rastete die schwere Messingklinke ein, als Nicole die Tür hinter sich schloss. Sie schlich durch das weitläufige Entree, doch das Parkett knarrte unter ihren zaghaften Schritten. Jedes Geräusch hallte nach wie im Museum. Nicole stellte den Rucksack auf den Holzboden und zog die Jacke aus. Überall gingen Türen ab, ins Esszimmer, ins Wohnzimmer, in den Salon, ins Rauchzimmer, in die Bibliothek und ins Schlafzimmer. Manche Räume hatten beinahe das Ausmaß eines Ballsaals.

Das Badezimmer war so groß wie Nicoles Wohnzimmer, und in der Küche, in der zwei sechsflammige Gasherde standen, hätten fünf Hausmädchen Platz gefunden, um eine dreißigköpfige Familie zu bekochen. Nicole kannte sich trotz des riesigen Areals inzwischen recht gut in den Gemächern des Professors aus, die ächzend Vergangenheit atmeten. Sie hätte gern etwas über das verflossene Leben hinter all den Türen erfahren, über die längst toten, einstigen Bewohner, und unweigerlich dachte sie an eine großbürgerliche Familie mit weit verzweigter Verwandtschaft, an Kinderscharen, Eltern, Großeltern, Tanten und Onkel, an Hauslehrer, Fahrer und Kindermädchen, an jede Menge Bedienstete und fürstlich tafelnde Abendgesellschaften mit hochrangigen Gästen. Dem Professor jedoch war kein Wort zu entlocken. Er hüllte sich seit jeher in Schweigen. Das wenige, was Nicole zu wissen meinte, hatte sie sich anhand von Indizien selbst zusammengereimt. Der Professor gab nichts preis, als sei er bereits vor seinem Tod verstummt.

Nicole schob die Tür zur Bibliothek auf. Der Raum lag im Dämmerlicht. Vor den hohen Erkerfenstern, gewiss zehn Meter entfernt, stand der repräsentative Schreibtisch, das zentrale Möbelstück, das kein Spediteur der Welt je verrücken könnte. Dahinter thronte er, der böse, uralte Mann. Die zwei grünen Tischlämpchen offenbarten nur die Umrisse seines Oberkörpers. Nicole schluckte und trat näher. Die Dielen unter dem dicken, orientalisch gemusterten Teppich knarrten. Sie stellte sich ins schwache Licht vor den Schreibtisch und machte einen Knicks.

»Guten Abend, Herr Professor«, sagte sie mit leicht zittriger Stimme, »es tut mir leid, dass ich zu spät bin. Ich möchte mich dafür entschuldigen.«

Er verzog keine Miene. Starr saß er da, die Lippen, deren frühere Form ein künstliches Gebiss notdürftig aufrechterhielt, blieben verschlossen. Hatte er sie überhaupt verstanden? Die großen Ohren mit den ausgeleierten Ohrläppchen versagten ihm den Dienst. Vielleicht hatte ein Granateinschlag in einem Schützengraben seinen Hörnerv beschädigt, vor etwa siebzig Jahren, und den Mann in den Jahrzehnten danach an den Rand zur Taubheit gebracht. Bestimmt war der Professor als junger Mann Soldat an der Front gewesen. Sein weißes ausgedünntes Haar stand vom Kopf ab wie bei einem Neugeborenen. Es schien nur sehr langsam oder gar nicht mehr zu wachsen, dafür wucherten buschige weiße Augenbrauen über kleinen, wässrig hellblauen Augen, unter denen Tränensäcke hingen.

»Du bist zu spät!«, herrschte er sie plötzlich an.

Nicole stand stramm.

»Es tut mir leid!«, rief sie. »Verzeihen Sie mir bitte!«

Ein kurzes, heftiges Aufbrausen zweier Stimmen. Dann wieder Stille. Der Professor reagierte nicht. Aber Nicole sah, wie sich unter dem Morgenmantel, der von derselben dunkelroten Farbe war wie der Sisalläufer im Treppenhaus, sein Atem beschleunigte. Die wenigen weißen Haare auf der halb sichtbaren, faltigen Brust standen in verschiedene Richtungen. Seine Schultern hingen nach vorn, der Rücken war gekrümmt, die Statur geschrumpft; früher musste er ein äußerst stattlicher Mann gewesen sein. Mit ein bisschen Fantasie konnte Nicole seine einstige Gestalt vor sich sehen: Der Professor war einmal schlank und rank gewesen, hochgewachsen, größer als die meisten, vielleicht schon immer ein wenig hager, doch nicht dürr. Ein ehemaliger Basketballer? Nein, höchstens ein Golfer oder der Besitzer einer Segelyacht.

Er machte eine wegwerfende Geste mit der linken Hand, bevor er sie, dunkel von Altersflecken und violett hervortretenden Adern, zurück auf die Armlehne sinken ließ. An der rechten Hand trug er einen Siegelring, der nur lose saß und vom knöchrigen Ringfinger zu rutschen drohte. Womöglich ein Familienerbstück. Seine Hände waren noch immer groß, aber sehr sehnig. Er rührte sich nicht vom Platz, verharrte reglos, und hinter seinem Rücken sah Nicole das vergilbte Schaffell, mit dem er die hölzerne Lehne gepolstert hatte.

Sie fürchtete sich vor dem undurchdringlichen Greis. Zugleich faszinierte er sie. Er strahlte etwas Störrisches aus, etwas Gefährliches. Er hatte keine Kraft mehr, höflich zu bleiben, keine Zeit mehr, Floskeln auszutauschen. Das Alter setzte ihm grausam zu. Nicole sah den langen Gehstock, der am Schreibtisch lehnte. Die Knie des Professors waren verschlissen, jeder Schritt schmerzte, und er brauchte eine halbe Ewigkeit, um von einem Raum zum anderen zu gelangen. Deshalb saß er hier und bewegte sich nicht, ein letzter Überlebender, der in den Zustand der Versteinerung überging. Er war nicht mehr in der Lage, sein Leben allein zu bewältigen, und Nicole fragte sich manchmal, wann er zuletzt einen Fuß vor die Tür gesetzt und die Sonne gesehen hatte. Es gab eine Haushälterin, vermutlich jene Frau, die damals ans Telefon gegangen war. Sie erledigte die Einkäufe, machte die Wäsche, bezog ihm das Bett, saugte Staub, wischte die Böden und lüftete die Zimmer. Nicole war ihr nie begegnet, hatte aber auf ihren Erkundungszügen durch die Gemächer die deutlichen Spuren einer Frau entdeckt, gebügelte Taschentücher, vorgekochte Mahlzeiten, hin und wieder einen Strauß frischer, duftender Freesien im Esszimmer. Ob er sie ebenso generös entlohnte wie Nicole? Sie brachte ihm die Post, in der sich alle paar Wochen eine Postkarte fand, auf der Nicole knapp, aber höflich Datum und Uhrzeit ihres nächsten Besuchs mitteilte. Es war die einzige Möglichkeit, denn der Professor telefonierte nicht mehr. Er hatte sich darauf einlassen müssen, dass Nicole die Termine diktierte. Sie könne nicht kommen, wann sie wolle, hatte sie ihm ins Ohr gerufen, sondern nur, wenn ihr Arbeitgeber sie nach München schicke. Ihm hatte es ganz und gar nicht gepasst, er war wütend gewesen und hatte sie angeherrscht, sie solle pünktlich erscheinen. Nicole stellte sich vor, dass ihre Postkarte das einzige Zeichen von Leben blieb zwischen all den Briefen mit Traueranzeigen, die ihn erreichten. Aber vielleicht zeigte die Haushälterin ihm die Kuverts mit den schwarzen Rändern gar nicht mehr. Waren die Toten, die darin verabschiedet wurden, nicht längst jünger als der Professor?

»An die Arbeit«, knurrte er müde.

Nicole schreckte aus ihren Gedanken hoch. Sie hatte den Professor angestarrt und trotzdem durch ihn hindurchgesehen. Ihre Fantasie lief stets auf Hochtouren, wenn sie ihn besuchte, und noch Tage danach, wenn sie längst wieder im Führerstand der Lok saß und einen Güterzug von hier nach dort brachte, ertappte sie sich dabei, wie sie ihm eine Biografie andichtete. Erst jetzt bemerkte sie den gequälten Zug in seinem zerfurchten Gesicht.

Nicole machte einen hektischen Knicks, ließ den Professor allein und lief in die geweißte Kammer, die sie für sich das Ankleidezimmer nannte. Sie zog sich nackt aus. An den Messinghaken hinter der Tür hing ihre Kleidung, von der Haushälterin vorbereitet. Das Kopftuch, das nach Weichspüler roch, faltete sie zum Dreieck, band es sich um und verknotete die Zipfel fest im Nacken. Sie streifte die Schürze über, die ebenfalls frisch gewaschen und gebügelt war, und knöpfte sie sorgfältig zu. Die Schürze hatte kurze Ärmel und ein feines Blümchenmuster in Altrosa und saß eng wie ein Minikleid. Wer sie wohl einst getragen hatte? Die verstorbene Ehefrau des Professors? Ein Dienstmädchen in den fünfziger Jahren? Vielleicht die Haushälterin, als sie noch jünger und der Professor weniger hinfällig gewesen war? Am engen Sitz der Schürze merkte Nicole, dass sie ein wenig zugenommen hatte, ein, zwei Kilo vielleicht. Sie griff in die Taschen. Rechts war das ordentlich zusammengelegte Staubtuch verstaut. Links fand sie das kleine Kärtchen, auf dem eine Münchner Telefonnummer notiert war. Nicole hatte die Nummer nie angerufen, aber sie ging davon aus, dass sie der Haushälterin gehörte, eine Hilfe für den Notfall, von der der Professor nichts ahnte. Nicole schlüpfte in die Pantoffeln, auch diese bereits getragen, wenngleich gepflegt, samtene, zierliche, mit Pailletten bestickte Teilchen in Olivgrün, die obenauf kleine Puscheln trugen. Sie gaben keinen Halt beim Gehen und erinnerten Nicole an den *Kleinen Muck*, jenes Märchen, das sie Pepe und Lina zu Hause schon oft vorgelesen hatte.

Nicole nahm den Staubwedel vom Haken und schulterte die lange, hölzerne Leiter, die zusammengeklappt an der Wand lehnte. Heute blieb keine Zeit für einen neugierigen Spaziergang durch die Zimmer, eine kleine Wohnungsbesichtigung. Sie bugsierte die Leiter in die Bibliothek, klappte sie auf und stellte sie vor den Bücherregalen in der Ecke neben den Fenstern ab, vom Professor aus gesehen links. Der Plan sah vor, dass Nicole in größtmöglicher Distanz mit dem Saubermachen begann und sich im Uhrzeigersinn Meter für Meter zu ihm vorarbeitete. Da die gesamte Bibliothek vom Boden bis an die Decke mit Büchern bestückt war und kein Fleckchen Tapete frei lag, dauerte es stets seine Zeit, bis Nicole in seine Nähe rückte. Sie schaltete alle Lichter ein, den vielarmigen Leuchter an der Decke und auch die Wand- und Stehlampen. Es musste hell sein, damit der Professor Nicole sah, und Nicole den Staub. Der alte Mann saß unverändert hinter dem Schreibtisch, aber das plötzlich erstrahlende Licht blendete ihn und er musste blinzeln.

Nicole begann mit der Arbeit. Sie stieg auf die Leiter und entfernte den Staub. Der Staubwedel hatte einen langen Stiel, und das dicke Büschel weicher Haare zog den Schmutz an und hielt ihn fest. Wie hatte der Professor ihn unlängst genannt, als sie ihm mit dem Wedel über die Beine hatte streichen sollen? Kizi-mizi? Kizia-mizia? Nicole hatte anfangs nicht kapiert, wovon er sprach. »Kizia-mizia«, hatte er geknurrt, »mein Kätzchen«, und wieder: »Kizia-mizia«. Ein schönes Wort, beinahe ein Gesang, mit zärtlichem Klang, ein Kinderwort. Nicole hatte es wiederholt und dem Professor, der einen Ton wie ein schnurrender Kater produziert hatte, die schmerzenden, dünnen Beine liebkost.

Nicole ging gründlich vor, von hinten nach vorn, von oben nach unten säuberte sie die Bücherregale, und fügsam arbeitete auch ihre kleine Helferin, die Kizia-mizia. Die Bücher, die Nicole vom Staub befreite, schienen ihr verschlüsselte Mitteilungen aus einer fremden Welt zu sein, dick und rissig die Ledereinbände, golden die gestanzten Schriftzüge, einige Buchschnitte gesprenkelt wie Wachteleier. Ob der Professor jedes dieser kostbaren Stücke gelesen hatte? Enzyklopädien, meterlange Werkausgaben von Friedrich Engels und Sigmund Freud, Reihen über Archäologie und Physik in Schubern, alle Stücke von Shakespeare. Nicole las Titel wie *Gläserne Bienen* oder *Die Welt der geheimen Mächte*. Wenn sie auf der Leiter stand und sich mit den Schätzen des Professors konfrontiert sah, kam ihr das eigene Abitur jämmerlich vor, und stets erneuerte sich ihre Bewunderung für diesen Mann des Geistes. Im Salon hatte sie einmal teuer gerahmte Urkunden gesehen, auf denen Prof. Dr. Dr. E. S. zum Preisträger eines Forschungswettbewerbs, zum Mitglied einer wissenschaftlichen Akademie oder zum Ehrenbürger einer amerikanischen Stadt ernannt wurde, großflächige Schriftstücke mit Siegeln, roten Kordeln und respekteinflößenden Unterschriften aus Tinte. Der Professor musste eine Koryphäe sein, über die Grenzen des Landes hinaus geschätzt. Er war zu großen Leistungen fähig gewesen, ein Meister seines Fachs, doch welchen Fachs, darin war Nicole sich unsicher. Geschichte? Psychologie? Physik? Die Bücher gaben ihr keinen Aufschluss, zu weit gefächert die Themen, zu kompliziert, zu speziell.

Als sie das erste Segment gesäubert hatte, stieg sie von der Leiter, öffnete das Fenster und klopfte den Wedel aus. Der Professor hatte den Oberkörper leicht gedreht und sich ihr zugewandt. Sie verschob die Leiter um zwei Meter und wiederholte die Prozedur. Nicole musste achtgeben, dass sie in den Pantoffeln auf den Sprossen nicht wegrutschte, umknickte und abstürzte. Die meisten Unfälle, hatte sie gelesen, passierten im Haushalt. Einmal hatte sie die Pantoffeln, um einen besseren Tritt zu haben, leichtsinnig von den Füßen geschnipst und war barfüßig auf die Leiter geklettert. Ein grober Fehler. Der Professor hatte getobt wie der Satan. Er hatte sie mit donnernder Stimme als Schlampe beschimpft. In diesen Wutausbrüchen, die so unvermittelt einsetzten wie sie aufhörten und vor denen es Nicole einerseits graute, spürte sie andererseits noch immer seine Stärke, seine Durchsetzungskraft, den durch nichts aufzuhaltenden Willen, zum Ziel zu kommen. Seit jenem Tobsuchtsanfall wusste Nicole, dass nichts an ihrer Kostümierung beliebig war. Der Professor hatte sie mit Bedacht gewählt, und Nicole durfte nichts daran verändern. Aus dem Augenwinkel sah sie, dass er sie genau beobachtete. Sein Blick klebte an ihr. Nicole hob die Arme und den Wedel, streckte den Hintern heraus, sie bog und verrenkte, drehte und wendete sich.

Sie gab sich Mühe, alles richtig zu machen und seinen alten Augen etwas zu bieten.

Schließlich erreichte sie das Regal über der hohen Tür, eine Maßanfertigung, die ein Schreiner einst dem Rahmen angepasst und um ihn herum gebaut hatte. Hier standen die Bücher, die der Professor selbst geschrieben hatte, eine stattliche Anzahl, und anhand der Titel erwog Nicole wieder, ob er nicht doch Biologe war. Oder Mediziner? Womöglich hatte er in jüngeren Jahren eine bahnbrechende Entdeckung gemacht. War zu Kongressen in aller Welt gereist, hatte Vorträge vor vollbesetzten Auditorien gehalten und stehende Ovationen entgegengenommen. Hatte ganze Abteilungen hochqualifizierter Mitarbeiter angeleitet und einen Stab beflissener Assistenten wie einen Schweif hinter sich hergezogen. Die Frauen mussten ihm zu Füßen gelegen haben; das brachte der Erfolg mit sich, heißblütige Verehrerinnen, von seinem Ruhm, seiner Weltgewandtheit, seinem Charme erotisiert. Ein Mann von Format. Er war bestimmt kein Kostverächter gewesen und hatte auf seinen Reisen hier und da eine Schöne erobert, aus den reichen, vornehmen Damen wählen können, die die eigene Ehe ein wenig langweilte. Wie viele Geliebte mochte er in seinem Leben gehabt haben? Und hatte er dennoch die Eine, die Einzige, die ihn um den Verstand brachte, die er in sich trug bis zum letzten Atemzug, hatte er die Frau seines Lebens nie besessen? Denn nicht das Klischee einer beliebigen Putzfrau erregte den alten Mann, vielmehr war es eine bestimmte Person, die Nicole zu spielen hatte. Diese Person hatte die olivgrünen Zierpantöffelchen, die altrosafarbene Blümchenschürze und das Kopftuch getragen. Mit größter Wahrscheinlichkeit hatte sie auf der Leiter gestanden und die Bücher des Professors entstaubt, genau wie nun Nicole. Sie wusste sogar, wie die Person hieß. Sie machte durch ihre

Verkleidung eine konkrete Erinnerung lebendig, so dass der alte Mann sich einbilden konnte, jene Frau stünde leibhaftig vor ihm. Oder hatte die Angebetete eben dies, was Nicole hier tat, nie für den Professor getan? War es immer sein Traum geblieben? Nicole bemühte sich, dem Bild, das dem Professor vorschwebte, möglichst zu entsprechen, und das gelang am besten, wenn sie sich strikt an seine Anweisungen hielt.

Sie kletterte eifrig hinauf und hinunter, schlappte mit eiligen Schrittchen quer über den Teppich zum Fenster, schüttelte den Staubwedel aus und schloss das Fenster jedes Mal wieder, damit der Professor sich nicht verkühlte. Sie strengte sich an, und sie achtete nebenbei darauf, dass die Regale wirklich sauber wurden, um der Haushälterin behilflich zu sein. Auf der Leiter reckte sie den Oberkörper nach vorn, bückte sich tief, steckte den Kopf in die hintersten Winkel, bog den Rücken durch, schob den Hintern heraus. Langsam aber stetig rückte sie in seine Nähe, und als nur noch vier oder fünf Schritte sie vom klobigen Schreibtisch trennten, intensivierte sie die akrobatischen Turnübungen. Je dichter sie dem Professor kam, umso energischer schwenkte sie den Arsch in seine Richtung. Nicole geriet ins Schwitzen, die Wangen wurden heiß, die nackte Haut feucht unter der Schürze, und zwischen ihren Beinen meldete sich mit einem angenehmen Kribbeln die Möse. Der Stoff der Schürze haftete auf den Hüften, die geöffneten Beine, eins auf der vierten, das andere auf der siebten Sprosse, ließen Luft ans warme Fleisch. Der Professor blickte ihr unverwandt zwischen die Schenkel. Nicole hielt inne, als sie sah, dass der Professor sich mühsam hinter dem Schreibtisch erhob und mit dem Sessel zurückrutschte. Als er sich zurückfallen ließ, öffnete er die Knie. Breitbeinig saß er da, und der locker gebundene Morgenmantel verbarg den schlaffen Schwanz nicht mehr, der genau so aussah wie der ganze Mann: lang und dünn und faltig. Nahm der Professor ihn selbst in die Hand? Nein, das würde Nicole tun. Er trug nichts bei. Er ließ sich bedienen.

»Jetzt auf die Knie!«, befahl er in die Stille hinein.

Sie stieg herunter, ließ sich auf allen vieren am Fuße der Leiter nieder und lächelte, als sie endlich den geheimnisvollen Namen aus seinem Munde hörte.

»Donata«, flüsterte er, »Donata.«

Sie nahm den Staubwedel mit, als sie zu ihm kroch, langsam, mit gesenktem Kopf, wie ein getretener Hund. Sie kauerte sich neben ihn. Den Kopf nah beim Schwanz, stieg ihr der Geruch von Kernseife in die Nase, eine schmucklose, aber ehrliche Note, die Nicole verriet, dass der Professor sich für ihren Besuch extra gewaschen hatte. Sie wusste nicht recht, ob sie den Schwanz jetzt berühren sollte. Er war dicker geworden und hob sich vom schlaffen Hodensack ab, auf dem er geruht hatte. Der Schwanz immerhin wünschte es, das war eindeutig. Nicole schaute den Professor fragend von unten an. Er strich ihr mit zittriger Hand über das heiße Gesicht. In seinen blassblauen Augen stand das Wasser. Er sah traurig aus und bewegt. Abrupt wandte er sich ab und fingerte etwas aus der Tasche seines Morgenmantels. Es war ein großer Kamm, die dicken Zinken reihten sich in breiten Abständen.

»Die Fransen«, sagte er in grimmigem Ton, »fang vorn an.«

Er schob den Kamm langsam zwischen Nicoles Lippen; sie hielt ihn mit den Zähnen. Hatte sich Nicole bis eben oben auf der Leiter verrenkt, so durfte sie von nun an keinesfalls mehr aufrecht gehen. Erst hatte er zu ihr aufblicken wollen, jetzt sah er auf sie herab. Es machte ihn an, wenn seine Donata über seinem Kopf turnte, sich ihm von allen

Seiten darbot. Dann aber musste sie in aller Demut vor ihm auf dem Boden kriechen.

Nicole krabbelte mit dem Kamm zwischen den Zähnen in Richtung der Tür bis zur Teppichkante. Sie nahm den Kamm aus dem Mund, ein antikes Modell aus Horn mit metallenen Zierbeschlägen, und fing an, die Fransen zu kämmen. Sie verwand Sorgfalt auf jede Faser, und im Schneckentempo arbeitete sie sich rückwärts wieder auf den Professor zu. Der Arsch bewegte sich hin und her; die Schürze spannte; der Saum verlief direkt über den Arschbacken. Dass der Professor ungehindert Einblick in ihre Spalte nehmen konnte, trieb ihr die Hitze zwischen die Beine. Ob die Möse schon glänzte vor Nässe? Nicole war bereit für einen Fick, mehr als bereit, sie sehnte sich danach, dass ein steifer Schwanz sich in ihr Loch rammte und sie von den tropischen Temperaturen erlöste, von den Pulsschlägen im Unterleib. Aber dieser Wunsch würde sich nicht erfüllen, was ihn nur umso dringender machte und fast schmerzhaft anwachsen ließ. Die Schenkel rieben aneinander, während Nicole sich Zentimeter für Zentimeter bewegte, und im Gegensatz zu den Fransen, die makellos parallel auf den Dielen lagen und sehr akkurat wirkten, geriet Nicoles heiß geturnter Körper immer mehr in Wallung.

Als sie kurz innehielt und den Kopf über die Schulter zum Professor drehte, sah sie, dass er beinahe im Sessel lag und die wasserblauen Augen entrückt auf ihren Arsch starrten, ein Bild wie im Traum, entspannt und schamlos; er labte sich, er weidete sich, er fickte sie mit Blicken und verlor sich in den dunklen Gefilden seiner Triebe. Es war ein Jammer, dass der Professor so alt war. Doch gegen den Verfall des Fleisches kannte auch er, der berühmte Wissenschaftler, kein Mittel. Musste einer wie er es nicht als ungeheure Schmach empfinden, seinen Gebrechen ausgeliefert zu sein?

Unaufhaltsam zu schrumpfen? Die simpelsten Verrichtungen nicht mehr bewältigen zu können? Einen Körper, der dem famosen Intellekt ein Gehäuse gewesen war, nicht mehr unter Kontrolle zu haben? Der Professor war Niederlagen gewiss nicht gewohnt.

Nicole entsann sich ihrer Aufgabe und sah von der eigenen Geilheit ab, so gut es ging. Zwar konnte sie ihm mit albernen dreizehn Schuljahren keinesfalls das Wasser reichen, doch körperlich war sie ihm mehr als gewachsen. Mit ihrem gesunden Körper konnte sie seinem hinfälligen für Momente noch einmal aufhelfen.

Sie erreichte den Schreibtisch, den Sessel, den Professor. Wieder kniete sie wie ein Hündchen vor ihm. Er schnaufte leise, erwachte nicht aus seiner Trance und wies mit dem knochigen Finger auf das klobige Möbelstück. Nicole machte sich gehorsam daran zu schaffen, ohne die kniende Position aufzugeben. Sie zückte das Staubtuch, säuberte die Bücherstapel und Ordner, die überall verstreut lagen, die Schreibunterlage und die grünen Lampenschirme. Sie ließ sich zurück auf die Hände sinken und wand sich um den großen Tisch, putzte die dunklen glatten Seitenflächen, die hölzernen Kugelfüße und die säulenförmigen Schnitzereien. Sie wendete gelenkig, stützte sich auf den Ellbogen ab, kroch mit dem Kopf voran unter die Platte wie in eine Höhle und wischte emsig über Winkel und Kanten. Der Arsch ragte heraus, und sie spürte, wie die Hand des Professors, nicht nur vor Altersschwäche zitternd, die Schürze hochschob und plötzlich rabiat in Nicoles Arschbacken griff. Schauer jagten ihr den Rücken hinauf über Nacken und Hinterkopf, und für eine Sekunde überlegte sie, ob er sie nicht ersatzweise mit dem Gehstock ficken könnte. Es waren die unvorhersehbaren Wechsel zwischen Herrschsucht und Zärtlichkeit, zwischen Zuckerbrot und Peitsche, die sie ebenso fürchtete wie herbeisehnte und die sie wahnsinnig machten. Nicole antwortete, indem sie den Arsch gegen die große, alte Hand presste.

»Donata«, hauchte er wieder.

Nicole kroch unter dem Tisch hervor und ließ sich zwischen seinen Beinen nieder. Sie strich mit dem Wedel über die Innenseiten seiner dünnen Oberschenkel.

»Kizia-mizia«, flüsterte Nicole, obgleich sie wusste, dass er sie nicht hören konnte.

»Donata«, hauchte der Professor, »du duftest.«

Er schloss die Augen und sog die Berührungen auf wie ein Schwamm. Hautkontakt war das Wichtigste, viel wichtiger als abzuspritzen.

Nicole hatte einmal in einem Boulevardblatt die Beichte einer zwanzigjährigen Hure gelesen, die sich auf Altersheime spezialisiert hatte. Die Freier, nicht selten sechzig Jahre älter, bezahlten für nichts als die Gegenwart einer schönen, jungen Frau. Es käme kaum zum Sex, viel mehr wünschten sich die Männer Zuwendung und Aufmerksamkeit. Die Hure verabreiche ihnen Streicheleinheiten oder kleine Massagen, viele wollten sie einfach nur anschauen, mit ihr reden oder zusammen auf dem Sofa sitzen und fernsehen. Mit einigen der Stammkunden verbinde sie so etwas wie Freundschaft. Männer, die sich schämten, stellten den Mitarbeitern des Heims den Damenbesuch als Enkelin vor. In jeder dritten deutschen Seniorenresidenz, hatte am Schluss des Artikels gestanden, böten Sexarbeiterinnen inzwischen ihre Dienste an, Tendenz steigend.

Nicole streichelte mit beiden Händen die faltige Haut an den Oberschenkeln, umspielte die Leisten, umfasste mit den Händen den Sack und betrachtete die wenigen Schamhaare.

»Kizia-mizia«, flüsterte sie immer wieder.

Der Schwanz reagierte dankbar auf so viel Zuneigung.

Um ihn steif zu machen, hatte sie ihn nicht einmal anfassen müssen. Schließlich küsste sie ihn und nahm die Spitze in den Mund. Der Professor stöhnte leise.

»Ich wusste, dass du es eines Tages tun würdest, Donata«, raunte er mit belegter Stimme.

Nicole umschloss die Eichel mit weichen Lippen, befeuchtete sie und ließ sanft die Zunge kreisen. Der Professor, im Sessel und im Genuss versunken, fing zu summen an. Eine kleine Melodie, brüchig und verweht, ein melancholischer Singsang aus einer fremden Welt, Wortfetzen auf Polnisch und dann wieder nur das Summen, ein Wiegenlied. Nicole lauschte. Sie legte ihren Kopf in seinen Schoß. Der einfache Geruch von Kernseife umhüllte sie und erinnerte sie an die Zeit, als sie ein Kind gewesen war, an die lieben Augen der Großmutter, die weichen Hände, das graue, in Wellen gelegte Haar.

Auf einmal wusste Nicole, wer Donata war. Donata war das Kindermädchen. Sein Kindermädchen. Die erste Frau im Leben des Professors. Er sehnte sich nach ihr. Vielleicht hatte er eine strenge, unnahbare Mutter gehabt, die ihn nie gestreichelt, nie gekitzelt, nie geküsst hatte. Eine Mutter, die jeden Körperkontakt vermied, aus Angst, ihre Frisur könne Schaden erleiden. Donata aber, das Kindermädchen, hatte den kleinen Eugen nachts, wenn er aus einem bösen Traum hochgeschreckt war, heimlich unter ihre Bettdecke kriechen lassen. Er war vier oder fünf gewesen. Schlaftrunken und verstört hatte er sich an den warmen Leib gedrückt, unter dem leinenen Nachthemd den üppigen Busen gespürt, den Bauch und die Schenkel. Er hatte sich angeschmiegt, sein zerzaustes Köpfchen in ihre Achselhöhle gegraben und war geborgen eingeschlafen. Es war hier geschehen, in dieser Wohnung, vor über achtzig Jahren. Nicole war sich sicher, dass der Professor in diesem Haus geboren worden und ein

Kind gewesen war. Mit zehn oder zwölf hatte er einmal unbemerkt die Nase durch den Türspalt gesteckt und beobachtet, wie Donata in Schürze, Kopftuch und Pantoffeln auf der Leiter gestanden und die Bücher der Bibliothek entstaubt hatte. Er hatte sich in jenem Alter nicht mehr getraut, zu ihr ins Bett zu kriechen, ihr dafür umso begieriger unter die Schürze geschaut. Nicole wusste plötzlich, dass er nicht der Einzige gewesen war, der geschaut hatte. Ein anderer hatte damals hinter dem schweren Schreibtisch der Bibliothek gesessen und lüsternen Blicks Donatas Verrenkungen verfolgt: der Vater. Da war der halbwüchsige Eugen wütend geworden, eifersüchtig und traurig. Er war vor der Szene davongelaufen und hatte sich verraten gefühlt. An jenem Tag hatte Eugen auf seinem Bett gelegen und zum letzten Mal in seinem Leben hemmungslos geweint.

Später, als Vater und Mutter tot waren, hatte er die Wohnung geerbt, den Besitz, und die Bibliothek nach seinen Vorstellungen umgestaltet. Er hatte eine Frau geheiratet, gebärfreudig und aus einer ebenso wohlhabenden Familie, seinerseits Kinder gezeugt und mit ihr in der Wohnung seiner Eltern ein Leben nach ihrem Vorbild geführt, mit Dienstmädchen, Hauslehrern und abendlichen Empfängen. Auf seinen Reisen hatte er die Damenwelt betört und Liebschaften angehäuft. Vielleicht hatten auch seine Ehefrauen gewechselt. Sicher hatte er es mit dem einen oder anderen Hausmädchen getrieben. Der Professor war immer älter geworden; die Kinder waren auf und davon, verstreut in alle Welt, die Enkel längst erwachsen, die Ehefrauen gestorben, das Personal entlassen. Vielleicht hatte der tobsüchtige Mann sie alle eigenhändig zur Tür hinausgejagt. Der Professor selbst jedoch hatte bleiben müssen bis zum Schluss, hatte bleiben müssen im Bühnenbild seiner Träume und stets auf eine wie Donata gewartet. Ein ganzes Menschenleben lang hatte er sie gesucht. Sie war nie erschienen. Keine hatte ihr geglichen. Keine hatte sich ihm auf der Leiter gezeigt.

Nicole schaute auf. Der Professor saß reglos mit geschlossenen Augen da. Er summte nicht mehr. In seinem Gesicht herrschte Frieden. Es war still und warm. Schlief er? Sie kniete zwischen seinen Beinen. Sie hob den Hintern von den nackten Fersen, fasste sich zwischen die Beine, fuhr sich mit der Handfläche durch die nasse Möse und steckte die Finger einzeln hinein. Sie betrachtete den Saft, der durchsichtig glänzte, und führte die Hand zum Gesicht des Professors, hielt sie ihm unter die Nase, strich über Augen und Stirn, verrieb den heißen Saft auf seinem Mund. Der Professor leckte sich die Lippen, sog tief den Geruch ein und drückte das ganze Gesicht in Nicoles Hand, ohne die Augen zu öffnen. Er lächelte, und für den Bruchteil einer Sekunde schien hinter den Stirnfalten, den buschigen Augenbrauen, den schlaffen Tränensäcken und den eingefallenen Wangen das zuversichtliche Gesicht des kleinen Jungen auf, der er einmal gewesen war.

»Verschwinde! Augenblicklich!«

Der Schrei riss Nicole aus ihren Gedanken, die einzig dem Professor gegolten hatten. Sie ließ den Schwanz los und sprang erschrocken auf. Wie lange hatte sie zwischen den Beinen gekauert und ihn liebkost? Er beugte sich nach vorn, öffnete die Schublade des Schreibtischs und gab ihr das vorbereitete Kuvert. Mit der sehnigen Hand verscheuchte er sie wie eine Fliege. Der Siegelring verrutschte.

»Raus jetzt!«, schrie er und schaute sie nicht mehr an.

Den Kopf angewidert zur Seite gedreht, krallte er die Hände in die Sessellehnen. Nicole schnappte Wedel und Tuch, schulterte die Leiter und verließ die Bibliothek mit hektischen Schritten. Der Schreck sorgte für einen neuen

Hitzeschub. Sie war den Tränen nahe. Im Ankleidezimmer zog sie das Kostüm aus, hängte es zurück an die Messinghaken und stieg eilig in ihre Klamotten. Sie steckte das Kuvert ein, zog Jacke und Schuhe an, nahm den Rucksack, hastete über die knarrenden Dielen des Entrees und floh aus der Wohnung. Wie eine Verrückte hetzte sie die Stufen hinunter, rannte durch die leere Straße, hörte von ferne, wie das Portal des Geisterhauses zuknallte. Sie rannte und rannte durch die kalte Nacht und drosselte das Tempo erst, nachdem sie zweimal um die Ecke gebogen war.

Als sie ein Bushäuschen entdeckte, ging sie schnell hinein und ließ sich auf die Bank unter dem Glasdach fallen. Nicole zückte ihr Blackberry. Es war kurz vor ein Uhr. Sie fand eine wundervolle Nachricht. Die morgige Tour nach Saarbrücken war gestrichen. Übermorgen sollte Nicole von München nach Göttingen fahren. Die Zugleitung bat um Rückruf. Sie telefonierte mit Nadebohr, der in Bonn vor den Bildschirmen saß und Nachtdienst hatte. Er war sauer, dass Nicole erst jetzt bestätigte. Sie stammelte eine Entschuldigung. Nadebohr wollte nichts hören. Im Hintergrund klingelten Telefone.

»Dienstbeginn morgen, Freitag, achtzehn Uhr dreißig, du steigst auf die ES 64 U2. Viel Spaß in München!«, blaffte Nadebohr und legte auf.

München/Donnerstag/01.02 = = = München/Donnerstag/01.49

Nicole atmete die kalte Nachtluft tief ein und aus. Vor ihr lag ein freier Tag und noch einer, an dem sie erst am Abend zur Arbeit musste.

Auf dem Handy fand sie eine SMS von Stefan, in der er sie fragte, ob es ihr gutgehe. Zu Hause sei alles in Ordnung. Lina habe ein Puppenhaus gebastelt.

Nicole wünschte, sich mit einem Fingerschnippen nach Berlin zaubern zu können. Früher war sie bei jeder sich bietenden Gelegenheit in den nächsten Zug nach Berlin gesprungen, um wenigstens kurz bei ihrer Familie zu sein. Doch sie hatte zu Hause nur Unruhe gestiftet. Gerade angekommen, hatte sie schon wieder abfahren müssen. Die Kinder hatten protestiert und geweint und waren überfordert gewesen mit einer Mutter, die zur Tür hereinschneite, nur um mitzuteilen, dass sie gleich wieder losmüsse. Nicole hatte mehr Zeit in Zügen der Deutschen Bahn als zu Hause verbracht und sich diese Spontanbesuche bald abgewöhnt. Seither hielt sie sich an den Rhythmus: zehn Tage auf Tour, vier Tage daheim. Sie zog das Kuvert aus dem Rucksack und öffnete es. Zwei Fünfhundert-Euro-Scheine. Wieso hatte der Professor das Honorar verdoppelt? Hatte sie nicht alles genau so gemacht wie sonst auch? Nicole schenkte sich den Weg zum Bahnhof und ließ das reservierte Zimmer im *Ibis*-Hotel sausen. Planänderung wegen Finanzüberschuss. Unschlüssig blickte sie nach links und nach rechts. Am Ende der Straße entdeckte sie ein anheimelndes Licht. Sie nahm ihren Rucksack und lief zielstrebig in die Richtung, aus der ein blauer Schriftzug leuchtete. Die Nacht tat ihr gut, die Stille, nirgends ein Mensch, kein Auto weit und breit. Die Aussicht auf einen Ruhetag stimmte sie milde, auch das Geld im Kuvert. Aber sie war sehr müde, sehr hungrig, und ihre Schultern schmerzten unter der Last des Rucksacks. Als sie nach fünf Gehminuten das Hotel mit dem Namen *Blauer Mond* erreichte, merkte sie, dass sie keinen Schritt weiter hätte gehen können. Das Hotel gehörte zur gehobenen Kategorie, der Gegend angemessen. Nicole drückte den goldenen Knopf neben der Aufschrift *Nachtportier*. Das Tor fuhr surrend auf. Durch einen gepflegten Garten schritt sie über weiße Kieswege auf die Villa zu, die einem Tempel glich. Sie ging die geschwungene Steintreppe hinauf. Ein Herr in Hoteluniform kam ihr entgegengeeilt und hielt ihr die Tür auf.

»Haben Sie ein Zimmer für zwei Nächte?« Nicole rang sich ein Lächeln ab.

Mit prüfendem Blick erwog er ihre Zahlungsfähigkeit. Hier verkehrten für gewöhnlich reiche, alte Damen, die Pelze, Hüte und Brillanten spazieren trugen.

Sie kramte den Ausweis aus dem Rucksack und überließ ihn dem Nachtportier.

»Sehr gern, gnädige Frau, ein Einzelzimmer für zwei Nächte«, sagte er und händigte ihr mit einer devoten Verbeugung den Schlüssel aus, der an einer phallisch anmutenden Messingglocke hing.

Sie fuhr mit dem Lift nach oben. Alles war in blaues Licht getaucht: die Wände, die Böden, die Pflanzen. Im Zimmer stand ein breites Bett. Nicole war zu müde zum Duschen, zu müde, einen Blick aus dem Fenster zu werfen. Sogar zu müde zum Onanieren. Sie zog sich aus, plünderte die Minibar und legte sich mit Nüsschen, Schokoriegeln,

Chips und einer Flasche Bier in die Kissen. Unter die Decke gekuschelt, stopfte sie stupide alles in sich hinein und spülte mit dem Bier die Reste aus den Zähnen. Auf dem Nachttisch lag die Mappe mit den Service-Nummern und den Angeboten des Hotels. Als Nicole ohne Interesse darin blätterte, fiel ein Kärtchen heraus. Nicole las: *Verspannungen? Kopfschmerzen? Gereiztheit? Ich verwöhne Sie mit geschmeidigen Massagen nach Ihren Wünschen und schenke Ihnen ein neues Körpergefühl.* Neben einem kleinen Porträtfoto, das einen beinahe noch jungen, sehr gut aussehenden Mann im weißen Polohemd zeigte, stand: *Sascha von Schladow, Masseur und Körpertherapeut.* Er blickte charmant in die Kamera. Von Beruf Frauenversteher, dachte Nicole und löschte das Licht, genau das Richtige für diese stinkreichen, gelifteten und ungefickten Schlachtschiffe. Schlapp kroch ihre Hand unter die Decke und befühlte unentschlossen die weichen Lippen, in denen noch immer die Nässe hing. Ungefickt, fiel Nicole zerknirscht ein, war auch sie heute geblieben. Sie strampelte die Decke von sich und öffnete leicht die Beine. Die Finger kreisten mechanisch um den Kitzler. Nicole schloss die Augen. In ihrem Hirn ratterte der Zufallsgenerator durch den Katalog ihrer Onaniefantasien. Er blieb beim Professor hängen. Sie wehrte sich nicht. Und plötzlich, auf der Schwelle zum Schlaf, begriff Nicole den wahren Grund für die großzügige Bezahlung. Das Geld war keine Belohnung für die Turnereien und für die Verkleidung, kein Entgelt für seine Schroffheiten. Das Geld war die Entschuldigung dafür, dass er sie nicht ficken konnte. Dass sie nicht auf ihre Kosten kam. Der Professor wusste um diese Zumutung. Er wusste, wie elend Nicole sich fühlte. Sie spulte im Kopf den Film zurück bis zu der Stelle, an der sie auf dem Teppich gekniet und die Fransen gekämmt hatte. Sie drehte den Kopf über die Schulter. Sie sah ihn vor sich, wie er im Sessel lag und ihr mit schamloser Gier auf den Arsch stierte. Der Schwanz war steif, aber der Professor fasste ihn nicht an. Sein Blick bohrte sich in Nicoles Möse, die unter den Arschbacken klaffte. Da stand Nicole auf, lief zu ihm hin, raffte die enge Schürze, setzte sich rittlings auf seinen Schoß, schwang die Beine über die Sessellehnen und stopfte sich den Schwanz ins Loch. Sie hielt sich an der Rückenlehne fest, nah bei seinen großen, tauben Ohren krallte sie sich ins Schaffell. Sie ritt ihn gemächlich; sie hatte ihn im Griff. Er stöhnte unter ihr, erst leise, dann immer lauter. Sein Gesicht war beinahe jung, ein sehr gut aussehender, charmanter Typ im weißen Polohemd, der zusehends die Kontrolle über seine Züge verlor. Nicole fickte derb und derber, ihr Arsch klatschte mit Wucht auf seine Lenden, der Mann wand und bog sich, den greisen Körper erfasste ein Beben, das beinahe junge Gesicht war verzerrt, und als der gemischte Mann abspritzte und Nicole kam, warf sie sich mit Schwung auf die Seite und schlief sofort ein.

Donnerstag/München/09.59 = = = Donnerstag/München/17.24

Als sie erwachte, fasste sich Nicole in die Kniekehlen. Sie hatte die undeutliche Erinnerung, sie über zwei Stuhllehnen wund gescheuert zu haben. Aber die Kniekehlen waren unversehrt. Sie schaute auf Handy und Blackberry. Keine Nachrichten. Es war zehn Uhr. Sie reckte und streckte sich, stieg aus dem Bett und ging duschen. Lange ließ sie sich das Wasser über den Kopf laufen, schäumte sich ein, widmete sich der Körperpflege, und erst nach und nach kam ihr die gestrige Demütigung in den Sinn. Sie drückte die Hände gegen die Kniescheiben und verspürte ein leichtes Ziehen. In einem Hotel namens *Blauer Mond* hatte sie Unterschlupf gefunden. In einem Kuvert lagen tausend Euro. Nicole hatte sehr gut geschlafen. Sie föhnte sich die Haare, zupfte im Vergrößerungsspiegel die Augenbrauen nach und fand, dass sie munter und erholt aussah. Sie zog sich frische Klamotten an, schnappte den Zimmerschlüssel und machte sich auf den Weg zum Frühstücksraum. Unterwegs traf sie ein Zimmermädchen mit Putzwagen, das ihr höflich einen guten Morgen wünschte. Nicole antwortete fröhlich.

Im Frühstücksraum, der mit dem Fischgrätparkett, dem Kronleuchter und der weißen Tischwäsche einem Festsaal glich, saßen nur wenige Menschen. Litten die alten, wohlhabenden Leute allesamt an seniler Bettflucht, hatten bereits um sieben Uhr gefrühstückt und das Haus längst verlassen? Wahrscheinlicher erschien es Nicole, dass das Hotel um diese Jahreszeit nur mäßig belegt war. Vor einem der Fenster rührten zwei ältere Damen mit goldenen Löffelchen in ihrem Tee. Die zarten Porzellantässchen klimperten leise. Ein Paar um die siebzig in bayerischer Trachtenkleidung fütterte seinen weißen Königspudel mit Wursthäppchen. Eine einzelne, zu stark geschminkte Dame mit faltigem Gesicht und auftoupierter, festgesprayter Frisur zerlegte mit dem Besteck ein Stück Melone. Sie kaute mit spitzem Mund und betupfte nach jedem Bissen die roten aufgepolsterten Lippen mit einer Stoffserviette. Nicole drückte das Durchschnittsalter im Raum gewaltig, allerdings auch das Durchschnittsvermögen. Sie kam sich in ihren Jeans und dem blau-weiß gestreiften Pulli fehl am Platz vor. Doch auch ihre jugendliche Frische nach acht Stunden Schlaf passte nicht recht hierher. Sie wählte einen Tisch fernab der anderen Gäste, ließ sich einen Milchkaffee bringen und enterte das Büfett. Nicole begann mit gebratenem Speck, Rührei, Orangensaft. Der zweite Gang, ein Birchermüsli mit Früchten, stellte den gesunden Teil dar. Sie bestellte einen zweiten Kaffee und las die Kurzmeldungen in einer Tageszeitung. Zum Schluss verschlang sie ein Buttercroissant, dick mit Marmelade bestrichen. Als sie ihr Mahl beendet hatte, blickte sie satt und zufrieden durch die Fenster hinaus. Der Himmel war grau; die Luft sah feucht und schwer aus, und kleine Nieseltropfen besprenkelten die Scheiben. Kaltes, nasses Novemberwetter. Sie verließ den Saal und fragte das Fräulein am Empfang, ob es möglich sei, kurzfristig einen Massagetermin zu bekommen. Zurzeit sei der Masseur bei einem Hausbesuch, erklärte das Fräulein, aber um vierzehn Uhr dreißig sei noch etwas frei.

»Wunderbar!«, sagte Nicole.

Das Fräulein notierte Nicoles Namen und teilte ihr mit, dass sich der Wellnessbereich im Untergeschoss befinde und

Nicole nichts mitzubringen bräuchte, da Herr von Schladow alles dahabe, Bademäntel, Pantoletten, Duschhauben. Nicole schlenderte bester Laune in ihr Zimmer. Sie legte sich aufs Bett und rief Stefan an. Er war gerade dabei, die Wäsche aufzuhängen.

»Wie läuft's bei euch?«

»Alles gut. Pepe hat eine Eins für lautes Lesen bekommen. Er darf jetzt zum Vorlesewettbewerb. Und stell dir vor, Lina hat heute Morgen eine Kiwi gegessen.«

»Eine Kiwi? Die fand sie doch immer eklig.«

»In der Kita sind Kiwis gerade Mode, glaube ich. Und wie läuft's bei dir?«

»Meine Tour nach Saarbrücken fällt aus. Ich bleibe bis morgen Abend in München.«

»Und was machst du?«

»Ins Kino gehen. Oder im Bett bleiben und lesen. Das Wetter ist saumies.«

»Hier auch. Ich hoffe, wir werden nicht krank.«

»Denkst du dran, dass Pepe neue Turnschuhe braucht?«

»Mach ich. Jetzt muss ich mich sputen. Honig, Milch und Cornflakes kaufen. Und Kiwis!«

»Mach's gut! Und gib den Zwergen einen Kuss von mir.«

»Pass auf dich auf. Bis später!«

Nicole hörte die Geschichten von zu Hause gern. Sie brauchte die Gewissheit, dass alles seinen gewohnten Gang ging.

Kurz vor halb drei steckte sie sich einen der Fünfhundert-Euro-Scheine in die Hosentasche und fuhr hinunter in den Wellnessbereich. Von einem gekachelten, mit Kübelpalmen ausstaffierten Flur gingen Türen ab. *Sauna*, *Schwimmbad*, *Kosmetik*, las Nicole. In der hintersten Ecke stand *Massagen* angeschrieben. Nicole klopfte. Eine salbungsvolle Männerstimme bat sie herein. Als sie die Tür öffnete, hörte sie leise Panflötenmusik, die unvermeidliche Entspannungs-CD, wie sie auch bei sämtlichen Kosmetikerinnen in einer Dauerschleife lief. Sie roch den Duft von Räucherstäbchen und tippte auf Apfel. Nicole musste zwei Paravents passieren, auf deren hellen Flächen Rotschimmer lagen. Sie schirmten den halbdunklen, höhlenartigen Raum, in dem zarte Schwaden träge in der Luft hingen, vor neugierigen Blicken ab. Der Masseur erhob sich langsam wie ein Pascha aus einem Korbsessel. Er kam lächelnd auf Nicole zu, und der warme Druck seiner gepflegten Hand gab zu erkennen, dass Sascha von Schladow die Fähigkeit besaß, seine Kräfte in feinsten Nuancen zu steuern.

»Herzlich willkommen, Frau Bosch«, begrüßte er sie und schaute ihr so tief in die Augen, als habe er seit Wochen nur auf sie gewartet.

Er bedeutete Nicole, in dem zweiten Korbsessel Platz zu nehmen. Sie setzte sich gehorsam.

»Möchten Sie eine Tasse Jasmintee?«, fragte er und bedachte sie wieder mit einem bedeutungsvollen Blick.

Nicole fand es ziemlich dreist, wie routiniert er sich der Wirkung seiner meerblauen, von dichten schwarzen Wimpern umkränzten Augen bediente.

»Danke, gern«, erwiderte sie, obwohl sie sich aus Tee rein gar nichts machte.

Er ging in einen Nebenraum, nicht größer als eine Kochnische. Nicole sah ihm nach. Er trug ein weißes kurzärmliges, enges Polohemd, genau wie auf dem Foto, dazu eine weiße Hose und weiße Turnschuhe. Unter der Kleidung zeichnete sich ein perfekt trainierter Körper ab, breite Schultern, ein kleiner Knackarsch, kräftige Beine. Die Kleidung verbarg den Körper weniger, als dass sie seine Vorzüge absichtsvoll präsentierte. Nicole schlug die Beine übereinander und betrachtete das Reich des Herrn von Schladow.

Die Massageliege war mit weißen Tüchern bedeckt; daneben stand auf einem Rollwagen eine Serie von Flaschen, Näpfen, Tuben, Schalen mit Schwämmen; weiße Handtücher stapelten sich akkurat gefaltet in einem Regal. An den Wänden hingen farbige Fächer, dazwischen verschiedene Zertifikate, die Qualifikationen belegten und für das gute Gefühl sorgten, sich in genau die richtigen Hände zu begeben. Auf Sideboards brannten Teelichte in roten Glashaltern. Gedimmtes Licht aus vielen, kleinen Quellen verlieh dem Zimmer einen ganz besonderen Charme. Es strahlte eine hygienische Korrektheit aus, ohne steril zu wirken. Eine Mischung aus OP-Raum und Puff.

Herr von Schladow kehrte mit einem Tablett zurück und schenkte aus einer bauchigen Kanne Tee in zwei blütenweiße Tassen ein. Die gebräunten Hände, schlank und doch stark, vollführten alle Bewegungen mit selbstverständlicher Gelassenheit. Die Oberarme, die aus dem Polohemd schauten, waren muskulos und vollkommen haarlos. Der Tee dampfte. Der Masseur setzte sich Nicole gegenüber. In seinem Gesicht lag ein Ausdruck von Einverständnis. Er sah aus, als wisse er alles über sie, über die geheimsten Verästelungen ihrer weiblichen Seele.

»Ich pflege anfangs ein wenig mit meinen Kundinnen zu plaudern«, hob er besonnen an. »Ich möchte Ihre Wünsche kennenlernen, Ihre Bedürfnisse erkunden, eine Atmosphäre des Vertrauens schaffen. Schließlich bin ich dafür da, dass Sie, Frau Bosch, sich einmal richtig entspannen können. Ich bin erst zufrieden, wenn sich bei Ihnen ein umfängliches körperliches Wohlgefühl einstellt. Und nun bin ich neugierig, was Sie, eine im Übrigen blendend aussehende Frau, zu mir führt.« Sascha von Schladow blickte ihr, damit keine

Zweifel aufkamen, wieder lange und durchdringend in die Augen. »Ab jetzt«, schloss er, »habe ich nur noch Augen und Ohren für Sie«, wobei er ihr seine Hand kurz auf den Unterarm legte.

Nicole hatte damit gerechnet, dass ein Masseur der zahlenden Kundschaft ein bisschen Honig ums Maul schmierte, das gehörte zum Leistungsumfang. Die fetttriefende Schleimspur aus Worten und Gesten jedoch, die Herr von Schladow hinter sich herzog, verblüffte sie. Warum trug er derart dick auf? Hätten ein paar dezente, elegante Höflichkeiten nicht genügt? Schließlich hatte sie ihn bereits gebucht und saß leibhaftig in seiner Höhle. Da Nicole nur unschlüssig am Tee nippte und nichts sagte, fuhr der Masseur fort: »In unserer hektischen Zeit ist es umso wichtiger, sich manchmal dem eigenen Körper zuzuwenden, ihn zu verwöhnen, sich etwas Gutes zu tun. Wie oft kommt das Zwischenmenschliche zu kurz? Ich kann ein Lied davon singen, Tag für Tag höre ich die Klagen. Der Mann beruflich erfolgreich, viel beschäftigt, immer im Stress, die Frau an seiner Seite, die zu ihm steht und alles für ihn tut – nicht mehr angeschaut, nicht geschätzt, vernachlässigt. Jahrein, jahraus derselbe Trott. Das bisschen Urlaub kann die Entbehrungen nicht wettmachen. Ich habe vollstes Verständnis dafür, dass jede Ehefrau sich irgendwann nach Bestätigung sehnt. Viele der Männer verlernen es leider mit den Jahren, ihre Frau als Frau wahrzunehmen.«

Die raunende Stimme des Masseurs lullte Nicole ein. Sie entschloss sich, auf das plumpe Spiel einzusteigen. Schließlich hoffte sie, demnächst in einer fulminanten Grätsche unter ihm zu liegen zu kommen. Sie nickte und seufzte. Dann lächelte sie bescheiden.

»Sie haben ja so recht«, sagte sie und schlug die Augen nieder.

»Der Alltag frisst einen auf, nicht wahr? Die Energie reicht für alles, nur nicht für das Eigentliche.«

Nicole schaute ihn flehend an.

»Glauben Sie mir ...«, der Masseur beugte sich vor, »... mit dieser Unzufriedenheit sind Sie nicht allein, liebe Frau Bosch.«

Nicole fing an zu erzählen, stockend und leise, als müsse sie sich zu jedem Wort und jedem Detail überwinden. Sie sei Lokführerin. Sie habe eine Familie, einen wunderbaren Mann, der sich zu Hause um zwei niedliche Kinder kümmere. Sie sprach von ihrer Arbeit, die sie stets von zu Hause fort führe. Sie sah den Masseur traurig und hilfesuchend an, senkte beschämt den Blick und bat um Verständnis. Und während sie in mitleiderregenden Tönen ihr Leben schilderte, die Einsamkeit auf der Strecke, die trostlosen Hotelnächte, die Sehnsucht nach Berührungen, auch die körperliche Anstrengung ihres Berufs, wurde ihr klar, warum Sascha von Schladow so forsch vorging und seinem Gebaren jegliche Zurückhaltung fehlte. Sein Programm war auf ein deutlich älteres Kaliber gemünzt. Normalerweise bezirzte er verblühte Frauen voller Klunker, falscher Zähne und künstlicher Hüftgelenke. Manche hörten schlecht, andere erschienen aus Eitelkeit ohne Brille und sahen nur verschwommen. Um durch die Panzer dieser Wesen zu dringen, musste er die brachialste Form der Anbiederung verwenden. Sicher hielten diese Frauen ihn für einen wunderschönen Jüngling, für einen Märchenprinzen, einen Traum von einem Mann. Keine Frage, Sascha von Schladow war gut aussehend, doch versuchte er seine schwindende Jugend auf zweifelhafte Weise zu konservieren. Die Haare waren länger als auf dem Foto, streng nach hinten gekämmt und schwarz gefärbt. Der Haaransatz war bereits nach hinten gewandert, und die Geheimratsecken weiteten sich unübersehbar zu einer beginnenden Glatze aus. Das gebräunte Gesicht ließ auf regelmäßige Pflege und Zuwendung schließen. Bestimmt ging Herr von Schladow ins Solarium und zur Kosmetik, vielleicht gleich hier, bei seiner Kollegin, die zwei Türen weiter praktizierte, zum Vorteilspreis. Sein Gesicht wirkte dennoch älter als der dazugehörige Körper, den vermutlich tägliches Hanteltraining und jede Menge Sit-ups in schöner Form hielten. Sascha von Schladow hatte die vierzig nach Nicoles Schätzung deutlich überschritten. Für seine typischen Kundinnen aber, ausgehungerte, siebzigjährige Schrapnelle, die im Ehebett zerknautschte, schnarchende Gatten voller Altersgebrechen gewohnt waren, konnte der Masseur glatt für Mitte dreißig durchgehen. Er war eine geglückte Kreuzung aus Bademeister, Krankenpfleger und Playboy und passte bestens in sein schummriges, von allerlei Düften durchdrungenes Reich.

Nicole legte Kunstpausen mit schweren Stoßseufzern ein, als sie in ihrer Rede die Intimitäten erreichte. Sie gestand dem Masseur, der andauernd langsam und mitfühlend nickte, dass die Erotik zwischen ihrem Mann und ihr seit einiger Zeit völlig brachliege. Dann überschritt sie die Schwelle zum Anrüchigen:

»Bieten Sie denn auch Ganzkörpermassagen an?«

Der Masseur lächelte und legte ihr wieder die Hand auf den Arm.

»Aber Frau Bosch«, sagte er, »nichts lieber als das!«

Nun lächelte auch Nicole, und die Sorgenfalte auf ihrer Stirn glättete sich.

»Darf ich eine indiskrete Frage stellen?«, raunte der Masseur.

Nicole bejahte scheu.

»Wie alt sind Sie?«

»Zweiunddreißig«, antwortete sie wahrheitsgemäß.

»Nein!«, schrie Herr von Schladow auf und warf sich gegen die Rücklehne seines Korbsessels, der laut knarrte. »Fünfundzwanzig höchstens, aber allerhöchstens!«

»Sie sind ja auch erst Anfang dreißig«, sagte Nicole kess.

»Nicht ganz«, erwiderte Sascha von Schladow geschmeichelt.

»Darf ich Ihnen auch eine indiskrete Frage stellen?« Nicole warf ihm einen arglosen Blick zu.

»Natürlich«, sagte Herr von Schladow und setzte wieder sein aufmerksames Therapeutengesicht auf.

»Wie viele Kundinnen betreuen Sie pro Tag?«

»Höchstens zwei. Wissen Sie, ich nehme mir viel Zeit.«

»Ich kann mir vorstellen, dass Ihr Beruf sehr kräftezehrend ist.«

»Ich betrachte es nicht als Beruf, sondern als Berufung.« Sein Gesicht nahm einen ernsten, strengen Ausdruck an.

Er stand auf; Nicole tat es ihm gleich. Der Masseur sprach nun wie ein Gynäkologe mit ihr.

»Ich schlage Folgendes vor: Sie ziehen sich aus, Ihre Kleider können Sie hier ablegen. Ich gebe Ihnen einen Einmalslip, und wenn Sie möchten, dieses Band zum Schutz der Frisur. Machen Sie es sich auf der Liege bequem, bitte auf dem Bauch, mit dem Gesicht in die Ausbuchtung. Ich bin gleich wieder bei Ihnen.«

Er legte Nicole einen säuberlich gefalteten weißen Bademantel auf den Sessel und stellte ihr Pantoletten aus Bast vor die Füße. Dann huschte er zwischen den Paravents hindurch und verließ die Plüschhöhle.

Nicole riss die Verpackung auf und sah zwei von dünnen Fäden zusammengehaltene Dreiecke aus Viskose sowie ein weißes frotteeähnliches Stirnband. Sie zog sich aus und legte ihre Klamotten ordentlich über den Korbsessel. Sie streifte den Einmalslip über, ein weißlich durchscheinendes Fetzchen, das nichts verbarg oder zusammenhielt, das etwas zu weit war und in dem sie sich nackter fühlte als ohne. Um den Haaransatz band sie das Stirnband, schaute sich in einem Wandspiegel an und dachte: Steffi Graf. Fehlten nur noch Pulswärmer und Tennissocken. Sollte sie für die drei Meter zwischen Korbsessel und Massageliege in Bademantel und Pantoletten schlüpfen? Sie ging barfuß über den Bodenbelag und krabbelte, wie es der Masseur angeordnet hatte, auf die Liege. Was der Masseur eine Ausbuchtung genannt hatte, war ein schnödes ovales Loch. Sie legte Kinn und Stirn hinein, und da das Eigengewicht des Kopfes die Wangen sanft auseinanderzog, hatte Nicole das Gefühl, geliftet zu werden. Sie konnte auf das hellgraue Linoleum blicken, kein sonderlich stimulierendes Bild. Sollte jemand von unten in das Loch schauen, würde er Nicole als chinesische Variante vorfinden. Sie legte die Arme neben dem Körper ab und wartete.

Der Masseur musste, als Nicole den Raum betreten hatte, über ihr jugendliches Alter erstaunt, wenn nicht erfreut gewesen sein. Er hatte es sich mit keinem Wimpernschlag anmerken lassen. Entweder war er Vollprofi oder nicht der Hellste. Nicole tendierte zu Letzterem. Er hatte nicht so schnell umschalten können, war deshalb nach der gewohnten Masche verfahren und hatte mit dem Vorschlaghammer um Nicole gebuhlt, als sei sie taub, blind und lahm. Nicole vermutete, dass er eine Zickzack-Karriere hinter sich hatte. Für solch einen Job entschied man sich nicht auf direktem Weg. War er ein ausgedienter Sportler? Hatte er ein Medizinstudium abgebrochen und die Ausbildung zum Physiotherapeuten knapp geschafft? Vielleicht war er Trainer im Fitness-Studio gewesen, Türsteher vor einer Diskothek oder hatte in jungen Jahren gemodelt.

Sicherlich hatte er Frauen wie Freiwild erlegt. Vielleicht hatte er mit seiner narzisstischen Ader sich selbst im Weg gestanden doch zumindest irgendwann die Schlauheit besessen, sein womöglich einziges Talent zu kultivieren. Er hatte eine Nische gefunden, eine Marktlücke, und sie zu einer sprudelnden Geldquelle gemacht. Nun führte er darin ein äußerst angenehmes Leben. Wie viel nahm er wohl pro Tag ein? Vierhundert Euro? Achthundert? Tausend? Den alten Damen kam es auf ein paar Scheine mehr oder weniger kaum an. Nicole sprang von den weißen Tüchern auf, flitzte zur Sitzecke, kramte den Fünfhundert-Euro-Schein aus der Hosentasche ihrer Jeans und klemmte ihn gut sichtbar unter die Teekanne. Flugs legte sie sich zurück auf die Liege, mit dem Gesicht ins Loch. Sie hörte die Schritte des Masseurs. Die Tür ging auf.

»So, Frau Bosch, ich hoffe, Sie haben es bequem?« Nicole wusste, dass er sie nun, da er zwischen den Paravents hervortrat, mit Blicken taxierte, ihre Beine, ihren Rücken, ihren Arsch. Nicole bejahte dankend, ließ sich beäugen und bewegte sich nicht.

»Wünschen Sie eine spezielle Musik?«, fragte der Masseur, während er durch den Raum lief, als suche er Utensilien zusammen. »Ich habe alles da, von Peter Alexander über Rex Gildo bis Roy Black.«

Nein, der Hellste war er nicht. Wie sollte sie in Fahrt kommen zu den Klängen von Schlagerfuzzis, die ihre große Zeit hatten, als Nicole noch gar nicht geboren war?

»Howard Carpendale? Roland Kaiser?«, schob er nach, da Nicole nicht reagierte. »Oder lieber neutrale Gitarrenmusik?«

»Haben Sie *Die lustige Witwe*?«, fragte Nicole.

»Leider nicht«, entgegnete der Masseur, »aber André Rieu hätte ich da.«

»Gut, dann den flotten Geiger«, sagte Nicole, die sich aus André Rieu ungefähr so viel machte wie aus Jasmintee.

Sie hörte das stumpfe Klappern von Plastikhüllen, den automatischen Einzug des CD-Players, und schon triefte der Kitsch eines Violinenorchesters aus den Boxen. Ein Operettenmedley, schätzte Nicole. Der Masseur drehte leiser und hantierte nun in der Nähe ihres Kopfes mit Dosen und Fläschchen. Eine Tube ploppte auf, und ein schweinisches Geräusch folgte, als die Lotion herausgedrückt wurde. Dann hörte Nicole ein Schmatzen und Flutschen; der Masseur verteilte die dickflüssige Menge in seinen Händen.

»Möchten Sie plaudern oder lieber schweigen?«, erkundigte er sich.

»Schweigen.«

»Aber sobald Ihnen etwas unangenehm ist, schimpfen Sie, versprochen?«

In dem Moment, als Nicole »Jawohl« sagte, landeten zwei warme, glitschige Hände auf ihren Schulterblättern. Sie bekam sofort eine Gänsehaut, und die Brustwarzen, die sie auf dem weißen Tuch mit ihrem Gewicht plattdrückte, stellten sich auf. Nicole schloss die Augen, um das Linoleum nicht ansehen zu müssen und sich ganz auf die Hände konzentrieren zu können. In langsamen, ausladenden Bewegungen bearbeiteten sie ihren Rücken. Sie spürten die Verhärtungen im Nacken auf, griffen in die verklebten Muskelfasern im oberen Rücken, kreisten vom Genick bis zum Steiß in kleinen Achten um die Wirbelsäule. Die Hände waren eindeutig das Beste an Sascha von Schladow. Sie kannten das richtige Maß an Härte und Zartheit. Sie verweilten, huschten hierhin und dorthin, kneteten am Ort, ließen ihn frei. Nicole gab sich hin, und wenn eine Partie besonders schmerzte, stieß sie ein leises Knurren aus. Bald wusste sie nicht mehr, wo genau die Hände zupackten; ihr Rücken verwandelte sich in eine übersensible, heftig durchblutete Fläche, die nur noch Schmerz und Genuss unterschied, bis auch dieser Gegensatz verschmolz zu einem umfassenden Wohlgefühl. Der Masseur tanzte um die Liege herum, bald rechts, bald links, bald an ihrem Kopf. Auf einmal warf er sich über sie und presste die gesamte Länge seiner Unterarme in ihr Fleisch. Er lag praktisch zur Hälfte auf ihr, und Nicole wurde bewusst, wie nah an ihrem Kopf sich sein Schwanz befand. Das war eine freche, brutale, überaus geile Methode. Als der Masseur sich aufrichtete, seufzte Nicole laut. Er wechselte den Standort und beschäftigte sich nun mit ihrem Hintern, missachtete den Einmalslip und fuhr derb darunter, strich vom unteren Rücken die Verspannungen über die Arschbacken aus, dass sie wackelten und bebten unter den Impulsen, und Nicole konnte nicht verhindern, dass die Hüftknochen sich vom Untergrund hoben, der Arsch sich den festen Griffen entgegendrückte. Der Masseur quittierte es, indem er eine neue Ladung Lotion in die Hände träufelte, bevor er die Arschbacken gegen den Strich bürstete, von den Oberschenkeln schob er sie hinauf in Richtung Rücken. Den Slip zerrte er mit einem routinierten Griff in die Poritze, freie Bahn für eine medizinische Anwendung; das gab einen straffen Hintern, stärkte das Bindegewebe, beugte Cellulitis vor. Was machte es da schon, dass der Slip völlig verschmiert sein musste und nichts auch nur notdürftig bedeckte? War das noch Massage oder schon ein säuisches Vorspiel? Der Masseur atmete hörbar. Vor Kraftanstrengung oder vor Erregung? Die Haut nahm die Lotion nicht mehr auf; Nicole musste glänzen wie eine Speckschwarte. Er massierte nun die hinteren Oberschenkel, wälzte sie hin und her, eine scharfe Übung, für die sich Nicole ganz locker machte, damit er sie wie ein Stück willenloses Fleisch bearbeiten konnte. Er schnappte sie an den Fesseln, klappte die Unterschenkel senkrecht in die Luft, strich die Wadenmuskeln von unten nach oben aus, und wie zufällig drückte er dabei die Knie ein wenig auseinander, nahm Einblick zwischen ihre Schenkel, betrachtete eine angegeilte Möse, die sich für die Aufmerksamkeit mit einem hochfrequentierten Klopfen bedankte und zu allem Geschmatze und Geschmiere eifrig ihren heißen Saft beisteuerte. Oh, hätte er sie angefasst, der Herr von Schladow! Aber nein, er machte penibel einen Bogen um sie, ließ sie einsam zurück, legte Nicoles Füße auf der Liege ab und massierte Fersen, Sohlen, Ballen und dann mit Hingabe jeden einzelnen Zeh, jeden einzelnen Zwischenraum, jedes Knöchelchen. Das tat gut, sehr gut sogar, und Nicole meinte, dass ihre Füße unter den akribischen Berührungen von Größe achtunddreißig auf Größe vierzig wuchsen. Er umschloss die Zehen mit den Händen und drückte fest zu. Eine Geborgenheit strömte durch Nicoles Körper hinauf bis in die Stirn. Doch dann entbehrte Nicole den Kontakt zu den Händen, um gleich darauf die harten Borsten einer großen Bürste zu spüren, die in regelmäßigen Bahnen über ihren Körper strich.

»Drehen Sie sich bitte auf den Rücken«, sagte der Masseur, und den Frosch im Hals, den er wegräusperte, wertete Nicole als kleinen Sieg.

Sie hatte ihn bereits aus der Berufsroutine locken können; ihr Körper ließ den Mann nicht kalt. Nicole gehorchte in der Vorfreude, dass ihre Vorderseite auf ebensolche Weise behandelt würde wie die Hinterseite. Sie linste, als sie sich umdrehte, durch die Augenschlitze. Der Masseur, dem eine schwere Strähne des gegelten Haars in die Stirn gefallen war, bemühte sich um einen diskreten Gesichtsausdruck. In Wahrheit labten sich seine Blicke längst an dem

Frischfleisch, das auf seinem Tisch lag. Nicole schloss die Augen, damit er ungestört heißlaufen konnte. Er stand wieder hinter ihrem Kopf, presste die Daumen hinter ihre Ohren, zog die Verspannungen vom Nacken über Schultern ab und schien sie in die Luft zu schleudern, fort und weg. Die Brüste reagierten, die Nippel standen stahlhart aufgerichtet; Nicole fieberte dem Moment entgegen, da der Masseur sie mit beiden Händen umschloss. Wieselgleich eilten sie über Nicoles Schlüsselbeine, widmeten sich dem Dekolleté, näherten sich gefährlich den weichen Bergen mit den spitzen Knospen. Der Masseur befingerte den Brustansatz und räusperte sich erneut.

»Ihre Haut ist samtweich. Sehr gepflegt«, stellte er fest.

Nicole lächelte zufrieden.

»Überall?«, fragte sie.

Und schon umschlang er ihre Titten, drückte sie von außen nach innen, presste sie gegeneinander, knetete sie, schlug sie fast, spielte mit den Brustwarzen, hektisch und voller Gier, und wagte doch nicht, sich über sie zu beugen und an ihnen zu saugen. Nicole spürte, wie sich sein Ständer gegen ihren Kopf drückte. Die Symmetrie dieser Anordnung betörte sie, die dem Masseur ausgeliefert war und nie wusste, was er im Schilde führte, wohin die Hände als Nächstes eilen würden, zum Brustkorb, über die Rippen, den Bauch, die Taille? Nicole sog die Berührungen ein, die Umkreisungen des Nabels, die Streicheleinheiten für die schrägen Bauchmuskeln. Die Werkzeuge des Masseurs arbeiteten unermüdlich, und nie hatte Nicole sich derart schön gefühlt, so reich an Kurven, Hügeln und Schluchten, die sich wunderbar in die heißen, glitschigen Hände des Mannes über ihr fügten. Sascha von Schladow veranstaltete eine ausgiebige Feier mit seiner Kundin, eine große Huldigung des weiblichen Körpers. Er beherrschte sein Handwerk und sich; denn den Venushügel, den Nicole hervorpresste, um ihre Bedürftigkeit kundzutun, ließ er mit unerwarteter Vornehmheit aus, dem Mösenfleisch keine Behandlung angedeihen. Knapp bediente er die Leistengegend, dann machte er sich daran, Nicoles Pomuskeln zu dehnen, stellte ihr rechtes Bein an, legte es über das andere Knie, drehte Kopf und Oberkörper in die entgegengesetzte Richtung, drückte das angewinkelte Bein nach unten, eine Hand am äußeren Knie, die andere recht brutal an Nicoles Unterkiefer, bis der Muskel sich von wohligem Schmerz begleitet wie ein Gummiband in die Länge zog. Er hing in voller Anspannung über ihr, und seine Arme zitterten, als er die Dehnung auf der linken Seite wiederholte. Auch der Masseur musste ins Schwitzen kommen bei dem Einsatz, den er zeigte. Er schonte weder sich noch seine Klamotten, und der Stoff seiner Kleidung rieb sich an Nicoles Nacktheit. Sie sog den Geruch der Lotion ein, wenig parfümiert, dafür naturbelassen wie die Kernseife des Professors, ein medizinischer Duft, und plötzlich bangte Nicole mit schwerem Atem, dass ihre Möse, die keiner Durchblutungsförderung mehr bedurfte, wie tags zuvor im Stich gelassen wurde, gestraft mit Nichtachtung. Sie schob das Becken in die Höhe, reckte sich blind in die Luft und den Händen entgegen, doch der Mann blieb eisern, kein kleiner Finger huschte zwischen die prallen Schamlippen, kein Daumen streichelte die weichen Falten, keine Hand verrieb das Massagefett mit Nicoles körpereigenem Saft, den dieser umfangreich bereitstellte, seit ihr Arsch und Titten massiert worden waren.

Nicole öffnete die Augen. Der Masseur stand mit hängenden Armen neben ihr und sah aus wie ein Schwein. Flecken und Schlieren bedeckten Hemd und Hose, er war von oben bis unten mit Lotion beschmiert, Haarsträhnen zappelten in der Stirn, und sein Blick irrlichterte über Nicoles Körper. Sascha von Schladow hatte sich mit seiner Kundin eine Fettschlacht geliefert. Jetzt schien er sich wie ein kleiner Junge dafür zu schämen. Nicole nahm seinen derangierten Zustand triumphierend zur Kenntnis.

»Frau Bosch«, stammelte er, »Sie bringen mich aus dem Konzept.«

»Ficken Sie denn die anderen Kundinnen nicht?«, fragte Nicole.

»Nein«, erwiderte der Masseur, und die Diskretion verbot jede weitere Erklärung, »aber jetzt ficke ich Sie.«

Er trat ans Fußende der Liege, stieß Nicoles Beine auseinander, ließ seinen Gürtel aufschnalzen und zog die enge Hose herunter. Nicole sah einen Schwanz wie aus dem Anatomie-Lehrbuch, makellos aufrecht. Die Scham war komplett rasiert, darunter zwei pralle, glatte Eier. Die Eichel glänzte matt. Der Masseur riss mit den Zähnen eine Verpackung auf und rollte sich gekonnt das Kondom über den Ständer. Er beugte sich über sie, packte sie an den Hüften und zerrte sie zu sich heran. Die Haut am Rücken brannte wie Feuer, als Nicole mit einem Schreckenslaut über das weiße Tuch sauste. Er fummelte unter der Liege herum, drückte auf einen Knopf, und mit leisem Surren hob sich die Massageliege einige Zentimeter aufwärts. Per Hydraulik fuhr Nicoles Becken auf Schwanzhöhe.

»Wie praktisch«, sagte Nicole noch, lachte auf über die komfortable Erfindung und erschrak jäh über den Handgriff, mit dem der Masseur das Einmalhöschen zerriss und fortschleuderte.

Er warf sich Nicoles Beine über die Schultern, stieß ihr den Schwanz in die Möse, die ihn wie ein Saugnapf aufnahm. Nicole entfuhr ein lautes Stöhnen; sie umschloss mit den Händen die untere Kante der Liege und krallte sich daran fest. In regelmäßigen, doch sehr langsamen Stößen glitt der Vorzeigeschwanz tief in Nicoles nasses Loch, jedes neuerliche Eindringen ein langer Weg bis zum Anschlag, jedes Hinausgleiten ein kleiner Entzug. Der Masseur drosselte die Frequenz auf quälende Weise, alles ging Nicole viel zu schleppend vorwärts, und als sie es nicht mehr ertrug und um den nächsten Stoß winselte, entzog der Masseur ihr den Schwanz ganz und gar. Er umschloss mit den Händen ihre Oberschenkel, griff nach ihren Arschbacken, langte nach den Hüften. Kein Schwanz, nicht einmal der Hauch seiner Spitze an den Schamlippen.

»Was willst du?«, sagte der Masseur heiser.

»Deinen Schwanz.«

»Brauchst du meinen Schwanz?«

»Schieb ihn rein.«

»Dich hat schon lange keiner mehr gefickt, was?«

»Viel zu lange.«

»Bist du ausgehungert?«

»Gib mir den Schwanz.«.

»Du bist ein geiles Mädchen.«

»Fick mich.«

»Das dringend gefickt werden muss!«

»Fick mich durch!«

»Wonach sehnt sich das geile Mädchen?«

»Nach deinem Schwanz!«

»Wonach?«

»Nach deinem fetten, steifen, herrlichen Schwanz!«

»Wonach?« Die Stimme des Masseurs driftete in dunkle, gefährliche Bezirke ab.

»Nach deinem stahlharten, riesengroßen Knüppel!«

Flehend sah sie den Masseur an, hob den Kopf und sah den Schwanz an, um ihn wenigstens mit ihren Blicken zu verschlingen. Auch der Masseur schaute an sich herab und betrachtete sein steifes Rohr. Er ergötzte sich am eigenen Körper, und so starrten sie gemeinsam auf die beachtliche Erektion. Da endlich stieß er wieder zu, erlöste Nicole, die sich schamlos unter ihm wand und ihm ihre schmatzende Fotze schenkte, eine Qualle, die den Kolben schluckte und schluckte und schluckte. Der Masseur presste ächzende Laute hervor, Nicole gurrte vor Vergnügen: Mit hochgeklappten Beinen lag sie auf dem Rücken, ließ sich von ihrem Privatmasseur nach Strich und Faden durchvögeln; nebenbei spielte das Violinenorchester, heizte wie besessen ein, Rammeln im Viervierteltakt, Ficken im Galopp, und zeitlupengleich weitete sich Nicoles Unterleib zum Teich, aus der Mitte sprudelten die Impulse, kreisrund kräuselte sich Welle auf Welle, und Sascha von Schladow, der Frauenversteher, fletschte die Zähne wie ein Raubtier, kniff die Augen wie im Schmerz zusammen, peitschte mit den Lenden Nicoles Arsch, bog seine ganze glattrasierte Muskelpracht durch.

»Jetzt!«, schrie er.

Sie hatte ein Déjà-vu. Irgendwo war ihr dieses sehr gut aussehende, nicht mehr ganz junge, nun verzerrte Gesicht schon einmal begegnet. Er lehnte sich keuchend gegen ihre Beine und verharrte dort. Nicole schloss die Augen. André Rieu spielte den Schneewalzer zum Cooldown.

Wie der Möbelpacker den Beistelltisch schob der Masseur Nicole über die Laken zurück in die Ausgangsposition, damit sie die Beine ablegen konnte. Sie tat es und hörte ihrem Atem zu, der sich allmählich beruhigte. Ein Gefühl der Schwerelosigkeit übermannte sie. Hätte der Masseur die Liege unter ihr weggezaubert, Nicole wäre trotzdem liegen geblieben, einfach in der Luft liegen geblieben. Die Erdanziehung schien außer Kraft gesetzt, Sascha von Schladow ein Hypnotiseur zu sein. Der Korbsessel knarrte. Der Masseur war wohl erschöpft hineingefallen. Als sie die Augen öffnete und sich auf die Ellbogen stützte, sah sie den Halbnackten, dessen Hose noch immer in den Kniekehlen hing und der kein einziges Haar am Körper hatte, lächeln. Der Schwanz verriet durch seine Reststeife, was er eben getrieben hatte. Das Kondom war verschwunden und wahrscheinlich längst hygienisch einwandfrei entsorgt. Sie stand langsam auf und registrierte erstaunt, wie federleicht sie war. Alle Scharniere frisch geölt, der Rücken aus Watte, und der Hals, der sich auf rätselhafte Weise verlängert zu haben schien, trug den Kopf sehr aufrecht. Sie musste gewachsen sein, drei, vier Zentimeter mindestens, und hatte dennoch an Gewicht verloren. Sie kam sich wie neugeboren vor, als sie mit samtweichen Füßen in die Pantoletten schlüpfte und den weißen Bademantel überstreifte.

»Zweite Tür links«, sagte der Masseur in sanftem Ton.

Er hing reglos im Korbsessel, als lauschte er dem Rausch nach. Nicole umschiffte die Paravents, betrat die Damendusche, entfernte das Stirnband, wusch sich das überschüssige Fett von der Haut und aus den Haaren. Sie ließ sich Zeit, summte den Schneewalzer, frottierte und föhnte sich.

Als sie zurückkehrte, saß Sascha von Schladow geschniegelt im Korbsessel. Makellos weiß die enge Hose, frisch gebügelt das Polohemd, das schwarz gefärbte, gegelte Haar akkurat nach hinten gekämmt. Nichts an ihm verriet, was er eben mit seiner Kundin angestellt hatte. Er zeigte sein verständnisvolles Therapeutengesicht. Teelichte brannten. Neue Duftschwaden waberten durch die Plüschhöhle. Die Panflöte dudelte leise. Er bot ihr frisch gekochten Tee an, doch Nicole lehnte dankend ab. Sie stieg in ihre Sachen, zupfte den Ringelpulli zurecht und reichte dem Masseur aufgeräumt die Hand zum Abschied. Er erwiderte den Händedruck wohl dosiert. Nicole, deren Gesicht noch immer heftig nachglühte, war erleichtert, als sie auf seiner Oberlippe feine Schweißtröpfchen wahrnahm.

»Frau Bosch, ich bedanke mich für Ihr Vertrauen. Vielleicht kann ich Sie bald wieder einmal begrüßen, wenn die Arbeit Sie in meine Nähe führt. Es wäre mir eine Ehre«, sagte er mit seiner salbungsvollen Stimme.

»Ich habe zu danken«, erwiderte Nicole. »Sie wissen es natürlich, ich sage es trotzdem, lieber Herr von Schladow: Sie sind ein ganz hervorragender Körpertherapeut. In Ihnen verbinden sich Reife, Kraft und Sachverstand. Und Sie arbeiten ergebnisorientiert.«

Diese Worte hatte sich Nicole unter der Dusche zurechtgelegt. Aber der Mann war ironieresistent.

»Danke«, sagte er geschmeichelt und begleitete sie zur Tür.

Bevor sie in den Fahrstuhl verschwand, drehte sie sich noch einmal um und warf einen letzten Blick auf den Schönling, der eine Spur zu lässig in der Tür lehnte.

München/Freitag/12.05 = = = Göttingen/Samstag/02.40

Nachdem Nicole im Zimmer gefrühstückt, ein wenig gelesen, mit einer Freundin telefoniert und ferngeschaut, kurz: den ganzen Vormittag faul im Bett verbracht hatte, checkte sie gegen zwölf Uhr aus. An der Rezeption zahlte sie und bedankte sich für den angenehmen Aufenthalt. Um ihren Worten Nachdruck zu verleihen, kramte sie in den Hosentaschen nach Trinkgeld. Sie zog stattdessen den Schein hervor, den sie dem Masseur tags zuvor unter die Teekanne geklemmt hatte. Die Behandlung bei Herrn von Schladow war offensichtlich kostenlos gewesen. Nicole grinste, als sie dem Fräulein zwanzig Euro gab.

Das Taxi wartete bereits vor dem Tor. Sie fuhr in die Innenstadt, verstaute das Gepäck am Bahnhof im Schließfach und machte sich zu einem Spaziergang auf. Sie schlenderte durch die Ladenstraßen, blieb hier und da vor den Schaufenstern stehen und studierte die Auslagen, betrachtete die Passanten, trank einen Kaffee im Stehen. Sie erfreute sich an der frischen Luft, am Tageslicht, an den wenigen Sonnenstrahlen, die manchmal durch die graue Wolkendecke stießen. Als es zu nieseln anfing, betrat sie ein Kaufhaus und trieb sich in der Dessous-Abteilung herum. Sie kaufte einen Stringbody mit gepolstertem BH. Später erstand sie für Lina ein rosafarbenes Strickjäckchen mit Pelzkragen und für Pepe eine wasserdichte Armbanduhr mit Alarm- und Stoppfunktion.

Am Bahnhof deckte sich Nicole mit Proviant ein. Butterbrezeln, Leberkässemmeln, Äpfel, Bananen, zwei Flaschen Wasser, Schokoriegel. Auf dem Blackberry sah sie, dass die Lok auf Gleis vierundfünfzig bereitstand. Sie holte den Rucksack aus dem Schließfach, zog die Warnweste über die dicke Jacke, wickelte den Schal dreimal um den Hals, setzte das Basecap auf und machte sich auf den Weg. Instinktiv veränderte sie ihren Gang, als sie auf das Bahngelände hinabstieg, stapfte breitbeinig wie ein Kerl über die Gleise. Mit kräftigen Schritten glich sie den unebenen Untergrund aus und marschierte zum Güterbahnhof. Die groben Schottersteine unter ihren Sohlen knirschten laut. Es war erst achtzehn Uhr und schon seit fast zwei Stunden dunkel. Die Luft war feucht, es roch nach Kohle und Abgasen. Laternen warfen ihr unwirtliches Licht auf die Schienen, die Signale stachen als winzige, bunte Lichtpunkte aus dem Dunst. Der Rucksack erschien ihr leichter als sonst, eine Folge der vorzüglichen Massage. Sie sah von ferne eine Gruppe Gleisarbeiter. Sie trugen Stirnlampen und schweißten Schienen. Die orangefarbenen Funken flogen in hohem Bogen, sprühten wie ein kleines Feuerwerk ins Dunkel. Sie traf Kollegen von der Konkurrenz, die sie routiniert grüßte, indem sie die Hand hob, bevor sie sie zurück in die Jackentasche steckte. Man erkannte einander, ohne einander zu kennen. Die meisten Lokführer hielten Nicole automatisch für einen Mann, solange sie ihr nicht aus nächster Nähe und bei voller Beleuchtung gegenüberstanden. In der Firma arbeiteten achtzig Lokführer, darunter gerade mal zwei Frauen, sie und Verena, die gutmütige Mittvierzigerin, mit der Nicole sich bei der jährlichen Betriebsfeier jeweils fröhlich betrank. Sie warf einen Blick hinauf zum hellerleuchteten Stellwerk, brauchte aber keinen Kontakt aufzunehmen. Nicole fand die Lok auf Anhieb.

»Hallo Bulli«, sagte sie.

So nannten die Lokführer die ES 64 U2, eine moderne, leistungsstarke, zwanzig Meter lange Lok, die einige Annehmlichkeiten bot. Das Unternehmen hatte vor kurzem zwölf Stück angeschafft. Auf dem Bulli fuhr Nicole am liebsten. Sie zog das Schlüsselbund aus der Jackentasche und schloss mit dem dicken Schlüssel die Lok auf. Über die Sprossenleiter kletterte sie hinauf ins Innere des stählernen Ungetüms und schlug die Tür hinter sich zu. Sie lief durch den nach Öl und Metall riechenden Gang. Im Führerstand schaltete sie Licht und Heizung ein, warf das Gepäck ab, verstaute den Proviant in dem kleinen Kühlschrank, der in die Rückwand eingelassen war. Über Blackberry meldete sie dem Fahrdienstleiter ihre Ankunft und begann mit dem Vorbereitungsdienst. Sie startete den Bulli, der zart vibrierte und leise brummte. Sie prüfte die elektronischen Systeme und holte die Fahrbücher aus dem Regal, packte sie zusammen mit ihren Unterlagen auf das Pult, das kein Krümchen verschandelte. Die ganze Lok sah picobello aus. Sie schlug im Übergabebuch nach, wer sie zuletzt gefahren hatte: Gunnar. Er war von Kufstein gekommen, hatte den Bulli um kurz vor drei Uhr nachmittags hier abgestellt und keine besonderen Vorkommnisse notiert. Gunnar war ein zuverlässiger und sehr ordentlicher Kollege, geradezu beflissen. Nicole mochte ihn. Sie hatte einmal, als beide am selben Abend in München abgestiegen waren, die halbe Nacht mit ihm an der Isar gesessen, Caipirinhas geschlürft und geplaudert. Es war eine jener lauen Sommernächte gewesen, in denen man gern schwach wurde; das Rauschen des Flusses, von dem ab und an eine kühle Brise herüberwehte, der Sternenhimmel wie ein Zelt über ihnen gespannt. Gunnar hatte aus seinem Leben erzählt, offenherzig und redselig. Er war streng religiös aufgewachsen, hatte seit seinem achtzehnten Lebensjahr unter dem Namen Bruder Antonius in einem Kloster gelebt, im Heizungskeller gearbeitet und sich in Enthaltsamkeit geübt. Er hatte ihr gestanden, dass er mit siebenunddreißig Jahren zum ersten Mal Sex gehabt hatte, mit einer Religionslehrerin. Ein »O Gott!« war Nicole herausgerutscht, und sie hatte recht gehabt. Die Religionslehrerin litt unter Migräne und ließ den armen Gunnar höchstens alle acht Wochen bei sich übernachten. Was ihn bewogen hatte, dem Kloster und dem mönchischen Leben nach zwanzig Jahren den Rücken zu kehren, hatte Nicole ihm allerdings nicht entlocken können. Sie tippte auf sexuelle Übergriffe. Wahrscheinlich hatte ihm irgendein notgeiler Pater unter die Kutte gelangt. Jetzt war Gunnar vierzig und dank der Religionslehrerin noch immer ein absoluter Anfänger in Liebesdingen. Nicole hatte sich überlegt, mit ihm zu vögeln, schließlich lechzte er nach Erlebnissen. Aber sie hatte sich an den Spruch *Never fuck the company!* erinnert. Kollegen zu vernaschen, kam für Nicole nicht in Frage, ein selbst auferlegtes Verbot, unumstößlich und wie in Stein gemeißelt. So war es bei einem vertraulichen Gespräch mit Gunnar geblieben. Nicole hatte ihm den Rat gegeben, sich ganz und gar vom Kirchenmief zu befreien, die Religionslehrerin zu vergessen, die ein Gutmensch sei und ihn am ausgestreckten Arm verhungern lasse, reinste Zeitverschwendung für einen wie Gunnar, der jetzt dem Leben das eine oder andere Abenteuer abjagen wollte. Er hatte gelächelt, halb frech, halb unsicher. Ja, das wolle er schon, hatte er geantwortet, aber er wisse nicht richtig, wie und wo und mit wem. »Geh tanzen, geh in die Kneipe oder auf Konzerte, such dir neue Freunde«, hatte ihm Nicole geraten, »der Rest ergibt sich von selbst.« Zum Abschluss hatte sie ihm Mut gemacht: »Du siehst gut aus, du bist nicht auf den Kopf gefallen, und mich hast du doch auch auf ein Getränk eingeladen!« Dann hatten sie sich mit einer herzlichen Umarmung verabschiedet. Seither suchte Gunnar Nicoles Nähe, funkte sie übers Blackberry an und zeigte sich anhänglich, wann immer sich ihre Wege kreuzten. Der neugierige Gunnar mit der braven Schülerfrisur blieb eine Option für den äußersten Notfall. Nicole nahm sich vor, wieder einmal ein Bier mit ihm zu trinken und sich anzuhören, welche Fortschritte er in Liebesdingen machte.

Sie lief hinüber in Führerstand zwei, prüfte auch hier die Systeme, führte Roll- und Knisterprobe durch und lief zurück in Führerstand eins. Sie schaltete das Fernlicht an, griff ans Führerbremsventil, jenen dicken schwarzen Knüppel, der schön schwer in der Hand lag, und bewegte den Bulli behutsam vom Fleck. Im Schritttempo fuhr sie die Lok zum Zug, eine Strecke von wenigen hundert Metern. Sie rangierte, und rückwärts schob sich der Bulli gegen den Puffer des ersten Wagens. Nicole zog die Handschuhe an und kletterte hinaus. Sie kuppelte den Zug an und sah schon den Wagenmeister, der gemütlich angelaufen kam und sämtliche Wagen bereits kontrolliert hatte. Sie kletterte über den Puffer und begrüßte den alten, graubärtigen Kerl stumm, aber mit Handschlag. Sie kannte ihn nicht; er musste neu angefangen haben in München. Die Überraschung, einer Frau gegenüberzustehen, ließ sein Gesicht in einem dümmlichen Ausdruck erstarren. Weißer Atem entstieg seinem Mund. Er fasste sich wieder, klappte den Unterkiefer hoch, und Nicole konnte sehen, wie sich der Macho in ihm Platz verschaffte. Er blickte sie herablassend an, als er ihr die Wagenliste übergab.

»Hinten alles paletti!«, rief er mit knarziger Stimme über das Brummen des Bullis hinweg.

Er grinste abschätzig und kraxelte zwischen die Lok und den ersten Wagen, um die Kupplung zu prüfen, die Nicole eben festgezogen hatte. Nicole schwieg und verschränkte die Arme vor der Brust. Sie hatte das, was folgen würde, schon hundertmal erlebt. Noch hatte jeder Kerl gemeint, er müsste mit einem feisten Feixen mitteilen, was er einer Frau im Führerstand zutraute. Das gewöhnte Nicole ihnen schnell ab. Kollegen, die Nicole kannten, verhielten sich beinahe unterwürfig. Sie wussten, was Nicole leistete. Manchmal verspürte sie jenen Hauch von Bewunderung, der sich in Blicken und verlegenem Gestammel ausdrückte. Das amüsierte Nicole stets, und sie erwiderte nichts, ließ die Kollegen stottern und erlöste sie schließlich mit einem Themenwechsel.

Der Wagenmeister kam hinter der Lok hervorgekrochen, rieb sich verstört mit dem Unterarm über die Nase und räusperte sich.

»Hält hundert Jahre!«, rief er.

»Klar!«, rief Nicole fröhlich zurück. »Was dachtest *du* denn!«

»Prüfen ist Vorschrift!«, erwiderte der Wagenmeister mit gerunzelter Stirn, als wolle er sich entschuldigen.

Nicole klopfte ihm nachsichtig auf die Schulter, kletterte in die Lok zurück und schlug krachend die Tür zu. Im Führerstand schaute sie durchs Seitenfenster auf den Wagenmeister herunter, der aus der Tiefe verdattert zu ihr hinaufblickte, ein schweres Grübeln im Gesicht. Nicole musste grinsen. Den Jahren nach hätte er ihr Vater sein können, doch sah er aus wie ein ratloser Zwerg. Sie winkte ihm und warf ihm eine Kusshand zu, damit er nicht im Schotter festwuchs. Der Wagenmeister erwachte aus seiner Trance und trottete wie ein alter Esel davon.

Nicole füllte den Bremszettel aus, errechnete die Bremsprozente und die erlaubte Höchstgeschwindigkeit und gab die Zugdaten in den Computer ein. Dann meldete sie sich abfahrbereit und zog Warnweste und Jacke aus, legte eine Brezel, einen Apfel, Handy, Blackberry und Zigaretten bereit. Sie machte es sich im luftgefederten Sessel bequem, der mit seinem hohen Fuß, den weichen Armlehnen und der dicken Kopfstütze wie ein Thron wirkte.

Das Ausfahrtsignal schaltete auf Grün. Gemächlich ließ Nicole den Bulli anrollen. Er summte seine Tonleiter. Nicole summte leise mit und erhöhte erst, als sie den Weichenbereich verließ, die Geschwindigkeit. Da war es wieder, dieses Gefühl, eine Mischung aus Macht, Frieden und Selbstgewissheit. Die robuste Federung ließ den Polstersessel heftig wippen. Sie presste ihren Körper in den behaglichen Sitz und spürte die zehntausend PS unter dem Hintern. Sie steuerte eine tonnenschwere Lok und zog einen siebenhundert Meter langen Güterzug hinter sich her, diesmal geschlossene Container, dreiundzwanzig Stück, mit Baustoffen beladen. Durch die riesigen, sauberen Scheiben blickte sie auf die Schienen, die Oberleitungen und in den schwarzen Himmel, an dem Wolken sich über den Halbmond schoben. An Büschen, Masten und Tafeln mit Hektometerzahlen flog sie vorbei und hatte bald nichts als das eigene Gleis vor Augen, das sich im Unendlichen zu verlieren schien. Sie sauste durch die Nacht, allein im Führerstand, hoch oben im Kopf des Bullis geborgen. Nicole biss abwechselnd in die Brezel und den Apfel. Manchmal wehten Sprachfetzen über Funk durchs Kabuff, Männerstimmen, die Nicole nichts angingen. Die Frauenstimme vom Band sprach stets das Wort »Zugbeeinflussung«, wenn Nicole Wachsamkeitstaste oder Führerbremsventil betätigte. Alle dreißig Sekunden rief sie streng »Sifa! Sifa!«, die Abkürzung für »Sicherheitsfahrschaltung«, und ermahnte Nicole, auf das breite Pedal unter dem Pult zu treten, um dem System mitzuteilen, dass sie noch lebte. Nicole war die alleinige Herrscherin über das gewaltige Transportmittel und dennoch doppelt und dreifach abgesichert. Sie konnte jederzeit Kontakt aufnehmen, zum Fahrdienst, zum nächstgelegenen Stellwerk oder zur Zugleitung in Bonn, wo ihr Zug als grüner Strich im Streckennetz über die Bildschirme kroch. Die Kollegen der Zugleitung verfolgten jede Bewegung, registrierten jeden Halt, und auch Nicole sah auf dem Display des Blackberrys, welche Streckenabschnitte sie absolviert hatte. Sie trank einen Schluck Wasser und wischte sich mit dem Pulloverärmel über den Mund. Sollte sie mit Stefan telefonieren? Gunnar anmailen? Oder Musik hören? Nichts von alledem. Lieber hing sie den eigenen Gedanken nach. Sie zündete sich eine Zigarette an und stieß den Rauch langsam durch die Nasenlöcher aus. Sie klappte den Deckel des Aschenbechers auf, der an die Wand montiert war. Lokführer waren wahrscheinlich die Letzten, die am Arbeitsplatz noch rauchen durften. Niemand wagte, es zu verbieten. Der Prolet, hier galt er noch als Souverän. Nicole lehnte sich zurück. Der Halbmond trat hinter den Wolken hervor, und es schien ihr, als blicke er gütig auf sie herab. Nicole hatte den schönsten Beruf der Welt.

Manchmal bedauerte sie noch immer, dass Stefan nie mitgefahren war. Sie hatte es ihm mehrmals angeboten, ihn einmal zu seinem Geburtstag eingeladen, es sich ein andermal zu ihrem Geburtstag gewünscht, dass er sie begleitete, zwei Tage nur, dann hätte er in Fulda oder sonst wo absteigen und mit dem ICE zurück nach Berlin fahren können. Sie hätten sich ein schickes Hotel genommen, wären am Abend essen und dann an die Bar gegangen. Sie hätten eine heiße Nacht im Hotelzimmer verbracht. Stefan aber hatte stets abgelehnt. Ein Babysitter für zwei Tage sei Geldverschwendung, die Kinder seien es nicht gewohnt, von einem Fremden ins Bett gebracht zu werden, der Aufwand stehe in keinem Verhältnis zum Nutzen. Später, hatte er Nicole vertröstet, später, wenn die Kinder aus dem Gröbsten heraus seien, würde er gern mit ihr auf Tour kommen. Später. Dieses Wort war nach Nicoles Ansicht die vornehme Umschreibung für nie. Glaubte Stefan wirklich an das, was er sagte? An später? War es nur Bequemlichkeit? Oder die pure Angst? Vielleicht hätte die Selbstverständlichkeit, mit der Nicole den Bulli führte, ihn, den arbeitslosen Philosophen, mit Neid erfüllt. Vielleicht ahnte Stefan, dass er den Anblick der im Führerstand thronenden Nicole nicht ertragen würde. So war der Zug sprichwörtlich abgefahren, ohne ihn, ohne Stefan. Nicole hatte nicht länger auf ihn warten können.

Seit jener Nacht, in der sie ihm mit dem Mut der Verzweiflung den versauten Wunsch ins Ohr geflüstert hatte, war auch Stefan als Mann für sie gestorben. Nicole machte sich nichts vor. Sie hatten am Anfang ihrer Beziehung ein paar geile Ficks gehabt, in der Phase der Verliebtheit, das stimmte, doch das war alles. Seit die Kinder auf der Welt waren, herrschte tote Hose im Bett. Die Erinnerung an jene Tage und Nächte, die sie vor langer Zeit schwitzend und stöhnend verbracht haben mussten, verschwamm zu einer kurzfristigen, harmlosen Spielerei, und Nicole fragte sich, ob Stefan in Wahrheit nicht schon immer ein erotischer Analphabet gewesen war. Sein Trieb war schwach, viel schwächer als ihr eigener, ebenso sein beruflicher Ehrgeiz. Und was Stefan Vertrauen nannte, war in Nicoles Augen Gleichgültigkeit. Dieser Umstand aber ermöglichte es ihr, das zweite, das geheime Leben zu führen, das sie so genoss. Ihr Instinkt hatte vor zwölf Jahren treffsicher den Richtigen gewählt: einen tollen Vater für die Kinder, die sie sich gewünscht und von ihm bekommen hatte, einen Freund, auf den sie sich verlassen konnte, der den Alltag allein bewältigte, und einen vorzeigbaren Partner, der bei Pärchenabenden und Familientreffen eine gute Figur machte. All das war Stefan, nur eins war er nicht: ein Mann, der seine Frau leidenschaftlich fickte. Diesen Mangel freilich teilte er mit vielen Männern und Frauen jenseits der dreißig. Spätestens mit der Familiengründung nahm die Lust rapide ab. Im Freundeskreis wurden Witze darüber gemacht wie über ein offenes Geheimnis. Die Kinder, der Stress, die Routine. Auch die Lokführer, mit denen Nicole manchmal beim Frühstück in den Hotels beisammensaß, nahmen kein Blatt vor den Mund: Sie jammerten über die Nebenwirkungen der Blutdrucktabletten, über verfettete Ehefrauen mit tausend Wehwehchen, über nervende Schwiegermütter. Überall lauerten die Lustkiller. Es gab tausend Gründe, es nicht zu tun. Nicole, das war klar, bildete die Ausnahme. Dieses Gefühl kannte sie seit der Pubertät. Damals schon war sie neugierig gewesen, neugieriger, mutiger und frecher als ihre Freundinnen, wenngleich diese stets an ihren Lippen hingen, gebannt zwischen Lust und Schrecken, sobald Nicole ihre neuesten erotischen Erkundungen in bunten Farben schilderte.

Zuerst waren da die Küsse gewesen, die sie in der zweiten Klasse mit Gero Beyer heimlich am Rande des Schulhofs im Gebüsch getauscht hatte. Später kam es zu unschuldigen Fummeleien bei Schuldiscos, in Kinderzimmern, in zugigen Hauseingängen. Nicole hatte in jener Zeit Buch geführt über jedwede körperliche Aktion mit dem anderen Geschlecht und sie wie Trophäen in einem Matheheft aufgelistet. *Dennis M.: Hals gestreichelt, mehrmals geküsst (mit Zunge!), steifen Penis gespürt. Robert A.: Brust angefasst, Oberteil ausgezogen! Mirko F.: Küssen ausgiebig, auf Schoß gesetzt, Hose geöffnet, untenrum gestreichelt. Auweia!*

Sie hatte das Heft aufgehoben wie einen Schatz, und wenn es ihr alle paar Jahre in die Finger geriet, rührte sie die eigene, verflossene Naivität, amüsierte sie der ausgeprägte, etwas streberhafte Sammlertrieb.

Wirklich angefangen hatte es mit Christian, im Trainingslager des Judovereins, Sommer 1993. Er war neunzehn, eine Frohnatur, Träger des schwarzen Gürtels, Co-Trainer und als Betreuer der großen Jungs mitgefahren. Er hatte Nicole beim Training besonders hart rangenommen. Beim Baden und Fangenspielen am Strand hatte er sie immerzu geneckt und angefasst, zwar unauffällig, aber dennoch zu häufig, zu lange und zu fest. Sie war vierzehn gewesen, kess und lustig. Die unbeschwerten, sonnigen Tage, die sie in der Bungalowsiedlung an der Ostsee verbracht hatte, lagen weit zurück. Aus heutiger Sicht erschienen sie ihr als ein einziges, ewiges Gekicher, sorglos und glücklich. Eines Nachts war sie mit Herzklopfen ins Zimmer der großen Jungs geschlichen. Sechs Doppelstockbetten standen darin, in jedem träumte ein pubertierender Fünfzehnjähriger. Christian stützte, als er sie im Dunkeln sah, den Kopf in die Hand. »Ich kann nicht schlafen«, flüsterte sie. Er hob die Bettdecke an, und Nicole kletterte hinauf in sein Bett, so vorsichtig und leise wie möglich, vorbei am dicken Enrico Kuhn, der unten lag und von allen gehänselt wurde, weil er öffentlich in der Nase popelte. Christian breitete die Decke über Nicole, nahm sie in die Arme und drückte sie an sich. Fest aneinandergepresst lagen sie dort und versuchten, leise zu atmen. Sie spürte den harten Schwanz in der Schlafanzughose. Er tastete nach ihren noch im Wachstum befindlichen kleinen Brüsten, zog ihr das Höschen aus und fuhr ihr mit der Hand zwischen die Beine. Bei jeder Bewegung quietschten die Federn und das Doppelstockbett wackelte. Zuerst bemühten sie sich noch, sich durch kein Geräusch zu verraten, hielten inne und bissen sich gegenseitig in die Schultern, um das Kichern zu unterdrücken. Dann aber wurde Christian so erregt, dass er sich auf sie wälzte. Er stieß mit dem steinharten Schwanz an Nicoles zarte Vagina, doch es gelang ihm nicht, richtig einzudringen. Nur die Eichel schaffte es ein Stückchen zwischen die Lippen und verlangte grob Eintritt. Ihr tat es weh; sie wurde ernst. Die Pforte blieb verschlossen. Doch spürte sie zum ersten Mal einen keuchenden Männerleib in seiner ganzen Schwere auf sich, das rasende Herz, den unaufhaltsamen Drang, es zu Ende zu bringen. Sie ließ ihn, den Stürmischen, den Hektischen, gewähren; sie hielt es aus, überwach vor Angst und Lust. Er kam früh, und eine heiße Soße, über deren Menge und Temperatur sie erschrak, ergoss sich zwischen Nicoles Beine. Hinterher befiel sie ein Heldengefühl, eine Ergriffenheit, die ihr die Tränen in die Augen trieb. Christian streichelte und küsste sie unaufhörlich, aus schlechtem Gewissen, vor Glück. Sie schnupperte noch lange an dem warmen Körper herum, unersättlich und stumm. Der Schwanz, den sie nachher forschend befuhlte, blieb steif. Enrico Kuhn gab keinen Mucks von sich. Im Zimmer war es totenstill. Gegen Morgen kletterte sie leise aus dem Bett, schlich in die Dusche, wusch das Gemisch aus Sperma, Blut und Schweiß von der Haut, den Geruch des ersten Mannes in ihrem Leben. Ihr Nachthemd tat sie zur Schmutzwäsche, zog ein sauberes an und lag wach bis zur Weckzeit um sieben. Die Gedanken huschten wie nervöse Schatten durch ihr Hirn. Stolz und Scham kämpften miteinander. Sie dachte an die Schmerzen, die noch immer zwischen ihren Beinen pochten. Sie fragte sich, ob alle Männer solche Riesenpenisse hatten, und wie jemals einer davon in sie hineinpassen sollte. Vielleicht gab es Frauen mit Riesenmuschis, die diesen gewaltigen Teilen gewachsen waren? Dann wieder dachte sie an seine Küsse und seinen heißen Atem, an die Erregung, die sie allein mit ihrem Körper auszulösen vermocht hatte, und fühlte sich sehr erwachsen. Sie fragte sich, was Christian mit dem bekleckerten Laken anstellte. Sie fürchtete sich davor, dass Enrico Kuhn sie beim Trainer verpetzen würde. Für Christian hätte es das Aus im Verein bedeutet. Nicole und er hätten zur Strafe vorzeitig abreisen müssen. An die aufgerissenen Augen ihrer Eltern, wenn sie mit verheultem Gesicht eine Woche zu früh vor der Tür stehen würde, wollte sie erst gar nicht denken.

Aber die Sache war nie herausgekommen, und in Nicole hatte sich damals allmählich die Ansicht erhärtet, dass die Jungs samt Enrico Kuhn seelenruhig geschlafen hatten. Mittlerweile war sie sicher, dass elf Testosteronschleudern mit gespitzten Ohren und Schwänzen dem Treiben gelauscht hatten. Keiner der Jungs hatte sie verpfiffen, nicht aus Solidarität, sondern weil ein jeder von ihnen insgeheim auf eine Wiederholung des erotischen Hörspiels gehofft hatte. Dazu war es nicht gekommen. Christian und Nicole hatten einander nach dieser Nacht verstört gemieden. Christian, der ihr damals reif und erfahren vorgekommen war, hatte in Wahrheit genauso mit der Überforderung gerungen wie Nicole. Das erste Mal war naturgemäß ein verunglücktes, doch blieb es im Gedächtnis haften. Die blutjunge Nicole war in jenem Sommer vor achtzehn Jahren womöglich von einem ähnlich unschuldigen Liebreiz umweht, der sie heute in die Fuldaer Hotelküche zu ihrem Lehrling lockte. Wie der Kleine hatte sie damals nichts von ihrer Wirkung gewusst. Aber sie hatte den Sog des Verbotenen gespürt. Er sollte sich als stärker erweisen als die Angst aufzufliegen.

Die Ehrfurcht vor der monströsen Größe eines erigierten Schwanzes hatte Nicole zwar in tiefe Zweifel gestürzt, doch dem krampfhaft verschlossenen Unterleib zum Trotz probierte sie eifrig mit Jungs herum, mit Markus, Igor und Tim aus ihrer Klasse, mit Schweini, dem Sitzenbleiber aus der Nachbarschule, der immerhin behauptete, schon einmal mit einem Mädchen geschlafen zu haben. Aber so sehr die ungehobelten Schwänze auch drängten und drückten, es sollte noch gut zwei Jahre dauern, bis Nicole einen von ihnen in sich aufnehmen konnte. Dieser allerdings sollte sich als ein geschmeidiges und besonders schönes Stück erweisen.

Als sie Fulda hinter sich gelassen hatte, legte sich der Zug in die Kurve. An deren Ende leuchtete das Signal in Orange: Halt erwarten. Wahrscheinlich war der nächste Streckenabschnitt noch nicht frei. Nicole schlug auf die Wachsamkeitstaste und drosselte die Geschwindigkeit. Sie rollte erst mit sechzig, dann mit vierzig Stundenkilometern über die Schienen und hoffte, den Zug nicht zum Stillstand bringen zu müssen. Nicole fuhr vorausschauend. Lieber verlangsamte sie beizeiten, als bis ans nächste Signal heranzubrettern und eine Vollbremsung hinlegen zu müssen. Sie kam dennoch nicht um einen Halt herum.

»Scheiße«, sagte sie.

Sie stand am Streckenkilometer einunddreißig, öffnete das Seitenfenster, trank aus der Wasserflasche und schaute auf den Bildschirm. Bisher lag sie im Plan. Es war fast dreiundzwanzig Uhr; sie hatte gut die Hälfte der Strecke hinter sich. Nach fünfzehn Minuten bekam sie endlich Nachricht.

»Schiebt euch eure rostigen Gleise in den Arsch!«, rief sie.

Fluchen gehörte zum Geschäft. Vom Stellwerk wurde sie auf ein Nebengleis beordert, auf dem sie mit vierzig Stundenkilometern dahinzuckeln musste. Sie schickte eine Nachricht an ein paar Leute, die wie sie unterwegs waren: *Ich fass es nicht. Schienen putzen bis Bebra! Warum immer ich?* Es kamen vier Antworten. Gunnar bedauerte Nicole aufrichtig. Ralf schickte einen Pandabären, der Töne wie ein Lachsack von sich gab, sich den Bauch hielt und Tränen verspritzte. Fränki schrieb, gehässig wie immer: *Arme Nicole, steige gleich in fucking Fulda ab. Feierabend!!!* Von Hagen kam ein schwacher Trost: *Hatte gestern eine lose Plane am hintersten(!) Wagen. René hat extra gehalten. Volle zwei Stunden, bis wir das Schrottding fest hatten! So what!* Nicole schrieb zurück, dass sie Schokolade fresse und sich frustriert in der Nase bohre. Nach gut dreißig Kilometern ließen die Idioten von Bebra Gnade walten und lotsten Nicole zurück aufs Hauptgleis. Sie hatte eine Stunde verloren und beide Schokoriegel vertilgt. Noch so ein Ding würden sich diese Sesselfurzer heute nicht leisten. Nicole beschleunigte auf hundert Stundenkilometer und steckte sich erleichtert eine Zigarette an. An Gunnar schrieb sie: *Bin wieder auf Strecke. Noch drei Stunden, dann lieg ich in der Koje.* Wenn es gut lief. Sie hörte Songs von Tom Jones, um sich bei Laune zu halten. Dann tauchte sie wieder in die Vergangenheit ein.

Ein Mulatte mit einer seltsam verkrüppelten Hand hatte es geschafft, die Blockade in ihrem Unterleib zu lösen. Nicole war sechzehn und in der zehnten Klasse gewesen. Sie wusste nicht mehr, wo sie ihn aufgegabelt hatte, den Hallodri mit den schwarzen Augen, den drahtdicken Kräusellocken und einer Haut wie Milchkaffee. Emanuel hieß er, jobbte hier und dort, hatte eigentlich nie Geld, aber eine feste Freundin, die in Hamburg studierte. Er machte keinen Hehl daraus, dass Nicole nicht die Einzige war, mit der er seine Freundin betrog. Nicole genoss das feine Gespür seiner linken Hand, mit der er ihr in den Nacken fasste, um die Taille oder ans Kinn. Mit der Linken glich er das Handicap der Rechten aus, die er für gewöhnlich versteckte. Als sie nach einem

Kinoabend mit in seine Wohnung ging, ein kleines, verlottertes Nest im Hochparterre in der Beusselstraße, tranken sie Rotwein, rauchten und küssten sich. Nicole machte sich über die geheimnisvolle Rechte her, umschloss sie mit ihren Händen, legte sie sich auf die Brust, untersuchte die Stummelfingerchen, die er zu nichts gebrauchen konnte und deshalb zu einem nutzlosen Fäustchen ballte, das an einem schmal auslaufenden Unterarm hing. Er legte Nicole auf die Matratze, streifte ihr die Kleider ab und zog sich selbst aus. Nicole staunte den Schwanz des Mulatten an, der alles andere als verkümmert war, ein stramm gewachsener Knüppel von hellbrauner Farbe in allen Schattierungen und großer Schönheit. Emanuel merkte schnell, als er in Nicole eindringen wollte, dass sie dichtmachte. Er legte sich zwischen ihre Beine, stützte sich auf der Rechten ab und spielte mit ihrer Möse. Er war der Erste, der sie leckte, sie mit den Fingern spreizte, sich beschaulich mit ihrer Vagina befasste. Nicole lag auf dem Rücken und spürte den Berührungen nach. Sie hatte sich einem Könner anvertraut. Sie gab mit dem Unterleib Antwort auf die saugenden Küsse, die flinke Zunge, die alles nass und weich machte. Als er sich über sie beugte, behielt er einen Finger in ihr. Die verkrüppelte Hand lag dicht bei ihrem Kopf, und Nicole schnüffelte, leckte, saugte an ihr und träumte davon, sie sich bis zum Ellbogen einzuführen. Plötzlich war der Mulatte samt Schwanz in ihr; sie hatte nicht bemerkt, wie er den Finger gegen den Schwanz ausgetauscht hatte. Er stieß zu, was einem Erdbeben gleichkam. Lange spielte der Schwanz mit der Möse, bis Nicole einen Orgasmus bekam, ihren ersten nicht selbst herbeigeführten. Vielleicht war das bereits der Moment, in dem Nicole begriff, dass der Sex die Abweichung brauchte, dass es den sogenannten normalen Sex in Wahrheit gar nicht gab. Emanuels verkrüppelte Hand hatte sie gelockt, der schöne Mulatte mit dem Handicap. Ihr Handicap war damals die verschlossene Möse gewesen. Sie hatten einander die Wunden geleckt und ihre Abweichungen gefeiert. Er hatte sie vom Keuschheitsgürtel befreit, sie seinen Makel zum Phallus erhoben. Sie war ihm dankbar auf ewig. Nicole und Emanuel verloren sich aus den Augen, ein jeder zog weiter zur nächsten Eroberung. Er war ein verführerischer Kerl gewesen, ein Schmeichler und ein Überlebenskünstler, dabei arm wie eine Kirchenmaus, und Nicole musste grinsen, als ihr einfiel, dass er ihr noch immer Geld schuldete in einer Währung, die es nicht mehr gab, fünfzig Mark oder hundert, seit über fünfzehn Jahren.

Als Nicole ihren Schulfreundinnen begeistert von ihrer Errettung durch den schönen Emanuel berichten wollte, stieß sie auf Ablehnung. Die Mädels rümpften die Nasen, hielten sich die Ohren zu und wandten sich ab. Sie ekelten sich vor der verkrüppelten Hand, ohne die die Geschichte nun einmal nicht denkbar war, und Nicole hörte auf zu erzählen. Ob sie schon im zarten Alter von sechzehn geahnt hatte, dass die besten Schweinereien auf Mitwisserschaft verzichten mussten?

Sie bedauerte noch immer, nicht offen und rückhaltlos reden zu können, wurde manchmal traurig, öfter wütend davon. Was sie schon damals von den Mädels getrennt hatte – es störte sie bis auf den jetzigen Tag an Frauen, die sich, je älter sie wurden, umso verbissener hinter einer Mauer aus Abwehr verschanzten. Die meisten, die Nicole kannte, waren groß darin, alles, was ihnen als pervers, krankhaft oder abartig erschien, mit entrüsteten Gesichtern von sich zu weisen. Sie einigten sich mühelos darauf, dass sie keine Unterwerfung wollten und keine Machtspiele, keine Schmuddelorgien und keine Schwanzlutschereien. Sie riefen im Chor »Ihh!«, »Pfui!« und »Bäh!«, wenn ihnen Dinge zu

Ohren kamen, die in ihren Frauen-Ratgebern nicht auftauchten. Kurz: Sie wussten genau, was sie alles nicht wollten. Was aber wollten sie? Was machte sie geil? Was törnte sie an? Was machte sie scharf wie Chilischoten? Wenn Nicole eine Frau ihres Alters fragte: »Worauf stehst du?«, bekam sie die immer gleiche Antwort: Groß und schlank müsse er sein, auch intelligent und zärtlich, zudem breite Schultern zum Anlehnen bieten, Sixpack, wohl geformter Bizeps und ein attraktives Gesicht inklusive, beruflich erfolgreich, charmant, humorvoll, einfühlsam. Dieses Blabla lief auf den Klippenspringer aus der TV-Werbung hinaus, der mit gestähltem Körper und braungebrannter Haut pfeilgleich in die Wellen stieß, um ein Deodorant anzupreisen. Es konnte unmöglich sein, dass alle Frauen ein und denselben Typ bevorzugten. Das waren geborgte Fantasien aus dem Fernsehen, und Nicole empfand es als Frechheit, dass irgendein Werbefuzzi Bataillonen von Frauen, die zudem idiotischerweise der Ansicht waren, es handle sich um ihren individuellen, unverwechselbaren Geschmack, diktierte, was sie geil zu finden hatten. Das Wichtigste an diesem kollektiven Wunschbild aber war: Nie würden die Frauen jenen gestylten, geschminkten und computeranimierten Mann im echten Leben auch nur von weitem sehen. Den gab es gar nicht, und wenn, dann war er schwul oder fickte Models. Die Ansprüche der Frauen blieben unerfüllbar. Für ihr Sexleben hieß das nichts Gutes.

Nicole indes verschwendete sich von jeher. Sie vögelte nach der Erweckung durch den Mulatten fröhlich weiter, unternahm ausgedehnte Streifzüge durch die Männerwelt und ergötzte sich an deren Vielfalt. Sie versuchte sich, auf Männern sitzend, einen Orgasmus zu verschaffen. Bald konnte sie in der Phase der Abkühlung den Punkt erwischen, einen zweiten und dritten folgen zu lassen. Sie übte, den rattenscharfen Mann an die Schwelle zum Höhepunkt zu führen und ihn dort zappeln zu lassen, bis er um Erlösung winselte. Sie lernte, einen Schwanz in den Mund zu nehmen und Sperma zu schlucken. Und sie entdeckte ein paar Zauberhandgriffe, die jede schwindende Erektion wiederbelebten. Die Erkenntnis jener Jahre bestand darin, dass es im Leben eines Mannes nur eine dünne Zeitspur gab, in der Wunsch und Vermögen identisch waren. Bis zwanzig hatten sie die Erregung selten unter Kontrolle und spritzten zu früh ab; bereits ab dreißig stand der Schwanz nicht mehr zuverlässig. Spätestens am fünfunddreißigsten Geburtstag läuteten die Glocken die lange Zeit der Potenzangst ein. Sobald sie erwachte, war der Mann angewiesen auf das Spiel mit der Abweichung. Das Tabu musste gestreift, das Verbot missachtet, die sexuelle No-go-Area betreten werden, sonst tat sich nichts in der Hose. Nicole, die es aufgegeben hatte, ihre Freundinnen mit ihren Erkundungen zu belästigen, behielt die schrägsten Nummern für sich: den Klempner, der immer weinen musste, wenn er kam. Den Fußfetischisten, der an jedem ihrer Zehen inbrünstig saugte, bis Nicole meinte, ihre Zehennägel ließen sich weglutschen wie Bonbons. Den alten Schauspieler, der ihr Arme und Beine mit Stricken zusammenband und nur ficken konnte, wenn er sich eine Weihnachtsgans vorstellte.

Gegen Ende der Schulzeit schloss Nicole sich für eine kurze, intensive Phase Ina an, der überzeugten Feministin aus der Parallelklasse, und folgte ihr in die lesbische Welt. Sie knutschten und fummelten, und Nicole bekam endlich eine andere als ihre eigene Möse zu sehen, eine sehr gut durchblutete, die rosig-prall durch schwarzes Schamhaar leuchtete. Sie durfte feststellen, was sie von Schwänzen und Menschen schon wusste: Keine glich der anderen. Ein einziges Mal vergaß Ina sogar ihren Vorsatz, nie mehr mit einem

Mann zu schlafen, und ließ sich von Nicoles Neugier anstecken. Gemeinsam suchten sie sich Ecki aus, den passionierten Teetrinker und Nietzsche-Leser mit der Neurodermitis an den Händen. Sie verführten ihn kichernd zum flotten Dreier. Dabei meinten die Mädchen doch nur einander, an Ecki vorbei, um Ecki herum, über Ecki hinweg, der sich zwischen vier Brüsten, zwei knackigen Ärschen und zwei Mösen im siebten Himmel wähnte. Ina gab schließlich ihre rechte Hand, Nicole ihre linke her. Sie verschränkten die Hände fest ineinander, falteten sie wie zum Gebet, bis Ecki sich glücklich zwischen den Fingern der beiden entlud. Nicole fragte sich, was aus Ina geworden war. Sie hatte noch mitbekommen, dass sie sich schwer in eine Frau namens Ulla verliebt hatte. Den Gerüchten zufolge war das Paar nach Amerika ausgewandert.

Der Zug rollte ruhig durch die Nacht. Nicole aß eine Banane, öffnete das Fenster einen Spaltbreit und steckte sich eine Zigarette an. Sie dachte an die Lehrlinge, unter denen sie sich während der Ausbildung hin und wieder einen ausgesucht hatte, nette Jungs, potent und lustig, angehende Lokführer. Zuerst hatte sie es genial gefunden, sich aus beruflichen Gründen täglich inmitten eines Pools aus jungen Männern aufhalten zu dürfen. Schnell aber war ihr klargeworden, dass sie sich den Ruf eines Flittchens einhandelte, und sie hatte für ihre Bettgeschichten wieder weitere Kreise gezogen. *Never fuck the company!* – aus dieser Zeit stammte Nicoles Leitspruch. Bald danach war Stefan auf der Bildfläche erschienen, der Philosophiestudent, der sie auf der Party einer Freundin in ein tiefsinniges Gespräch verwickelt hatte. Stefan, der zuerst nichts weiter als eine neue Perle auf der Kette ihrer Eroberungen war. Der sie wiedersehen wollte und ihr seine ernsthaften Absichten unterbreitete. Stefan, in den sie sich schließlich verliebte und mit dem sie zusammenzog. Für den sie ihre Raubzüge komplett einstellte. Von dem Nicole schwanger wurde. Bis nach Linas drittem Geburtstag war sie ihm treu gewesen. Nicole stutzte. Treu? Wenn gar kein Sex mit dem eigenen Mann stattfand, war man ihm dann eigentlich trotzdem treu? Treu verbunden in der Enthaltsamkeit?

Als Nicole die letzte Kurve vor Göttingen nahm, piepste das Handy. Eine Nachricht von Stefan. Mitten in der Nacht? *Geht es Dir gut? Die Zwerge schlafen brav. Waren heute Nachmittag im Kino: Räuber Hotzenplotz. Habe für Freitagabend Alex und Susan eingeladen. Ok? Dicker Kuss.*

Nicole fand es schön, dass Stefan, der offenbar schlaflos war, an sie dachte. Sie antwortete: *Habe auch gerade an Dich gedacht. Kannst Du nicht schlafen? Musste Schienen putzen! Freu mich auf Dich, die Zwerge und Alex und Susan. Dicker Kuss zurück!*

Alex und Susan. Ein Paar wie Stefan und Nicole. Nur, dass Alex das Geld verdiente und Susan ihres Sohnes Lukas wegen noch immer zu Hause war. Sie kannten sich, seit Pepe und Lukas dieselbe Kita-Gruppe besucht hatten. Eine Elternfreundschaft. Alex arbeitete als IT-Spezialist und wartete das Computersystem eines großen Konzerns. Er hatte nicht selten Arbeitstage von zwölf Stunden und kam völlig erledigt nach Hause. Ein lieber Kerl, gut aussehend, herzlich. Susan besorgte den Haushalt, kümmerte sich um Lukas. Eine hübsche, zierliche Frau, die leise sprach und eine zarte Melancholie ausstrahlte. Nicole hatte sich schon des Öfteren überlegt, wie es mit Alex im Bett wäre. Sie hatte sich auch ausgemalt, wie Stefan mit Susan vögelte. Jetzt stellte sie sich eine Nummer zu viert vor. Was sie wohl anschließend in ihr Matheheft schriebe, wenn sie es noch führen würde?

Wahnsinn. Mein erster flotter Vierer. Ich lag auf dem Rücken. Alex kniete zwischen meinen Beinen. Er stopfte mich gemächlich mit seinem standhaften Teil. Ich spielte mit Susans niedlichen Brüsten, die über mir schwangen. Alex und Susan küssten sich, während Stefan sie von hinten nahm. Neuartige, raffinierte Technik. Werde eine Skizze machen.

Ob es je dazu kommen würde? Ausgeschlossen. Alex und Susan waren in der Elternschaft gefangen wie Stefan und Nicole. Der Sex spielte in ihrem Leben eine winzige Nebenrolle. Wahrscheinlich nicht einmal das.

Nicole wippte im luftgefederten Sessel, als sie in den Weichenbereich einfuhr. Die Impulse, heftig und doch weich, jagten durch ihren Körper. Die Gleisanlagen schimmerten in fahlem Licht. Die Strommasten standen gespenstergleich, das Oberleitungsnetz sah aus wie von Spinnen gewoben. Der Göttinger Bahnhof lag in tiefem Schlaf. Das Stellwerk lotste sie auf Gleis acht. Sie schlüpfte in die Warnweste, stellte den Zug ab und fuhr die Lok auf das Rangiergleis. Dann räumte sie die Fahrbücher zusammen, unterschrieb im Übergabebuch und verstaute ihren Müll in einer Plastiktüte. Sie schaltete die elektronischen Systeme aus, meldete der Zugleitung Dienstschluss und kletterte ins Freie. Kein Mensch weit und breit.

»Tschüs, kleiner Bulli«, sagte sie, schlug mit der Handfläche tätschelnd auf die Tür und schloss sie ab. Den Rucksack auf dem Rücken, stapfte sie durch die kalte Nacht in Richtung Bahnhof. Ihr Atem formte sich zu kleinen Wattewolken. Ihre Schritte knirschten im Schotter. Natürlich wäre es vernünftiger gewesen, sofort ins Bett zu gehen.

Göttingen/Samstag/02.49 = = = Göttingen/Samstag/04.14

Es war fast drei Uhr morgens. Spiegelglatt wie ein See lag der zugige Bahnhofsvorplatz vor Nicole. Nur ein klägliches Häuflein angetrunkener Mädchen lungerte um einen mit Brettern winterfest vernagelten Brunnen. Sie hielten sich aneinander fest und knickten andauernd auf ihren Stilettos um. Sonst keine Spuren von Nachtleben. Nicole ließ den Platz hinter sich und bog in eine Straße ein. Sie sah ein paar Restaurants und Bars. Verschlossene Türen, gelöschte Lichter, abgewischte Kreidetafeln. Aber eine Kneipe war noch offen. Ohne zu zögern, trat Nicole ein, selbstverständlich und zielstrebig, als habe sie nie etwas anderes getan. Stimmengewirr in gemäßigter Lautstärke. Sie stellte den Rucksack ab, zog Schal und Jacke aus und setzte sich an den Tresen. Glasige Männeraugen verfolgten ihr Tun; Nicole spürte die taxierenden Blicke, doch erwiderte sie nicht. Wenn man sich lange genug blind und taub stellte, erlosch das Interesse. Nicole bestellte bei der dickbusigen Barfrau, unter deren blau geschminkten Augen sich Tränensäcke wölbten, ein kleines Bier und schaute ihr beim Zapfen zu. Erst, nachdem sie einen kräftigen Schluck genommen hatte, sah Nicole sich um. An den Tischen erklärten sich harte Jungs gegenseitig die Welt, friedliche Helden beim Bier, in Verschwörungstheorien oder Politfloskeln versunken. Aus einem Nachbarraum drang das Rasseln und Klingeln von Spielautomaten. An den Wänden hingen Fußballwimpel.

Ein Fernseher lief ohne Ton, ein Sportkanal brachte Autorennen. Auf gerahmten Plakaten räkelten sich lasziv halbnackte Blondinen, deren gebräunte Haut ölig glänzte, über den Kühlerhauben roter Ferraris. Der Tresen war mäßig besetzt, ein junges Paar küsste sich und schien dabei fast einzuschlafen; ein älteres Paar stritt leise, wobei die Frau den Mann immerzu am Ohrläppchen zog. Zwei alte Säufer mit krummen Rücken und roten Nasen hockten über Eck und nickten bedächtig in ihre Biergläser.

Daneben saß ein Typ allein vor seinem Humpen. Er war groß gewachsen, ein Riese, bestimmt fast zwei Meter, breite Schultern und ein muskulöser Oberkörper unter einem hellgrauen löchrigen T-Shirt. Ein markantes, unrasiertes Kinn, struppige, fast schwarze Haare, die schon länger keinen Friseur mehr gesehen hatten. Sein Gesicht war verschlossen, aber nicht bitter. Es war nur ruhig, müde, vielleicht ein wenig dumpf, was an den engstehenden Augen liegen mochte. In den derben Händen wirkte der Bierhumpen klein. Die Unterarme waren stark behaart, und auch aus dem ausgeleierten Kragen des T-Shirts schauten schwarze Haare hervor, die in Richtung des Adamsapfels wuchsen. Der Typ war kein Körperfetischist wie Herr von Schladow vom Hotel *Blauer Mond*, kein eitler Fatzke, der sich täglich dem Muskelaufbau widmete. Seine Muskeln waren echt, ein Nebenprodukt täglicher Arbeit. Hier saß ein Handwerker in seiner schlampigen Kluft beim späten Feierabendbier. Nicole betrachtete ihn. Der Anblick gefiel ihr. Als er endlich aufschaute und ihre Blicke sich trafen, lächelte sie unverfänglich und lockte ihn fröhlich mit dem Finger zu sich. Der Typ schaute sich verdutzt um und rätselte, ob jemand hinter ihm gemeint sein könnte. Nicole lachte und legte die Handfläche auf den freien Platz neben sich. Der Typ zuckte mit den Schultern, rutschte langsam vom Hocker und schlurfte auf langen Beinen durch die Kneipe. Er war wirklich sehr groß und sehr gut gebaut. Er stellte sein Bier ab und setzte sich neben Nicole.

»Na?«, sagte Nicole.

»Na?«, sagte der Typ.

Seine Stimme klang tief und kratzig, als würde er sie selten benutzen. Er roch nach Beton oder Kalk. Aus der Nähe bemerkte Nicole die rissigen, ungepflegten Hände, groß wie Pranken. Heller Mörtel hatte sich in die Haut gefressen.

»Bist du Maurer?«

»Ja.«

»Ich nicht«, erwiderte Nicole und musste über die Einfallslosigkeit ihrer Anmache grinsen.

Der Maurer sah Nicole skeptisch an und fragte sich wohl, ob sie ihn verarschte oder eine Vollmeise hatte.

»Aha«, sagte er.

Nicole nahm einen Schluck von ihrem Bier. Für eine zwanglose Plauderei war der Maurer nicht geschaffen. Eigentlich hatte auch Nicole keine Lust auf viele Worte. Sie saß schließlich nicht neben ihm, um sich die Langeweile zu vertreiben. Der Maurer trank ebenfalls.

»Meinst du, es ist ein stinknormaler Fick drin?«, fragte Nicole.

Der Maurer stockte kurz, den Humpen an den Lippen. Dann setzte er das Glas ab und schaute hinein. Er drehte Nicole den Kopf zu und ließ den Blick einmal an ihr hinunter und hinauf wandern. Er trank wieder, schaute in den Humpen.

Dann nickte er, kramte sein Portemonnaie aus der Hosentasche und zahlte für beide.

»Wo wohnst du?«, fragte sie.

»Nicht weit.«

»Kondome?«

»Automat.«

Er ging aufs Klo. Nicole rutschte vom Hocker, ging zum Kleiderständer, zog sich die Jacke an und wickelte den Schal um den Hals. Als der Typ vom Klo zurückkam, klopfte er mit den wulstigen Fingerknöcheln auf den Tresen und zog sich eine alte Militärjacke über. Nicole schwang sich den Rucksack über die Schulter. Der Abgang der beiden war so unspektakulär, dass niemand ihnen nachschaute. Sie traten hinaus in die kalte Dunkelheit, liefen nebeneinander her, die Hände in den Jackentaschen, die Hälse tief zwischen die Schultern gezogen. Nicole sah auf die Schuhe des Maurers, groß wie Fischerkähne und mit weißlichen, eingetrockneten Klecksen übersät, hartnäckig wie Möwenkacke. Bestimmt kaufte er seine Kleidung in einem Geschäft für Übergrößen.

»Bist du eine von den Zimperlichen?«, fragte der Maurer.

»Nee«, antwortete Nicole.

Sie waren nur über zwei Querstraßen gegangen, als der Maurer eine Haustür aufschloss. Der Weg zum Hotel, stellte Nicole erleichtert fest, würde nachher keine zehn Minuten dauern.

Er stieg vor ihr die Treppen hinauf, und Nicole besah sich den wohlgeformten Arsch, soweit er sich unter der Arbeitshose andeutete. Der Maurer hauste in einer Einzimmerwohnung mit Kochnische, in der sich schmutziges Geschirr türmte. Sie schätzte ihn auf Anfang dreißig. Ein Junggeselle, dem eine feste Freundin mit ihren Wünschen und Ansprüchen und ihrem Dauergeplapper nur auf die Nerven gehen würde. Der lieber selbst abwusch, wenn sich kein sauberer Teller mehr im Schrank fand. Oder war er anderswo zu Hause und nur auf Montage in Göttingen, zum Geldverdienen? Im Zimmer standen ein protziger Fernseher, ein Sessel und ein hohes, extra langes und breites Doppelbett, die Decken und Kissen zerwühlt. Am Boden lagen ein paar Zeitschriften, eine angebrochene Chipstüte, eine halbvolle Colaflasche. Daneben eine Nachttischlampe, die er anknipste. Der Maurer löschte das helle Deckenlicht, warf die Kondompackung auf das Bett und zog sich aus. Nicole stellte ihr Gepäck neben der Tür ab und tat es ihm gleich. Nackt standen sie voreinander. Von der Schönheit, mit der die Natur seinen Körper beschenkt hatte, schien er nichts zu wissen. Angesichts seiner Größe kam sich Nicole wie ein Schulkind vor. Er betrachtete kurz, was für Material ihm der Zufall in die Hände gespielt hatte. Dann warf er sie rücklings aufs Bett, kroch über sie, und zufrieden registrierte Nicole, dass auch er auf eine einfache Nummer aus war, ohne Gestaltungswillen, ohne Variantenvielfalt. Sie griff nach seinem Schwanz und rieb ihn zwischen ihren Händen. Er angelte die Kondompackung, öffnete sie mit den Zähnen, rollte sich den Gummi über den steifen Kolben und rammte ihn ohne Umschweife in Nicoles heiße Spalte. Dann fickte er langsam und rhythmisch, und Nicole roch seinen Schweiß, ehrlichen Schweiß und Mörtel, die Zeichen eines langen Arbeitstages. Sie sah seine engstehenden Augen, die auf Nicoles unter den Stößen wackelnde Titten starrten. Der Schädel, die enormen Gliedmaßen, die dichten Haare auf der Brust und am ganzen Körper, der bebende Brustkorb, die starken Arme, auf denen sich der riesige Mann abstützte, so dass Nicole die Muskelpakete sah – all das schien einem Tier zu gehören, einem Gorilla vielleicht, der sich im Ficken vergaß, ohne Plan, ohne Anstand, ohne Hast. Die reine Natur verschaffte sich ihr Recht und drohte Nicole, die das kraftvolle Schauspiel wachen Blicks verfolgte, unter sich zu begraben. Plötzlich zerrte eine Pranke Nicoles Arme über ihren Kopf, wo sie beide Handgelenke festhielt und schmerzhaft in die Kissen presste. Jetzt schlug er das Kinn in ihre Achselhöhlen und leckte ihren Schweiß, biss in ihren Hals, fraß sich an ihr satt. Seine Augen waren tiefschwarze Punkte. Als sich ihre Blicke trafen wie eine Stunde zuvor am Kneipentresen, sah er womöglich in ihren Augen die Angst lodern. Kurzerhand warf er ihr die Bettdecke über das Gesicht, so dass sie den Kopf rasch zur Seite drehen musste, um Luft zu bekommen. Er duldete keine menschlichen Kontrollblicke auf sich. Seine Knie spreizten ihre Beine weit auf, kein Entkommen, kein Entrinnen, kein Spielraum. Sie straffte sich bis in die Fingerspitzen, denen die Pranken das Blut abschnürten. Nicole, unter der Bettdecke des Anblicks beraubt, stellte sich den Körper des Maurers vor. Von oben schaute sie auf die Arme mit den rauen, rissigen Händen, den Nacken, die Schulterblätter, die behaarten Schenkel und den Arsch, dessen Muskeln hastig kontrahierten. Der Gorilla hatte sich sein Lustobjekt zurechtgelegt und bearbeitete es brutal. Er stieß seinen geilen Prügel in eine sehr tiefe Ritze und fickte Nicole bis an den Rand der Ohnmacht. Sie spannte den Beckenboden an, um die Möse für ihn enger zu machen, doch kam sie dabei unverhofft selbst; das Möseninnere führte seinen Veitstanz auf, und Nicole biss schreiend in die heiße, trockene Bettdecke, fühlte eine Beklemmung, einen wütenden Schmerz, der keinen Ausgang fand. Um der klaustrophobischen Panik zu entkommen, verdrängte sie ihre Lage und konzentrierte sich ganz auf den Schwanz, der prompt reagierte. Der Unterleib des Maurers peitschte gegen den Venushügel. Nicole hörte ein qualvolles Ächzen, dann verspritzte er ausgiebig sein Sperma, ganz sicher ungeheure Mengen, die in Freiheit einer Fontäne gleich aus ihm schießen würden. Der Mann keuchte, besiegelte den Akt mit einem finalen Stoß und fiel von ihr ab. Nicole befreite ihren Kopf und sah neben sich im Schein der Nachttischlampe den Maurer. Er atmete tief mit geschlossenen Augen. Sie kreiste mit den Handgelenken, zog die Beine an und machte sich klein, schlang die Arme um die Unterschenkel. Neben ihr wälzte sich der Maurer auf die Seite. Der Schwanz hing klein und schlapp, an seiner Spitze baumelte wie ein großer, trauriger Tropfen das gefüllte Kondom. Nicole musste lachen. Der Maurer war ein Mann der Tat, dem Worte nichts bedeuteten, sicherlich ein hervorragender Arbeiter, der die Norm übererfüllte und kein Lob dafür wollte. Als Baufirma, dachte sie, würde ich ihn vom Fleck weg engagieren. Sie beschloss, ihn wieder aufzusuchen. In Göttingen, am Tresen der Nachtkneipe unweit des Bahnhofs würde sie ihn finden.

Plötzlich tauchten Bilder eines Walt-Disney-Films, den sie einmal mit den Kindern und Stefan zu Hause auf dem Sofa geguckt hatte, vor ihrem geistigen Auge auf: *Die Schöne und das Biest*. Sie sah das gruslige Zottelmonster mit den gefährlichen Hauern, das die kleine, hübsche Prinzessin mit den extrem langen Wimpern auf seinen pelzigen Schultern trug. Ein ungleiches Paar, ein entzückendes ...

Knapp entrann Nicole dem Schlaf, sprang auf und zog sich an. Sie wollte nicht hier, sondern im Hotel erwachen. Sie schaute auf den Maurer, der leise schnarchte, stieg in die Schuhe, knöpfte die Jacke zu, schulterte den Rucksack. Mit einem Mal nahm sie die abgestandene Luft in dem kleinen Zimmer wahr, Säfte und Ausdünstungen, sicher nicht alle von heute. So musste es im Puff riechen. Sie sah zum Fenster und befand, dass jemand hier dringend einmal lüften müsste. Dann fiel ihr die übergroße Militärjacke ins Auge, die über der Kante der halboffenen Zimmertür hing. Sie befühlte den derben Stoff, schnupperte daran und sog den Mörtel- und Schweißduft ein. Bevor sie aus der Wohnung schlich, warf sie einen letzten Blick auf das zerwühlte Bett. Darin schlief der Maurer wie ein Stein.

Bremerhaven/Samstag/14.15 = = = Bremerhaven/Sonntag/00.12

Richard war der interessanteste Mann, den Nicole je kennengelernt hatte. Die Nachtfahrt mit ihm lag fünf Monate zurück. Sie hatte ihrer Begegnung die entscheidende Wendung gegeben, und Nicole bekam noch immer Herzklopfen, wenn sie daran dachte. Spätestens seit jener Nacht im Juni teilten Richard und Nicole ein Wissen, das den Rest der Welt ausschloss. Seither hatten sie sich zweimal getroffen, immer in Bremerhaven. Nicole freute sich sehr auf Richard.

Die Schicht war ohne besondere Vorkommnisse verlaufen. Gemütlich war Nicole mit einem Leerzug von Göttingen nach Bremerhaven gerollt, stellte ihn nun auf dem Containerhafen ab, brachte die Lok zum Bahnhof und beendete den Dienst. Dann suchte sie eine Drogerie auf. Heute war der richtige Tag, um endlich das Geschenk zu besorgen, das Richard sich vor fünf Monaten nachts im Führerstand der Lok gewünscht hatte. Ein seltsames Geschenk, das wusste Nicole, klein, unscheinbar und sehr billig dazu, doch würde es Richard so stark erregen, wie er es noch nie erlebt hatte. Auch das wusste Nicole.

Nach dem Einkauf ging sie rasch ins Bahnhofshotel, hielt ein zweistündiges Schläfchen, legte sich danach faul in die Badewanne und aalte sich in einem hautverwöhnenden Schaumbad mit Granatapfelduft. Frisch gebadet und geföhnt, stieg sie in ein Taxi und ließ sich zum Hotel *Califor-*

nia chauffieren, dessen dicker, hoher Turm sich aus dem flachen Gelände in den Sternenhimmel erhob wie ein Phallus. Richard hatte sie per SMS hierhergelotst, in einen Fünfsterneschuppen mit allen Annehmlichkeiten.

Es war Punkt neunzehn Uhr, als er aus dem Lift trat. Sein Gesicht verriet keine Spur von Aufregung. Gelassen begrüßte er Nicole, als habe er sie gestern erst gesehen. Er ist einfach wahnsinnig cool, dachte Nicole und ließ ihrer Freude freien Lauf. Sie strahlte ihn an und hüpfte von einem Bein aufs andere. Richard lachte nun doch. Sie umarmten sich.

»Hast du Hunger, schöne Nicole?«, fragte er und nahm ihr die Jacke ab.

»Klar«, sagte Nicole und ging an seiner Seite ins Restaurant, wo ein Kellner sie empfing und zum Tisch begleitete. Sie wählten einen Weißwein und bestellten Salat, Riesengarnelen und eine gegrillte Dorade für zwei Personen. Nachdem sie auf ihr Wiedersehen angestoßen hatten, nahm Nicole das Päckchen aus der Tasche. Es war kleiner als ein Stück Seife. Richard lächelte sie fragend an. Langsam zupfte er das Geschenkband vom Herzchenpapier. Nicole sah ihm dabei zu. Sie lauerte auf ein Zeichen in Richards Pokerface, als er das durchsichtige Plastikgehäuse enthüllte. Er betrachtete dessen Inhalt und biss sich kurz auf die Unterlippe, ein Grinsen unterdrückend. Dann drehte er das Geschenk nachdenklich zwischen den Fingern hin und her.

»Genau das Richtige«, sagte er. »Wie kommt es, dass du dich so gut auskennst?«

»Ich habe mich von der Drogeriefachverkäuferin beraten lassen«, erwiderte Nicole.

Sie blickten sich in die Augen, auf unverfänglich heitere Art, und doch sah jeder in den Augen des anderen zugleich etwas, das hinter dem Lächeln lag, tiefer, ferner, entrückter.

»Heute?«, fragte Richard.

»Wenn du willst, heute«, antwortete Nicole.

»Ich will.«

»Hast du alles dabei?«

»Ja.«

Sie stießen an. Als der Kellner sich näherte, zupfte Nicole am Geschenkpapier, so dass es das Plastikgehäuse bedeckte. Das Geschenk ging nur sie beide etwas an, niemanden sonst. Der Kellner, der Salat und Garnelen herbeitrug, hatte Nicoles verstohlene Geste bemerkt. Er ignorierte sie diskret, konzentrierte sich auf seine Arbeit, um den kleinen Vorgang nicht interpretieren zu müssen. Als er sich entfernte, nahm Richard das Geschenk an sich, ließ es in die Innentasche seines Jacketts rutschen, versteckte es nah am Herzen. Nicole zerknüllte das Papier und stopfte es sich samt Geschenkband in die Hosentasche. Der Kellner brachte Rosmarinkartoffeln und Gemüse, zum Schluss eine silberne Platte, mit Zitronenscheiben, Thymianzweigen und Cocktailtomaten dekoriert. In der Mitte lag ein großer, duftender Fisch. Laute des Entzuckens lösten sich aus Nicoles und Richards Kehle. Der Kellner stellte die Platte ab und begann, den Fisch zu filetieren. Streng hielt er sich an die Abfolge der hunderte Male ausgeführten Handgriffe und richtete die Filetstücke auf den Tellern an. Anschließend verneigte er sich, wünschte einen guten Appetit und verschwand. Richard und Nicole ließen es sich schmecken. Er machte ihr Komplimente und sprach von ihrer sanften Ausstrahlung, woraufhin Nicole betonte, dass sie von Kollegen häufig wie ein Mann behandelt wurde. Sie fragte ihn, ob er noch immer so kleine Füße habe, ausgerechnet er, der doch auf großem Fuß lebe.

»Größe vierzig«, antwortete er wahrheitsgemäß.

Richard war sechzig Jahre alt und hatte alles erreicht, was man im Leben erreichen konnte. Er leitete ein Import-/Export-Unternehmen mit tausendfünfhundert Angestellten und Büros in Paris, London und Zürich, hatte einen Privatsekretär namens Dino, einen Chauffeur und einen Piloten und war rund um die Uhr erreichbar. Pro Tag arbeitete er zwölf oder vierzehn Stunden, kam repräsentativen Verpflichtungen nach, war damit beschäftigt, die Arbeit an die richtigen Leute zu delegieren, und zog nur die größten Fische selber an Land. Dann jonglierte er mit Millionenbeträgen, ließ sich die Vertragsentwürfe vorlegen und korrigierte sie handschriftlich. Seine knappen, mit spitzer Feder und schwarzer Tinte geschriebenen Notizen an den Rändern der Dokumente waren gefürchtet. Stichprobenartig überwachte Richard die Arbeit der Basis, und es konnte passieren, dass er ohne Ankündigung in einem Containerhafen an der französischen Atlantikküste auftauchte, einem Verladearbeiter den Karabiner aus der Hand nahm und ihm zeigte, wie man die Sicherungsgurte bei Gefahrgut anlegte. Richard hatte die Firma mit zwanzig Jahren von seinem Vater übernommen und den Job von der Pike auf gelernt. Damals waren dreißig Leute beschäftigt gewesen. Unter Richards Führung war das Unternehmen auf beinahe gespenstische Weise expandiert. In der Branche nannten sie ihn den Tyrannus.

Vermutlich war es das Tempo, das ihm seinen unerhörten Erfolg bescherte. Er war schnell, schneller als alle anderen, und stets drei Schachzüge voraus. Am meisten jedoch beeindruckten Nicole Richards starke Nerven. Er verausgabte sich nie bis zum Anschlag. Immer spürte sie, dass er über Reserven verfügte, die unangetastet blieben. Ihr war er von Beginn an mit entwaffnender Freundlichkeit begegnet, entspannt, höflich, heiter. Sie sah ihn sehr gern an und liebte es, sich mit ihm zu unterhalten. Sein Gebaren changierte zwischen strenger Würde und bubenhaftem Charme; sein dynamisches Wesen schillerte in tausend Farben, seine Kleidung jedoch war ausnahmslos schwarz, Jeans, ein Hemd, manchmal ein Anzug. Die schwarzen Lederschuhe liefen spitz nach vorn zu, bis sie stumpf an den Kappen endeten, und beherbergten jene kleinen Füße, die Nicole so entzückend fand. Nichts an seinem gepflegten und unauffälligen Outfit verriet, wie wohlhabend er war. Zwischen den Schultern trug Richard das, was man einen Charakterkopf nannte. Der stets kahlrasierte, stoppellos glänzende Schädel gab ihm etwas Diabolisches. Blitzschnell sondierten seine hellwachen graugrünen Augen jedes Gegenüber. Die Lach- und Denkerfalten beherrschten unzählige Nuancen des Ausdrucks und konnten sich mit einem Wimpernschlag verwandeln. Blickte er eben noch konzentriert in die Luft, die von seiner mentalen Kraft zu vibrieren schien, zuckte im nächsten Augenblick kaum sichtbar ein Mundwinkel, eine spitzbübische Arroganz huschte über sein Gesicht, um sich alsbald in einem zarten Lächeln zu verflüchtigen. Nicole suchte wieder und wieder nach Zeichen der Erschöpfung, nach Sorgenfalten oder Spuren von Kummer, doch fand sie nichts von alldem. Richard war ein Mann, der nie jammerte, nie um Verständnis buhlte und sich nie entschuldigte. Jede Situation definierte er nach seinem Gusto, verteilte die Rollen unter den Anwesenden und agierte selbstverständlich als Chef. Er verhielt sich immer wie ein Täter, niemals wie ein Opfer. Er hatte seine Rolle ein für alle Mal gewählt, die Rolle des Gewinners, des Siegers, des Helden, und füllte sie mit Bravour aus. Je näher Nicole ihn kennenlernte, umso heftiger bewunderte sie ihn. Er war es gewohnt, dass Wirtschaftsbosse aus ganz Europa zu Treffen einflogen, die Richards Büro anberaumt hatte, ihm lauschten, andächtig nickten und applaudierten. Richards Autorität war natürlich gewachsen. Er brüllte nie. Beinahe sprach er zu leise, mit einer schnarrenden, sehr markanten Stimme, doch artikulierte er messerscharf und formulierte präzise Sätze, die meisten von frappierender Kürze. Seine Sitzungen dauerten nie länger als fünfzig Minuten; die Protokolle, die den Geschäftspartnern binnen drei Stunden zugingen, überschritten die Länge einer Seite nie. Nach den Meetings lud Richard in die Hinterzimmer von First-Class-Restaurants zum Essen, ließ Geplauder und ausgelassene Stimmung aufkommen und verabschiedete die Herren mit gutem Whisky und Havannas aus dem Humidor. Manchmal kamen junge Damen von einem Escort-Service, manchmal fuhr man in die Edelbordelle von Oslo, Berlin oder Moskau. Früher war Richard mitgefahren und hatte sich eine schöne Frau gegönnt. Seit längerem zog er es vor, mit Dino in Ruhe und stiller Eintracht ein letztes Glas zu trinken. Er machte sich nichts mehr aus Sportwagen und Segelyachten, nichts aus Golfen und Fallschirmspringen. Das waren dekadente Spiele, mit denen reiche Männer ihr angekratztes Ego aufbliesen. Dieses Problem hatte Richard nicht. Obwohl er arbeitete wie ein Tier und die Verantwortung für hunderte Existenzen trug, hatte er ungefähr in seinem fünfzigsten Lebensjahr angefangen, sich zu langweilen. Nichts brachte ihn mehr ans Limit. Nichts lockte ihn aus der Reserve. Kein Gegner, der Richards Spielernatur an den Rand ihrer Möglichkeiten führte. Richard suchte den Kick.

An einem Frühlingstag vor zweieinhalb Jahren saß er in Wien mit den Bossen dreier Dependancen bei einem inoffiziellen Essen. Es diente dazu, den *Inner Circle* auf einen Vertragsabschluss einzuschwören. Beim Espresso bekam er plötzlich schlecht Luft, Dino besorgte ein Asthmaspray, das jedoch keine Wirkung zeigte. Richard legte sich ins Hotelzimmer, die Schmerzen in der Brust und im linken Arm wollten nicht verschwinden. Dino rief den Notarzt, der binnen drei Minuten erschien. »Sofort in die Klinik!«, lautete die Anweisung. Richard legte ein paar Geldscheine auf den Tisch und sagte: »Das regeln wir hier.« Der Notarzt ließ ihn auf die Trage heben, schloss ihn an Apparate an, und noch auf dem Weg zum Krankenwagen fingen die Sanitäter an zu rennen.

In der Klinik erwachte Richard in einem weißen Büßerhemdchen, das am Hals drückte, am Rücken geschlossen war und am Hintern klaffte. Richard spürte den nackten Arsch auf dem rauen Laken und sah die Infusionslösungen durch die Schläuche tropfen. Der Safe fiel ihm ein, zu dem allein er Zugang hatte und der im Falle gewaltsamen Eindringens seinen Inhalt automatisch vernichten würde. Er repetierte im Innern die Zahlenkombination und verlangte dann nach dem Chefarzt. Es erschien eine Chefärztin. Richard sagte: »Hören Sie auf mit dem Firlefanz. In vierundzwanzig Stunden bin ich hier weg.« Die Chefärztin erwiderte: »Das können Sie haben. War es Ihr erster Infarkt? Den zweiten flicken wir problemlos. Beim dritten sind Sie tot.« Die Chefärztin blickte Richard unverwandt an und lächelte dann mit so minimalem Aufwand, wie Richard es normalerweise getan hätte. Er blieb drei Tage reglos liegen und schwieg. Er registrierte, wie sich etwas veränderte. Wie etwas in ihm kippte. Ein Hebel sich umlegte. Er erwog, Dino den Code des Safes und die wichtigsten Passwörter anzuvertrauen. Am vierten Tag gewährte er Dino Eintritt, behielt aber das Herrschaftswissen für sich. Am siebten Tag ging er per I-Phone ins Netz und klinkte sich wieder in die Geschäfte ein; am zehnten Tag wurde er entlassen. Den Vorschlag mit der Reha-Klinik überhörte er. Aber er bat freundlich darum, eines der weißen Büßerhemdchen mitnehmen zu dürfen.

Ungefähr eineinhalb Jahre später lernten Nicole und Richard sich kennen. Sie saß in der Raucherlounge eines Hamburger Restaurants, in dem sie sich ein gutes Abendessen gegönnt hatte. Richard und Dino kamen herein, steckten sich zwei stinknormale Marlboros an und rührten in ihren Kaffees. Richard fing charmant eine kleine Plauderei an. Er erkundigte sich danach, was Nicole nach Hamburg führte. Ihren Beruf fand er zuerst nur originell, bis er sich für die Details zu interessieren begann. Er fragte sie aus, ein aufmerksamer Zuhörer, der sich mit Auskünften über das eigene Leben zurückhielt. Was er von sich erzählte, platzierte er auf diskrete Weise, ließ Einzelheiten außen vor und kam bald wieder auf Nicole zurück. Dino verabschiedete sich beizeiten. Nicole sprach von ihrer Familie, von Stefan und Pepe und Lina, von ihrem Wochenendleben in Berlin. In seiner souveränen Ausstrahlung fühlte sie sich geborgen. Sie redete frei und zwanglos und ungeschönt; sie amüsierten sich gut. Richard besorgte spaßeshalber zwei Cola-Whisky und dann nochmals zwei, die sie in der Raucherlounge tranken. Drei Stunden blieben sie sitzen, und als Nicole für eine Sekunde in Versuchung geriet, Richard von ihrem geheimen zweiten Leben zu berichten, vom Anwalt, vom Professor, da stand er plötzlich auf.

»Nicole, darf ich Sie wiedersehen?« Sie war doppelt überrascht, erstens vom abrupten Ende ihrer flüchtigen Begegnung, zweitens von der Aussicht, dass sie womöglich gar nicht flüchtig bleiben sollte. Sie sagte, dass sie sich freuen würde, aber keinen Einfluss auf den Dienstplan habe. Er erwiderte, er könne sich nach ihr richten, und schrieb mit schwarzer Tinte ein paar Ziffern auf ein Kärtchen, eine Zahlenkombination, die Nicole wie ein rätselhafter Code erschien.

»Haben Sie keine Visitenkarte?«, fragte Nicole.

»Doch«, erwiderte Richard, und sein Gesicht nahm einen redlichen Ausdruck an, »aber da steht diese Nummer nicht drauf.«

Dass er die reine Wahrheit gesagt hatte, begriff Nicole erst später. Die Ziffernabfolge auf dem Kärtchen, das Nicole achtsam im Portemonnaie verstaute, kannten nur Dino, der Chauffeur, der Pilot und Richards Anwalt.

Als Nicole einige Wochen später wieder auf Hamburg zusteuerte und einen freien Abend voraussah, rief sie ihn unter dieser Nummer an. Sie verabredeten sich, und Richard stand pünktlich vor dem Hotel, um Nicole abzuholen. Sie aßen in einem Steakhaus. Richard erzählte von einer frühen Ehe vor über dreißig Jahren, die kinderlos geblieben und gescheitert war. Kinder hatte er dennoch, alle von verschiedenen Frauen und inzwischen volljährig, ein Mädchen in Brasilien, eins in Holland, und Zwillinge, zwei Jungs, die in Berlin aufgewachsen waren und in Oxford studierten. Er besuchte seine Kinder sporadisch oder traf sie, wenn ihre Wege sich kreuzten.

»Aber für das Familienleben bin ich nicht geschaffen«, sagte er.

»Richard«, entgegnete Nicole lächelnd, »das hätten Sie nicht extra zu erwähnen brauchen. Darf ich fragen, ob Sie liiert sind?«

Nicole war sich sicher, dass Richard die Frauenfrage wie alles in seinem Leben unter Kontrolle hatte. Er war nicht im ordinären Sinne auf Weiberfang, das hatte sie sofort bemerkt, und es hatte sie neugierig gemacht.

»Nein«, antwortete Richard, »ich bin nicht liiert.«

»Aber Sie haben ein Sexualleben?«, fragte Nicole.

Richard zuckte nicht mit der Wimper. Er schwieg. Nicole las in seinem Gesicht, dass er die strategisch richtige Antwort suchte.

»Sex«, sagte er, »mag eine angenehme Sache sein. Mich interessiert er nur noch unter bestimmten Umständen.«

Er schaute sie herausfordernd an. Nicole überlegte fieberhaft. Was mochte Richard? Peitschen? Lederstiefel? Handschellen? Ganzkörperanzüge aus Latex? Uniformen? Tierkostüme?

Richard sprach von den Besuchen in den Edelbordellen, die bis vor einiger Zeit noch zu seinen Gepflogenheiten gehört hatten. Von den Damen, die Meisterinnen ihres Fachs waren und die Kundenwünsche schon an der Bar errieten, wo man sich mit Champagner in Stimmung brachte. Von den Bubikopf-Perücken, den falschen Wimpern, den Korsetts und den ledernen Schnürstiefeln, die bis zu den Oberschenkeln reichten, von Peitschen-Sortimenten und Dildo-Sammlungen, von Dark Rooms mit Eisenringen und -ketten an unverputzten Ziegelwänden, von Streckbänken, Gyn-Stühlen und Liebesschaukeln, in denen sich die Frauen festgurten ließen und frei schwebten, als könnten sie fliegen. Er sprach von Kuttenträgerinnen, die ihre Gesichter stumm unter schwarzen Kapuzen verbargen, von gestrengen Lehrerinnen, von drallen Küchenmägden und spindeldürren Schulmädchen. Nicole hörte zu und stellte fest, dass keine der Spielarten ihr fremd war. Allerdings schreckte sie der Verkleidungs- und Requisitenaufwand. Zum Glück bin ich nur eine mobile Freizeitnutte, dachte Nicole. Sie bemühte sich, ihren Gedanken hinter einem arglosen Lächeln zu verbergen. Schließlich war es unmöglich, Eisenketten in einen Tramperrucksack zu stopfen, und von einer aufblasbaren Streckbank für reisende Prostituierte hatte Nicole auch noch nie gehört. Richard hielt in seiner Rede inne und sah ihr lange ins Gesicht.

»Nicole«, meinte er höflich, »Sie verschweigen mir etwas.«

»Natürlich«, erwiderte Nicole, »Sie verschweigen mir auch etwas.«

»Ja«, sagte Richard, beide mussten lachten, und das Gespräch wandte sich anderen Dingen zu.

Er erzählte von seiner Vorliebe, ohne Ankündigung in einer seiner Dependancen aufzukreuzen, und machte die verblüfften Gesichter der Sekretärinnen und Kantinenköchinnen nach, die Kratzfüße der mittleren Abteilungsleiter, den albernen Applaus der Wirtschaftsbosse. Seine Sitzungen dauerten nur deshalb so kurz, weil er die Dreivierteltalente, die einander am Rasierwasser erkannten oder am maßgeschneiderten Hemd aus England, nicht länger ertrüge. Er unterbinde einfach jeden Versuch dieser Lions-Club-Mitglieder, sich voreinander oder vor ihm aufzuplustern. Der Job mache ihm noch immer Spaß, wenn es ihm auch zunehmend schwerfalle, sich selbst zu überraschen. Manchmal wisse er, Richard, nicht, für was er sein Tun halten solle. Für ein langjähriges, hochdotiertes Hobby? Oder doch für freiwillig gewählten Dauerstress ohne nennenswertes Privatleben?

Richard genoss es sichtlich, im Schutz von Nicoles Interesse über sich nachzudenken. Es schien Nicole, als erzähle er nicht nur ihr, sondern auch sich selbst, was aus ihm geworden war, warum, wann und auf welche Weise. Er sprach ohne falsche Bescheidenheit und ohne Größenwahn. Für Nicole setzte sich allmählich das Bild jenes souveränen Mannes zusammen, der nichts von ihr erwartete, keine Ansprüche gegen sie erhob, sie zu nichts drängte. Es war für beide die reine Kür, weit ab von Verpflichtung oder Routine.

Richard und Nicole trafen sich einige Male, immer in Hamburg, immer auf Nicoles kurzfristigen Vorschlag hin. Er sagte nie ab. Sie fragte nicht, ahnte aber, dass Dino einiges umdisponieren musste, um ein paar Stunden für sie beide herauszuschlagen. Je deutlicher Nicole begriff, wie prall gefüllt Richards Terminkalender war und wie vielen Menschen er täglich begegnete, umso mehr erstaunte es sie, dass sein Charakterkopf über Wochen hinweg jede Kleinigkeit speicherte, die sie erwähnt hatte. Richard kannte Pepes Augenfarbe, das Thema von Stefans Magisterarbeit an der philosophischen Fakultät und wusste, dass der letzte Urlaub ohne Kinder Nicole und Stefan nach Ägypten geführt hatte.

An einem Vormittag im Mai spazierten sie um die Alster. Ein paar erste Ruderboote schipperten träge über das Wasser. Die Luft war mild, die Sonne wärmte, die Bäume standen in Blüte. Richard erzählte, dass er mit Dino, den er vor fünfzehn Jahren als Privatsekretär eingestellt hatte, einen Volltreffer gelandet hatte. Er lobte ihn über alle Maßen, seine Diskretion, seine vorausschauende Denkart, seine Zuverlässigkeit. Inzwischen verstünden sie sich wortlos. Dino, der sein Leben seinem Chef geweiht habe, verhalte sich wie eine perfekte Ehefrau, und es sei nicht unangenehm, dass sie hinter vorgehaltener Hand für ein schwules Paar gehalten wurden. »Das kanalisiert Gerüchte und erlaubt mir, unbemerkt anderen Dingen nachzugehen«, sagte Richard. Plötzlich blieb er stehen und sah Nicole an.

»Würden Sie mich einmal auf der Lok mitnehmen?«

Nicole war zuerst sprachlos. Sie hatte sich geschworen, Pepe und Lina mitzunehmen, wenn sie zehn, zwölf Jahre alt sein würden. Ansonsten war sie seit Stefans Ausflüchten davon ausgegangen, ihr Glück mit niemandem teilen zu können. Nicole fiel Richard um den Hals. Sie küsste ihn wie ein Kind, bevor die Scham über ihre ungestüme Reaktion sie übermannte. Sie schlug die Augen nieder, zog die Jacke straff und fasste sich.

»Respekt«, sagte sie mit extra tiefer Stimme. »Sind Sie belastbar?«

»Ja, das bin ich.«

»Und keine Sperenzchen?«

»Keine Sperenzchen.« Richard schlug die Hacken zusammen und salutierte vor Nicole.

Sie bestellte ihn an einem Montag im Juni um einundzwanzig Uhr auf den Bahnhof Fulda, Gleis vier, Abschnitt A. Der Zug fuhr pünktlich ein. Werner, einer der dienstältesten Kollegen der Firma, stieg ab, begrüßte Nicole mit Handschlag, und Nicole rief noch, während sie in Windeseile in die Lok kletterte, dass ihr Onkel Richard sie heute begleite, was sowohl Werner als auch Richard verwundert zur Kenntnis nahmen.

Sie zog den verdutzten Richard die Leiter hinauf, schlug die Tür zu, und schon fuhr der Zug aus dem Bahnhof. Keine drei Minuten hatte er gestanden. Der fliegende Wechsel war Nicoles Spezialität. Richard, der fasziniert durch die breite Frontscheibe sah und den Blick nicht losreißen konnte von der neuen Perspektive, plumpste ungelenk in den Beifahrersessel. Nicole, die ihn aus dem Augenwinkel beobachtete, lachte laut.

»Ich habe dich beim Teamleiter als meinen Onkel angemeldet«, erklärte sie, als sie die Jacke über die Sessellehne hängte. »Sicher ist sicher. Es gibt manchmal unangekündigte Kontrollen, aber das kennst du ja.«

Nun musste auch Richard lachen. Er zog das schwarze Jackett aus, und während Nicole der Zugleitung die Zugübernahme meldete, im Computer die Daten checkte, das Übergabebuch studierte und die Wachsamkeitstaste betätigte, sah er sie an, sah hinaus auf die Gleise und Oberleitungen, die die Lok in der Beschleunigung zu fressen schien, um bald darauf wieder Nicole anzusehen. Sein Blick labte sich an allem, was er zu fassen kriegte. Ein ungekannter Glanz schimmerte in seinen Augen. Nicole registrierte es mit Genugtuung. Natürlich gefiel es ihm, hier vorn im Führerstand zu sitzen und zu spüren, wie sie an Tempo zulegten. Im Gleichklang wippten sie in ihren Sesseln, und Nicole erklärte ihm die Signalfarben, die technischen Anzeigen, die Funktion der Schalter und Knöpfe und Hebel.

»Wohin fahren wir denn?«, fragte Richard.

»Nach Basel.«

»Was hast du geladen?«

»Dänische Korbmöbel«, sagte Nicole. Sie lachten wieder.

Als sie Frankfurt passiert hatten und die Fetzen über Funk langsam erstarben, packte Nicole die Stullen aus, die Stefan ihr am Nachmittag geschmiert hatte, und stellte zwei kleine Wasserflaschen aufs Pult. Richard griff zu und kaute genüsslich. Ein simples Butterbrot war für ihn offenbar das Größte. Er behauptete sogar, seit Jahrzehnten nicht mehr so gut gegessen zu haben. Nicole bot Richard eine Zigarette an, steckte sich selbst eine zwischen die Lippen und fing an zu erzählen, was sie bisher außen vor gelassen hatte. Vom Anwalt, den sie manchmal in Aachen traf, der von großen Brüsten träumte und vom eigenen Geständniszwang geil wurde. Vom greisen Professor, der verwelkten Geistesgröße, für den sie putzte, in geblümter Kittelschürze und Plüschpantoletten, mit einem Staubwedel, den der Professor zärtlich Kizia-mizia nannte. Von der rätselhaften Donata, die Nicole für den Professor spielen musste. Von seiner großzügigen Bezahlung. Sie sprach freizügig und ohne Hast, suchte nach treffenden Beschreibungen für die verschiedenen Reize, die die Männer auf sie ausübten, und manchmal sah sie zu Richard hinüber, dessen Schädel im Halbdunkel schimmerte. Sie meinte, seine gespitzten Ohren sehen zu können und ein kaltes Fieber in den Augen. Das Unberechenbare schien wieder in seinem Gesicht auf. Vom Lehrling, den sie vor ein paar Wochen in Fulda kennengelernt hatte, erzählte sie zuletzt. Bezeichnete ihn als Frischling, überwältigend seine Jugend, seine Schönheit, seine Gelehrsamkeit. Sie schilderte, wie sie es in der Hotelküche getrieben hatten. Wie er ihre strengen Anweisungen befolgte. Wie sie auf diese Weise seine ungestüme Gier steuern konnte. Wie sie auf einem der blankgeputzten Arbeitstische zu liegen gekommen war und wie sehr das kalte Metall zusammen mit den beinahe brutalen Stößen sie erregt hatte.

Richard schwieg. Dann räusperte er sich.

»Ich wusste es von dem Moment an, als ich dich in der Lounge sitzen sah«, sagte er leise mit seiner schnarrenden Stimme. »Meine Nase trügt mich nie.«

»Du bist der Erste, dem ich es erzählen kann.«

»Dann will ich dir jetzt auch etwas erzählen.« Richard lehnte sich zurück und starrte auf die Gleise.

Er sprach von den rennenden Sanitätern, von den Kanülen in den Händen, von der Oberärztin und von dem Moment der Schwäche, in dem er überlegt hatte, Dino den Code des Safes anzuvertrauen. Von der Verstörung, die ihn drei Tage besessen und stumm gemacht hatte. Nein, er habe nicht sterben wollen, im Gegenteil, wie verrückt leben, doch nicht als Unternehmensbesitzer mit tausendfünfhundert Angestellten und Millionenkonten, nicht als der Tyrannus, großer Import/Export-Hai. Er sprach von der magischen Kraft, die das weiße Büßerhemdchen auf ihn ausgeübt hatte, vom nackten Arsch, der durch den klaffenden Stoff geschaut hatte, von der blanken Haut auf dem rauen weißen Krankenhauslaken. Dieses Gefühl habe ihn umgehauen. Drei Tage habe er gebraucht, sich das einzugestehen, für Richard eine enorm lange Zeit. Nicole verstand. Richard hatte im Krankenhaus, als er dem Tod von der Schippe gesprungen war, an der Vision geschnuppert, hilflos, abhängig und klitzeklein zu sein. Das also waren die bestimmten Umstände, unter denen Richard sich für Sex interessierte. Er wollte vom Herrscher zum Mündel werden. Da er extrem mächtig und extrem erfolgreich war, musste auch die Umkehrung extrem ausfallen. Nicole erhob sich aus dem Polstersessel. Richard stand ebenfalls auf. Sie fielen in eine Umarmung, die den ganzen Körper beteiligte. Sie küssten sich nicht.

»Wir können alles machen, was wir wollen«, flüsterte Nicole.

»Ja«, raunte Richard, »alles.«

Im schwachen Schein des Pultlämpchens hielten sie einander fest umschlungen, im Führerstand der Lok, die einen sechshundert Meter langen Achttonner voller dänischer Korbmöbel hinter sich herzog und durch die Nacht raste, der Tyrannus und die Lokführerin, Komplizen, einer der geheime Mitwisser des anderen, und niemand auf der Welt ahnte, wer sich hier mit wem verband. »Sifa! Sifa!«, rief die Frauenstimme energisch, und Nicole trat mit dem Fuß kräftig auf das Pedal, ohne sich aus der Umarmung zu lösen. Hier war Nicole die Chefin. Der Millionär war in den Führerstand gestiegen, um die Führung abzugeben.

»Seit wann duzen wir uns eigentlich?«, fragte Nicole.

»Seit du das Kommando übernommen hast«, erwiderte Richard.

Sie ließen Freiburg hinter sich und fuhren auf den Katzenbergtunnel zu, eine fast zehn Kilometer lange, gerade Röhre, in deren Portal die Lok schneller stieß, als selbst Richard es voraussah. Mit schwindelerregender Wucht rammte der Zug in den erleuchteten Schlund.

»Wow«, machte Richard.

»Wie ein Fick«, sagte Nicole.

»Ja«, sagte Richard, »in ein sehr, sehr enges Loch.«

Sie schauten sich an. Sie wussten, was sie wollten. In jener denkwürdigen Nacht, auf der Strecke von Fulda nach Basel, hatten sie einander alles erzählt, alles zugemutet, nichts ausgespart. Richard war auf jenen Zug aufgesprungen, der ohne Stefan abgefahren war.

Jetzt verließen sie das Restaurant des *California*, in dem sie die köstliche Dorade verspeist hatten. Mit dem Lift fuhren sie ganz nach oben. Es war halb zehn, als sie die Suite betraten. Richard zog die Schuhe aus und ging auf die Toilette. Nicole lief einmal um das runde Bett, das ganz und gar weiß war und mitten im ebenso runden Raum stand. Sie schaute durch die Panoramafenster auf die Stadt, mit der sie nichts verband als der Dienstplan und Richard. Die Lichter schmückten sie wie ein Netz, das weiter draußen ausfranste, um den Verlauf von Fernstraßen und Gleisanlagen anzuzeigen. Nicole ging an den großen Fenstern entlang, bis sie den Überseehafen in kaltem Licht sah, die Leuchttürme und das schwarze Meer, auf dem zwei Schiffe festzukleben schienen. Das unendliche Schwarz ließ Nicole schwindeln. Sie war ganz oben, in windigen Höhen, im Turm des *California*, den Richard für sie beide reserviert hatte, über ihnen nichts als die Sterne. Sie drückte den Knopf der Fernbedienung; die Fensterverblendungen senkten sich leise surrend abwärts, bis sie zwei Zentimeter über dem Parkettboden der Suite stoppten. Dann dimmte sie das Licht. Nur ein dämmriger Hauch lag noch auf den Möbelstücken.

Als er von der Toilette zurückkam, legte Richard die Arme um Nicole und wollte ihr etwas ins Ohr flüstern.

»Psst«, machte sie, worauf er verstummte.

Sie griff ihm in die Brusttasche des Jacketts, holte das Plastikgehäuse hervor und öffnete es. Sie nahm das Geschenk heraus und drehte es hin und her. Es war ein Nuckel, der ringlose Griff mit dem kleinen Elefanten darauf war hellblau, der Silikonsauger durchsichtig. Die Drogerie-Verkäuferin hatte ihn für Neugeborene empfohlen. Nicole schob Richard den Nuckel in den Mund.

»Ab jetzt hörst du auf die Mama, Richard«, sagte sie leise, aber bestimmt und zog ihm das Jackett aus.

Richard nickte mit wachen Augen und legte sich quer über das runde weiße Bett auf den Rücken. Er rührte sich nicht mehr und gab keinen Mucks von sich. Nicole schaltete eine bunte Lampe an, die derjenigen ähnelte, die gegen die Angst im Dunkeln neben Linas Bett stand. Das Lämpchen drehte sich, und seine langsam vorüberziehenden Tiersilhouetten beruhigten die Augen und machten Kinder schläfrig. Sie fand das Lederköfferchen neben dem Bett, öffnete es und legte es in Reichweite zu Richards Füßen. Es erinnerte sie an einen aufklappbaren Picknickkorb, eine Luxusausführung allerdings, eine Maßanfertigung, mit schwarzem Veloursleder ausgekleidet, die Utensilien passgenau in ledernen Schlaufen befestigt. Sie beugte sich über Richard, lächelte ihn an, streichelte seine Wangen und die glatte Haut seines Kopfes. Der Charakterschädel schien ihr plötzlich klein und beschützenswert, ein Köpfchen, das gehalten werden wollte. Richard lächelte Nicole an, dann schloss er die Augen. Sie knöpfte seine schwarze Hose auf und zog sie ihm aus, genauso wie die Unterhose und die schwarzen Socken, die sie von seinen kleinen, weichen Füßen streifte, die keine Hornhaut verunstaltete. Sie zog ihm auch das Hemd aus. Richard war frisch rasiert, von oben bis unten, kein Haar fand sich auf der Brust, keins auf den Armen, keins an den Waden, den Oberschenkeln und keins um die Scham. Er hatte die Rasur des Schädels auf den ganzen Körper ausgeweitet. Zärtlich betastete sie seinen Schwanz.

»So eine weiche Haut hast du«, flüsterte Nicole.

Richard schnurrte ein wenig. Aus dem Lederköfferchen entnahm sie das Babyöl und träufelte es sich in die Hände. Sie kniete sich zwischen seine Beine, massierte seine Brust, seinen Bauch, seine Schenkel und die Füße, die sie herzte und küsste. Nicole beherrschte die Handgriffe einer Mutter, die ihr Baby versorgte und ins Bett brachte, ein körperliches Wissen, das man einmal erwarb und nie mehr vergaß. Sie summte das Lied vom Prinzchen, mit dem sie ihre Kinder noch heute manchmal in den Schlaf sang. Sie rieb Richards Schwanz mit dem Öl ein, auch den Po, widmete sich den Hautfalten, kraulte den Sack und den Damm ein wenig, krabbelte mit den Fingern sanft über jene Stellen, an denen Richard die Berührungen am liebsten hatte. Er ließ sich gehen, gab sich hin. Sie zog die Windel aus dem Köfferchen, faltete sie auseinander, und Richard, der mit gespreizten, aufgestellten Beinen seine Scham hinhielt, hob kurz das Becken, damit sie die Hinterseite der Windel unter seinen Arsch schieben konnte. Er senkte das Becken ab, so dass sein Gewicht die Windel fixierte, die sie über dem Unterbauch straff zog und an den Seiten mit Hilfe der beiden Klebestreifen verschloss. Mit den Fingern fuhr sie im Innern der Bündchen entlang, kontrollierte, dass die Windel eng anlag, aber nicht einschnitt.

»So bist du gut eingepackt, mein Kleiner.«

Sie nahm das weiße frisch gewaschene Büßerhemdchen vom Stuhl, krempelte erst den einen, dann den anderen Ärmel hoch, schob Richards Hände hindurch, so dass er bequem hineinschlüpfen konnte. Behutsam hob sie seinen Kopf und Oberkörper an, setzte ihn kurz auf und band in seinem Nacken eine Schleife aus den weißen Bändchen. Sie setzte sich neben ihn in den Schneidersitz und legte Richards Kopf in ihren Schoß. Dann schob sie den Pulli hoch und öffnete die linke Seite des Still-BHs, den sie vor ein paar Stunden in der Bahnhofsdrogerie gekauft hatte. Richard spuckte den Nuckel aus, schlug das Gesicht gierig in ihr Fleisch und saugte ausdauernd an ihrer Brustwarze. Nicole ließ es geschehen und streichelte seinen Kopf, die Stirn, die geschlossenen Augen. Nicole würde aller Wahrscheinlichkeit nach keine Kinder mehr bekommen, und das Stillen gehörte zum Schönsten, was die Kinder und sie einander geschenkt hatten. Dass Richard nun ihren Körper noch einmal wie ein Baby benutzte, erfüllte Nicole mit Melancholie, dem Nachhall eines intensiven Glücksgefühls.

»Bist du satt, kleiner Richard?«, fragte sie, als er den Kopf schwer in ihren Schoß zurücksinken ließ.

Er antwortete mit einem seligen Lächeln. Nicole wiegte ihn langsam hin und her; Richard leckte sich die Lippen. Nicole stand auf, strich das Büßerhemdchen glatt, und ihre Hände liebkosten den zufrieden ruhenden Körper. Sie deckte Richard bis zur Brust zu und ließ die Arme frei. Dann räumte sie die Ölflasche ins Köfferchen, legte Richards Kleider ordentlich zusammen. Sie wusste, dass ihre Schritte und die Geräusche ihn einlullten. Den Nuckel schob sie ihm wieder in den Mund, bevor sie das Licht löschte. Er saugte fest daran. Sie zog die rote Samtkatze auf, die neben dem Bett lag. »Schlaf, Kindchen, schlaf« erklang, eine liebliche Melodie, deren Töne einzeln und glöckchenhell wie von einer Schnur perlten.

»Träum süß«, flüsterte sie, küsste Richard auf die Stirn und verließ den Raum. Leise schloss sie die Tür des Badezimmers hinter sich.

Dort wusch sie sich die Hände, zog sich aus, hüllte sich in den weißen Bademantel und schlüpfte in die Pantoffeln aus der Plastikfolie. Der rundum haarlose Körper des mächtigen Mannes reizte Nicoles Fantasie. Ob Dino ihm geholfen und achtsam mit der Klinge über die schwer zugänglichen Partien an Rücken und Hintern geschabt hatte? Welchen Aufruhr zwischen Qual und Lust musste es für den Privatsekretär bedeuten, über die Intimzonen seines geliebten Chefs zu fahren? Der ebenmäßige Zustand von Richards Haut ließ Nicole jedoch eher vermuten, dass er in einem dieser Waxing-Studios gewesen war. Eine fleißige Asiatin hatte seine Haut rosig wie die eines Babys gemacht, keine Stoppeln, keine Unebenheiten, nur Glanz und Glätte. Ob ihn die flinken Hände der Asiatin erregt hatten?

»Mama!«, hörte Nicole Richards Stimme aus dem Nebenraum.

Sie klang zaghaft, beinahe kläglich, kein Schnarren darin. Nicole reagierte nicht. Da drüben lag der Tyrannus, der erfolgreiche Mann, das hohe Tier, der gefürchtete Boss und war nichts anderes als ein hilfloser Säugling, Nicoles kleiner Junge. Nur Wimpern und Augenbrauen hatte Richard, sonst nirgends Haare. Sie begann, sich die Fingernägel zu feilen. Einzeln steckte sie jeden ihrer Finger in den Mund und überprüfte mit der Zunge, dass nirgendwo scharfe Kanten geblieben waren. Als sie mit der linken Hand fertig war, hörte sie ihn wieder.

»Mama!«

Nicole schaute sich im Spiegel an. Sie wuschelte sich durch die blonden Locken und fand, dass eine gute Mutter sie anblickte, mitsamt den typischen, leichten Augenringen, die zu den ersten Jahren der Mutterschaft gehörten. Weich und lieb sah sie aus, duldsam und klug und ein wenig müde. Nicole feilte seelenruhig die Nägel der rechten Hand. Als sich alle Nägel rund und glatt anfühlten, griff sie nach dem Gleitgel. Sie drückte eine stattliche Menge in ihre Handfläche, lüpfte den Bademantel und verteilte die glibberige Masse zwischen ihren Beinen und hoch bis zum Arsch. Sie strich sich vorsichtig die Rosette ein, fuhr mit dem rechten Zeigefinger um den inneren Rand des Schließmuskels.

»Mama!«

Nicole zuckte zusammen, denn seine Stimme schnarrte.

Sie wusch sich die Hände, trocknete sie ab und rieb sie mit Handcreme ein. Als die Creme vollständig eingezogen war, straffte Nicole den Knoten des Bademantelgürtels und schnappte die Tube Gleitgel. Sie sah sich noch einmal im Spiegel an. Erst dann öffnete sie leise die Tür. Langsam ging sie zu Richards Bett.

»Du sollst doch schlafen, mein Kleiner«, sagte sie und beugte sich über ihn.

Er sah zerknirscht aus, wütend und ängstlich, das Gesicht gerötet. Seine Augen irrlichterten. Der Nuckel lag neben seinem Kopf auf dem Laken.

»Ist dir heiß?«, fragte Nicole.

Sie deckte ihn auf, lüftete das Büßerhemdchen, schob es nach oben zur Brust. Sie kniete sich zwischen seine Beine, betastete die Windel und öffnete die Klebebändchen. Richard hob brav den Hintern, und als Nicole ihm die Windel auszog, seufzte er laut angesichts der ersehnten Befreiung.

»Dann lassen wir deinen Popo jetzt ein bisschen an der Luft, ja?«

Nicole tätschelte seinen Hintern, bevor sie Richard auf die Seite rollte; er half gehorsam mit. Nicole legte die Bettdecke zusammen, faltete sie viermal, bis ein hohes, festes Kissen entstand. Sie drapierte es in der Mitte des Bettes, nahm das Kopfkissen dazu und legte es obenauf. Mit einer Handbewegung wies sie Richard an, sich bäuchlings daraufzulegen, mit dem Becken auf den Kissenturm. Er tat wie ihm befohlen. Der Hintern ragte in die Höhe, die Beine hingen leicht geöffnet nach unten, Brust und Kopf drückte er tief in die Matratze. Ausgelieferter konnte ein Mensch nicht sein. Nicole setzte sich zwischen Richards Beine, was ihn zwang, sie noch weiter zu öffnen. Sie zog ein Feuchttuch aus der Packung und wischte damit über Richards Po, die Ritze, die Rosette, den Damm, die glänzenden, prallen Hoden. Sie staunte über die absolute Haarlosigkeit, selbst an den verborgensten Stellen. Dann pustete sie die Haut trocken. Richard knurrte vor Genuss, als er den sanften Luftstrom fühlte. Nicole streifte sich einen der milchig weißen Einweggummihandschuhe über, die im Lederköfferchen lagerten. Das dünne Material klebte eng an der Haut und schien den Tastsinn noch zu schärfen. Sie ließ Gleitgel über die Finger laufen, strich es auch über Richards Rosette, kreiste darum, spielte mit dem Muskel.

»Entspann dich«, sagte sie, und ihre Stimme hatte alle Weichheit verloren und einen spröden Klang angenommen. »Lass los, mach auf.«

Vorsichtig führte sie ihm ihren kleinen Finger ein; das Gel sorgte dafür, dass er wie von selbst hineinflutschte, und Richard stöhnte tief auf, als habe er allzu lange auf diesen Moment des Eindringens warten müssen. Als Nächstes nahm Nicole den Zeigefinger, bald darauf den Daumen. Sie drehte und wendete ihn, betastete die Innenwände, die sich aalglatt anschmiegten, schob den Daumen immer tiefer; Richard reckte den Arsch empor, er zuckte unter der Behandlung zusammen, die Nicole ihm angedeihen ließ. Sie kniete sich hin, um ihn besser im Griff zu haben, nahm nun den Mittelfinger, drückte ihn bis zum Anschlag in Richards Eingeweide, spürte an seinem Ansatz das Rund des Anus wie einen kostbaren Schmuck. Die Idee, Richards Schließmuskel sei der Ring, an dem sie den gesamten Richard quasi als Diamanten am linken Mittelfinger trug, machte sie größenwahnsinnig. Sie stützte sich mit der anderen Hand auf Richards Rücken, den die klaffenden Schöße des Büßerhemdchens freigaben wie aufgespannte Flügel, presste ihn fester in die Matratze, sah auf ihn herab, auf die sechzigjährige Führungskraft, die in der Erniedrigung dahinfloss. Sie bedauerte maßlos, keinen Schwanz zu haben, mit dem sie ihn vom Fleck weg ins Universum hätte ficken können. Stattdessen langte sie nach dem Nuckel, befeuchtete ihn in ihrer Möse und schob ihn Richard mit Karacho in den Arsch. Sie stopfte ihn ins Loch und presste den Plastikgriff gegen Richards Fleisch. Sie schlug zu, bäumte sich auf, bis sich alle Muskeln spannten, streckte den Kopf nach hinten, erwischte mit dem Blick das gläserne Dach, das kreisrund die Form des Bettes wiederholte, sah im schwarzen Himmel die Sterne sich wie Spermien verschießen, bis sie Fäden zu ziehen begannen, sich zu Kreuzen verbanden und ins Diffuse verzerrten. Richard stöhnte schroff unter ihren Schlägen. Die Hitze schoss ihr in die Wangen. Sie keuchte und ließ von ihm ab.

»Dreh dich um!«

Er gehorchte sofort, präsentierte ihr einen kerzengeraden Schwanz, prall vom Warten, einen Knüppel, ein Folterinstrument, das senkrecht zum Himmel strebte, eine Miniaturausgabe des steinernen Turms, in dessen Luxussuite er sich befand. Nicole warf sich über Richard, trieb sich den vom Kissenberg erhöhten Schwanz in die Möse, klemmte den Mann mit Händen und Füßen fest. Er konnte nichts tun. Die Möse war endlich gestopft, nicht aber Nicoles loses Maul.

»Ich habe eine harte Woche hinter mir«, hauchte sie spröde, »gestern, stell dir vor, habe ich einen riesigen Maurer gevögelt, zottelig wie ein Gorilla.«

Richard schluckte. Schwitzend versuchte er sich zu befreien. Die Arme im Büßerhemdchen zitterten, die Fäuste zappelten. Nicole brauchte ihre ganze Kraft, um ihn zu bezwingen.

»Vorgestern hat mich ein Masseur gefickt«, presste sie hervor, »ein smarter Schönling mit Gel im Haar.«

Richard warf seinen hitzigen Schädel hin und her; er blickte sie flehend und feindselig an. Er wusste, dass sie die Wahrheit sagte.

»Am Tag zuvor habe ich den Professor besucht, um ihm meine feuchte Spalte zu zeigen.«

Nicole wand alle Energie auf, um Richards Handgelenke festzuhalten.

»Der Professor bezahlt mich, weil er keinen mehr hoch kriegt. Er geilt sich am Anblick meines Arsches auf.«

»Hör auf!«, schrie Richard mit feuchten Augen.

»Davor war ich beim Anwalt. Du weißt doch, der Busenfreund«, sprach sie heiser weiter, »der nichts Schöneres kennt, als sich unter meinen Titten begraben zu lassen.«

»Hör auf damit!«, schrie er wieder, wälzte sich, bog sich, kämpfte mit dem Körper gegen die Demütigung.

Nicole lief der Schweiß aus den Achselhöhlen. Doch sie war noch nicht fertig. Sie fing an, den Schwanz zu reizen.

»Aber Richard, mein Kleiner, bist du eifersüchtig?«

Sie ließ den Schwanz gemächlich ein- und ausfahren.

»Ja«, schluchzte Richard.

Er lag ruhig da, um Kräfte zu sammeln.

»Nicht doch, nicht doch«, flüsterte sie und setzte sich zurecht.

Nicole rieb sich auf dem Spieß. Sie präparierte sich für einen saftigen Orgasmus, den sie sich auf dem wehrlosen Körper besorgen würde.

»Das musst du nicht sein, mein Schöner. Ich habe viele Kinder, weißt du? Sie sind deine Geschwister, allesamt, deine großen Brüder. Du aber, kleiner Richard, du bist mein Goldstück, mein Liebling, mein Augenstern. Du bist der

Kleinste. Etwas ganz Besonderes. Mein Nesthäkchen. Sieh doch, wie rosig deine Haut ist, wie glatt und zart.«

Sie strich ihm behutsam über die haarlose Brust. Richard nutzte den Moment, in dem sie sein Handgelenk freigab, und die Klemme, in der sie ihn gefangen hielt, instabil wurde. Mit einem Ruck stieß er sie von sich, schmiss sie auf die Matratze, hockte sich über sie, packte sie und drehte sie auf den Bauch. Hilflos lag sie da wie eben noch Richard, den Hintern in die Höhe gereckt, das Gesicht in die Matratze gedrückt. Er griff ihr in den Nacken und zerrte sie in die ihm genehme Position. Er kniete sich zwischen ihre Beine, wie sie es getan hatte, er spreizte ihr Arschloch, wie sie es getan hatte, er trieb ihr den Mittelfinger hinein, wie sie es getan hatte. Sie biss sich auf die Lippe und kniff die Augen zusammen, atmete absichtlich laut ein und aus. Der Schmerz raste bis unter die Schädeldecke. Sie hatte keine Wahl, als den rabiaten Zugriff in Genuss zu verwandeln. Sie spürte seine Finger auf ihren Arschbacken, seine Handfläche auf der Ritze. Mit einem Flutsch entzog er ihr all das; sie hörte die Tube aufploppen und das Geräusch austretenden Gels. Er rieb seinen Schwanz und ihre Rosette ein, es triefte und tropfte, sie wusste, dass er sich nicht mit Weitungsspielchen aufhalten würde. Nicoles Herz stolperte dem ersten Stoß entgegen. Einlass, dachte sie, jetzt ist Einlass. Sie öffnete alles, was sie hatte, die Augen, die Ohren, die Nase, den Mund, die Möse, den Arsch. Da jagte der Bolzen in ihren Körper. Sie schrie und hörte, wie ihr die Stimme kläglich versagte. Sie hatte auch gar nichts mitzuteilen. Richard fand seine Stimme wieder.

»Mein Fräulein«, schnarrte er. »Wohin willst du? Zu anderen Männern?«

Bei jedem Wort trieb er seinen Schwanz in Nicoles Gedärm, tief und schnell und oft.

»Zu Lehrlingen?«

Nicole schüttelte verzweifelt den Kopf.

»Und Gorillas?«

Sie biss ins Laken.

»Zu schwulen Masseuren?«

»Nein!«, schrie Nicole, und das war das Letzte, was sie von sich gab.

»Versuch es!«, schrie Richard, der die Barriere in ihrem Arsch gefügig gemacht hatte.

Seine Stimme senkte sich, ein kalter Triumph lag darin.

»Versuch es. Du kommst hier nicht mehr weg.«

Er spreizte seine Knie. Spannte Nicole weit vor sich auf. Sie wähnte sich im Spagat.

»Ich niete dich fest, du Schlampe, auf dass dir Hören und Sehen vergeht.«

Es stimmte. Sie sah nichts mehr. Sie hörte Richard aus einer rätselhaften Ferne, wie durch einen Schalltrichter.

»Sei dankbar«, sagte er, »sei dankbar, dass ich dich ficke. Zu was wärst du sonst gut?«

Seine Lenden schlugen hart gegen ihr Fleisch. Sie hörte auf zu denken, meinte, sich aufzulösen, war gar nicht mehr da. Sie bestand nur noch aus Arsch.

»Elende Hure!«, dröhnte Richards Stimme. »Du gehörst mir und meinem Prügel, den ich dir in den Arsch schiebe, damit du weißt, wozu du gut bist. Ich stopfe dir dein kleines Loch, bis du Sterne siehst. Dein kleines, enges Loch, in dem keiner je war und keiner je sein wird außer mir! In dem nur ich sein darf. Niemand sonst! Versprich es!«

Nicole schluckte schwer.

»Los!«, brüllte Richard.

»Ich verspreche es«, schluchzte Nicole.

»Keiner fickt dich in den Arsch! Das besorge ich! Nur ich allein!«

Richards Stimme war nun kaum mehr als ein Flüstern. Sie spürte, dass er kommen wollte, kommen musste, und in die hoffnungsvolle Aussicht, dem schmerzenden Spagat zu entfliehen, mischte sich schon die Wehmut, dass es vorbei war, aus und vorbei, zu Ende, vollbracht. Irgendwo dazwischen huschte das Glück durch Nicole. Sie war dankbar. Sie war nützlich. Sie hatte ein Versprechen gegeben. Näher konnte sie nicht bei ihm sein. Vielleicht liebte sie ihn.

Als er den Schwanz aus ihrem Arsch zog, war sie leer, hohl, verlassen. Alles tat weh. Oder nichts. Wer wusste das schon. Sie lagen kreuz und quer im runden Bett, dessen Ende zugleich sein Anfang war. Hier gab es kein Vorn und kein Hinten, kein Oben und kein Unten, kein Richtig und kein Falsch. Sie schauten ins Nichts, die Gesichter suchten sich, die Münder. Ein Kuss, heiß und wirr, ein langer, warmer Austausch von allem Flüssigen, was sie besaßen. Niemand sagte etwas. Sie lauschten dem Geschehenen nach und zögerten die Rückkehr ins Zivilisierte hinaus. Nicole nahm Richards kahlen Kopf in ihre Hände. Er legte seine Hände auf ihren Arsch.

Später kuschelten sie sich in die weißen Bademäntel. Nicole ächzte, als sie aufstand, und ächzte wieder, als sie sich auf ihren Hintern in einen der weißen Sessel setzte. Richard brachte Wasser und vier Gläser aus der Bar, die in die Wand der Suite eingelassen war, eine Karaffe Whisky und einen Aschenbecher. Sie tranken und steckten sich gegenseitig die Zigaretten an.

Nicole war fix und fertig. Sie bemühte sich nicht, es vor Richard zu verbergen. Sie sah ihn an, das Gesicht mit den schönsten Falten, die ihr je untergekommen waren. Kein Kummer, kein Frust darin. Da waren sie wieder, die Reserven, die starken Nerven. Richard sah nicht aus, als habe er eben einen brutalen Arschfick hinter sich. Aber sie bemerkte einen ungewöhnlichen Glanz in seinen Augen. Nicole legte die Füße auf Richards Schoß. Er öffnete die Beine. Der Schwanz hing schlaff und erschöpft. Sie kraulte ihm mit den Zehen den Sack.

»Prachtweib«, sagte er leise.

»Superman«, sagte sie noch leiser.

»Gestern ein Maurer?«, fragte er.

Nicole nickte.

»Neuzugang?«

»Spontan an Land gezogen.«

»Wo hast du den denn gefunden?«

»In einer Kneipe in Göttingen.«

»War's gut?«

»Kurz und knackig wie ein Wellnesstrip.«

Richard grinste.

»Und morgen?«, fragte er. »Wen triffst du morgen?«

»Morgen denk ich an heute und geh früh schlafen.«

»Und übermorgen?«

»Mal sehen. Vielleicht niemanden.«

»Wo bist du übermorgen?«

»In Karlsruhe.«

»In Karlsruhe?«

»Ja, in Karlsruhe.«

Nicole lachte. Richard nahm ihren Fuß, zog ihn zwischen seinen Beinen hervor und knetete ihn.

»Ich möchte dir auch einen Wunsch erfüllen.«

»Was für einen Wunsch?«

»Das wirst du schon sehen. Übermorgen bist du also in Karlsruhe?«

»Ja.«

»Dienstschluss?«

Nicole rechnete nach.

»Gegen fünf, wenn alles glattläuft.«

»Sei am Abend um sieben im Hotel *Gutmann* beim Empfang. Alles Weitere wird man dir dort zeigen.«

»Wer? Was? Wer wird mir was zeigen?«

»Frag nicht. Sei da.«

»Hotel *Gutmann*?«

»Hotel *Gutmann*.«

»Übermorgen um sieben?«

»Übermorgen um sieben.«

Nicole schaute auf die kleine bonbonfarbene Lampe neben dem Bett, die sich noch immer drehte. Fische schwammen vorbei, Hasen, Krokodile. Sie sah Richard an, in dessen Pokerface nichts zu lesen war.

»Bist du auch da? Im Hotel *Gutmann*? Übermorgen um sieben?«

»Ja.«

»Aber?«

»Aber ich werde dich nicht kennen. Und du wirst mich nicht kennen.«

Richard leerte sein Whiskyglas. Als er aufstand, funkelte er Nicole für eine Zehntelsekunde aus den diabolischen Augen an. Er ließ den weißen Bademantel auf den Boden rutschen. Für einen Sechzigjährigen hatte er einen tollen Körper, erstaunlich fit, drahtig und trainiert. Ohne ein einziges Haar. Der Tyrannus begann in seine schwarzen Kleider zu steigen.

Bremerhaven/Sonntag/11.03 = = = Fulda/Sonntag/21.14

Die Gleise glänzten milchig im Licht. Am Vormittagshimmel stand tief die Novembersonne, eine Seltenheit. Nicole setzte ihre Sonnenbrille auf. Sie war schon wieder unterwegs in Richtung Fulda, diesmal aus nördlicher Richtung, eine fette Fuhre im Schlepptau, neunzehn offene Wagen, doppelstöckig mit BMW-Minis beladen. Auf Höhe Verden sah Nicole den ersten Hobbyeisenbahner an der Böschung stehen. Er starrte aus dem blattlosen Gebüsch angestrengt auf die Lok und hielt sich eine Hand schützend über die Augen. Im Vorbeirauschen winkte Nicole, um ihm eine Freude zu machen. Den nächsten Mann sah sie fünf Minuten später; er hatte sich mit Kamera und aufgebautem Stativ auf einer Anhöhe in Position gebracht. Natürlich, heute war Sonntag, und das gute Wetter lockte die Eisenbahnfetischisten an, die herrliche Sicht, der blaue Himmel samt Quellwolken, ein perfekter Hintergrund für Fotos. Wie alle Lokführer belächelte Nicole jene Männer, die stets einzeln auftraten, die Strecke aber manchmal regelrecht im Spalier säumten, eine unerfüllte Sehnsucht in sich, den Kindertraum von Dienstmütze, Signalkelle und Trillerpfeife. Sie postierten sich mit Campinghockern wie Angler, kannten die Fahrpläne auswendig und die technischen Daten der Loks. Nicht ohne Häme witzelten die Kollegen über diese Möchtegerns, die ihr Dasein wahrscheinlich als Buchhalter oder Verkäufer bei McDonald's fristeten, Junggesellen, die bei Mutti wohnten, entmündigte Ehemänner, die aus dem Reihenhäuschen flohen und sich für ein paar einsame Stunden an die Gleisanlagen retteten. Nicole kamen sie wie Spanner vor, wie verklemmte Wichser, die zwischen den Sträuchern lauerten und denen ein Schuss abging, wenn ein Zug an ihnen vorbeiraste. Heute aber war sie milde gestimmt. Ein jeder nach seiner Fasson, befand Nicole großmütig und summte ein Lied aus Kindertagen: »Husch husch husch die Eisenbahn, wer will mit zur Oma fahrn, alleine fahren will ich nicht, da nehm ich mir den Richard mit.«

Sie dachte an ihn. Daran, wie frei er sie sein ließ, wie frei sie ihn sein ließ. Daran, wie sie beide übermächtig gewesen waren und jämmerlich ausgeliefert. Sie hatte ihn als diamantenen Ring am Mittelfinger getragen. Nicole spürte im Sitzen und Schaukeln noch immer, wie rabiat ihr Arsch behandelt worden war. Sie verlangsamte, damit ein aufgeregter Streckenglotzer ein Foto von der Lok schießen konnte, die ihm in seiner Sammlung noch fehlte, das Bild ins Internet stellen und vor der großen Gemeinde der Bahnanbeter damit protzen.

Seit Richard ihr gesagt hatte, sie solle am Montag um sieben im Hotel *Gutmann* in Karlsruhe sein, arbeitete Nicoles Fantasie auf Hochtouren. Was für einen Wunsch wollte er Nicole erfüllen? Sie konnte sich nicht entsinnen, explizit Wünsche geäußert zu haben. Richard und sie sollten sich wiedersehen, am morgigen Abend schon, aber einander nicht kennen. Mehr hatte sie ihm nicht entlocken können. Er hatte gelächelt und sie mit dem Rätsel allein gelassen. Vielleicht brachte er ihr einen Liebhaber? Einen heißen Feger, mit dem es Nicole treiben sollte, während Richard wie ein Fremder zuschaute? Darüber hatten sie einmal gesprochen, über das Zuschauen im Edelbordell, und Nicole hatte entzückt zugegeben, dass sie sich gut vorstellen könne, erst den einen, dann den anderen zu vernaschen. Oder hatte er sich gemerkt, dass Nicole von Sex am Strand träumte? Sie hatte ihm von einer lauen Sommernacht an der ligurischen Küste erzählt, in der sie mit einem DJ nach der Strandparty in eine Bucht verschwunden war. Neunzehn war sie gewesen. Unter freiem Himmel hatten sie es getrieben, auf der Schwelle zwischen Mittelmeer und Festland. Die Wellen hatten nach ihnen gezüngelt, der feine Sand unter ihren Körpern hatte dem Sog des Meeres nachgegeben.

Vielleicht hatte Richard diese Halle gemietet, die zwei Autostunden von Berlin entfernt im Niemandsland stand wie ein verlorenes Riesenei? Im vergangenen Winter hatte sie mit Stefan und den Kindern ein Wochenende dort verbracht. *Tropical Islands*, so hieß das Heißluft-Unikum. Richards Pilot würde sie in den Hubschrauber bitten. Sie würden über Deutschland hinwegfliegen und auf den kahlen Feldern Brandenburgs landen. *Heute geschlossene Gesellschaft*, stünde am Eingang des Vergnügungstempels. Nicole würde eintreten und eine Nacht lang die ganze Halle für sich allein haben. Sie würde durch die künstlich angelegten Palmenhaine wandeln, warm und feucht die Luft, sich im Bikini in den Schwimmbecken tummeln, die Felsimitate begrenzten, träge ein paar Runden ziehen, unter einem Wasserfall verweilen, den Blick über den aufgeklebten Horizont des Hallendachs schweifen lassen, der den blauen Himmel und das Meer zeigte. Vom Band würden Urwaldtöne eingespielt, Grillenzirpen und Papageiengekreisch, und echte Kois würden in kleinen Teichen geschmeidige Tänzchen vollführen. Sie würde durch das üppige, tropfende Blattwerk streifen. Die dicken grünen Blätter würden rascheln, die Ziergräser silbern schimmern. Hier und da würde ein schmucker Eingeborener durch die Farne huschen, aus einer Bambushütte schlendern, hinter einem Baumstamm hervorschauen, und langsam, aber sicher würden sie sich versammeln um Nicole, knackige Kerle mit Lendenschürzen, brauner Haut und Kriegsbemalung auf den muskulösen Körpern, die in Wahrheit zu einer Stuntman-Crew gehörten und sich etwas dazuverdienten. Sie alle würden Nicole, der Königin, zu Diensten sein. Sie dürfte sich aussuchen, mit wem sie sich zum Liebesspiel in den tonnenweise angekarrten Sand niederlegte. Simuliertes Südseefeeling. Exotische Früchte. Delikate Getränke. Heiße Jungs. Exklusiv für Nicole, von Richard arrangiert. Richard würde mit Safarihemd und Tropenhelm auf einer von Lianen umschlungenen, hölzernen Hängebrücke sitzen, die kleinen, nackten Füße in der Luft baumeln lassen, und von hoch oben mit dem Feldstecher zusehen, wie Nicole sich amüsierte. Mit dem Feldstecher?

Nicole winkte grinsend einem Typen, der auf der Böschung stand und den Feldstecher auf sie richtete, als hielte er die eigenen Stielaugen fest. Das Handy meldete den Eingang einer SMS. Nicole öffnete die Mitteilung und las:

Liebe N. Der Professor ist letzte Nacht friedlich und für immer eingeschlafen. Danke für alles. D.

Nicole blickte auf die Gleise. Sie glänzten. Die Sonne stand am Horizont. Durch die Brille erschien sie dunkelgelb, der blaue Himmel beinahe grün, zerschnitten von den schwarzen Oberleitungen. Sie las die SMS noch einmal:

Liebe N. Der Professor ist letzte Nacht friedlich und für immer eingeschlafen. Danke für alles. D.

Der Professor war tot. Nicoles Magen zog sich zusammen. Ihr Herz schlug schneller, ein Flattern, von dem ihr flau wurde. Noch vor drei oder vier Tagen hatte sie für ihn auf der Leiter gestanden, hatte die ganze Bibliothek entstaubt, hatte die enge Blümchenschürze über den Hintern rutschen lassen, war für ihn auf dem Boden herumgekrochen, einen Kamm zwischen den Zähnen. Sie hatte seine Beine mit dem Staubwedel gestreichelt und zärtlich das polnische Wort gehaucht. Er hatte die Augen geschlossen und gesummt. Sie hatte nicht geahnt, dass es zum letzten Mal gewesen war. Und der Professor? Hatte er es geahnt? Der störrische, furchteinflößende Greis, der kranke, alte Mann, der berühmte Forscher, der charmante, gebildete Weltreisende, der schluchzende Junge, der den Vater mit dem Kindermädchen erwischt hatte – jetzt war er tot. Wie genau es wohl passiert war? Hatte die Haushälterin ihn am Morgen tot im Bett entdeckt? Hatte sie voller Schrecken auf ihn gestarrt, ihn angesprochen, angeschrien, gerüttelt, geohrfeigt und keine Antwort erhalten? Hatten seine Augen offen gestanden und sein Mund? Hatte seine Haut schon jenes wächserne Weiß angenommen? Ob er der Haushälterin etwas hinterlassen hatte? Einen Brief? Ein Testament? Sicher hatte sie den Notarzt gerufen, der den Tod festgestellt und den Totenschein ausgestellt hatte. Nicole tippte hektisch, bevor sie Skrupel übermannen konnten, eine Antwort:

Liebe D. Ich bin traurig. Ich wünsche Ihnen Kraft. Der Professor war ein großartiger Mann. Ich bin dankbar, dass ich ihn kannte. N.

Es war das erste Mal, dass die Haushälterin und Nicole von den heimlich hinterlegten Handynummern Gebrauch machten, notiert auf dem Kärtchen in der Schürzentasche. Vielleicht war es auch das letzte Mal. Was würde sie mit der Schürze machen? Mit dem Kopftuch? Den samtenen Pantoletten, die Nicole an den Kleinen Muck erinnerten? Ein Sehnsuchtsschub überkam Nicole. Sehnsucht nach Lina. Sie wünschte sich ins Kinderbettchen, wo Lina sich an sie kuscheln sollte und Nicole das Märchen vorlesen würde. Lina würde gedankenverloren an Nicoles Locken spielen, an ihr zupfen und schnuppern, glücklich, die Mama ganz für sich zu haben. Nicole würde insgeheim den Duft ihrer warmen, weichen Haut einsaugen, die zarten Härchen auf den Ärmchen befühlen, das perfekte Gesicht, die langen Wimpern, die vollen Lippen, Linas ganze Schönheit betrachten. Sie würde sich an ihre Tochter schmiegen und still dieses Wunder bestaunen, den Beginn eines Lebens, an dem noch alles möglich war, nichts verdorben. Nicole fiel die Zeile eines Gedichts ein, das sie in der Schule auswendig gelernt hatte: »Und jedem Anfang wohnt ein Zauber inne.« Makellos und ohne Schuld war so ein kleiner Mensch, und wenn er sich eines Tages dessen bewusst wurde, war beides schon für immer verloren. Nicole würde in Linas Nähe Trost finden und sich selbst alt fühlen. Die Strecke, die Lebensstrecke, die vorgesehen war für jeden Einzelnen, sie wurde mit jedem Tag kürzer. Das Leben, hatte Nicole einmal gehört, sei nichts anderes als die Einübung des Todes. Die ganze Strecke nichts als ein Training für das unerhörte, unfassbare, das unausweichliche Ende. Plötzlich war sie sich sicher, dass der Professor an alles gedacht hatte. Er überließ nichts dem Zufall. Auch in Vorbereitung seines Todes hatte er D., der Haushälterin, strengste Instruktionen erteilt. Sie musste diese nun befolgen, allein, ohne ihn, ohne sein Murren, seinen Einspruch, seine Zurechtweisungen. Ohne seine Wutausbrüche. Vielleicht überführte man die Leiche nach Polen, und der Professor fand seinen Platz bei seinen Ahnen, dort, wo die Familie einst aufgebrochen war, hinaus in die weite Welt. Er hatte ein langes und aufregendes Leben gehabt, ein spannendes, ein erfülltes, wie man so sagte, und dennoch nicht loslassen können. Er war nicht milde geworden, nicht weise, sondern starrsinnig und bitter. Nicole dachte an sein Refugium, an die Bücher, die Urkunden, den altehrwürdigen Schreibtisch und die grünen Lämpchen, an den schweren Fransenteppich und das Ankleidezimmer, an die nachgedunkelten, knarrenden Dielen, an all die musealen Gegenstände, die den Geist ihres Besitzers atmeten, an die große herrschaftliche Wohnung, die sich nun in Luft auflösen würde, als hätte es sie nie gegeben.

Ihr Blackberry meldete noch sechs Streckenabschnitte. Fünfzig Kilometer und höchstens eine Stunde trennten Nicole vom Dienstschluss. Es war fünfzehn Uhr. Gordon, der den Zug übernehmen würde, stand schon am Bahnhof bereit. Nicole schrieb ihm, welchen Streckenkilometer sie soeben passierte und dass er noch einen Kaffee trinken könne. Sie blätterte im Adressbuch ihres Handys und fand die Nummer, die sie suchte.

Der Lehrling meldete sich prompt: »Hallo? Lüttger hier.«

Nicole erschrak, als ihr klar wurde, dass sie ihn nie zuvor hatte sprechen hören.

»Nicole hier, die Lokführerin. Hör zu, Kleiner, komm um fünf ins Zimmer sechshunderteinundzwanzig, ja?«

Sie bekam nur Atemgeräusche zur Antwort. Der Lehrling schien genauso erschrocken zu sein. Dann stammelte er doch etwas.

»Das ist … also … etwas kurzfristig. Ich weiß nicht … ich kann nicht … ich glaube, es geht nicht.«

Seine Stimme klang tief, aber ungeschliffen. Sie hatte den Stimmbruch noch nicht lange hinter sich und schlingerte ein wenig unsicher in ihrer neuen, zwei Oktaven tieferen Tonlage umher.

»Kleiner, es ist dringend. Ich bin zwischen vier und fünf im Hotel. Es muss heute sein.«

»Ich weiß nicht … es hat sich etwas verändert … Ich … ich kann das jetzt nicht erklären.«

»Verstehe. Es hat sich etwas verändert. Du bist gar nicht mehr klein, Kleiner.«

»Ja ... nein ... Ich weiß nicht, wie ich es sagen soll.«

»Ich bitte dich. Tu mir den Gefallen. Ein einziges Mal noch, dann lass ich dich in Ruhe. Dann sind wir zwei Vergangenheit. Versprochen. Um fünf. Zimmer sechshunderteinundzwanzig.«

»Ja ... na gut ... also gut. Ich bin da. Bis nachher.«

Nicole ertrug es nicht, zu bitten und zu betteln. Die eigene Bedürftigkeit war ihr zuwider. Sie hörte sich sagen:

»Noch etwas, Kleiner. Bring deinen besten Freund mit.«

»Wie? ... Wen? ... Meinen besten Freund?«

»Jawohl, deinen besten Freund«, erwiderte Nicole. »Du hast doch einen Freund?«

»Ja, schon ... aber ...«

Sie legte auf. Sie würde sich vom Lehrling trösten lassen. Sie wollte teilhaben an seiner Jugend, ein letztes Mal noch. Eine heitere Note mengte sich in die Melancholie, die seit drei Stunden auf Nicoles Seele lastete. Seit sie die Nachricht vom Tod des Professors erreicht hatte. Sie schmunzelte über diese frisch gebrochene, ungelenke Stimme, die ihr das zarte Alter des Lehrlings drastischer offenbarte, als es sein Körper je gekonnt hatte. Mit der Idee, seinen besten Freund gleich dazuzubestellen, hatte Nicole sich selbst überrascht.

Sie räumte ihren Kram zusammen, während sie einem Streckenglotzer winkte. Dann unterschrieb sie im Übergabebuch und stapelte auf dem Pult die Fahrbücher für Gordon, der am Gleis vier parat stand. Sie stieg ab, ein Handschlag, ein blöder Spruch über Nicoles Sonnenbrille, während Gordon aufstieg. Fliegender Wechsel. Nicole sah dem Zug nach, den offenen, doppelstöckigen Wagen mit den BMW-Minis, die sich, als der Zug sich entfernte und in die Kurve legte, wie bunte Perlen auf einer Kette ausnahmen. Die Sonne war untergegangen. Es dämmerte.

Im Bahnhof kaufte sie drei Flaschen Cola und eine große

Tüte Chips. Sie lief durch die Stadt bis zum Hotel. Der Portier gab ihr den Schlüssel, und mit dem Fahrstuhl erreichte Nicole die sechste Etage. Ihr Zimmer sah aus wie immer, sauber, klein, unspektakulär. Sie ging duschen, zog sich frische Klamotten an, lüftete und schlug die Bettdecke zurück. Nach einiger Zeit schloss sie das Fenster und die Vorhänge, löschte das Licht und drehte den Schirm des Leselämpchens, das auf dem Nachttisch stand, nach unten. Nur noch ein kleiner Lichtkreis beschien den Boden.

Pünktlich um fünf klopfte es zaghaft. Nicole öffnete. Der Lehrling stand in einem gebügelten Hemd vor ihr und schaute sie aus seinen braunen Rehaugen an, neugierig und vorsichtig wie ein Jungtier. Er war schon wieder schöner geworden; die schlanke Statur, die karamellfarbene Haut, die glatten Wangen, das glänzende Haar schmeichelten Nicoles Augen. Einen halben Meter hinter ihm stand ein Junge mit einer runden Brille, rothaarig und sommersprossig. Er war kleiner und kräftiger als der Lehrling und würde bestimmt einmal ein bulliger Typ werden. Er senkte den Kopf, als Nicole ihm die Hand reichte, und kämpfte gegen den Impuls an, sich hinter dem Lehrling zu verstecken. Nicole gab sich freundlich und sanftmütig. Sie bat die beiden herein, bot ihnen einen Platz auf dem Bett an und bedankte sich, dass sie gekommen waren. Sie schloss die Tür von innen ab; die Jungen wechselten einen schnellen Blick. Dann öffnete sie die Colaflaschen, riss die Chipstüte auf und stopfte sich eine Handvoll des trockenen Zeugs in den Mund, um zu zeigen, dass hier niemand vornehm zu tun brauchte. Sie stieß ihre Cola gegen die Flaschen der Jungs, pflanzte sich zwischen die beiden aufs Bett und fing an zu plaudern. Nach anfänglichem Zögern mampften sie hungrig Chips, schnippten die Schuhe von den Füßen und fläzten sich in die Kissen. Der Rotschopf hielt sich an seinen Freund

und machte ihm einfach alles nach. Sie sah, dass er ein breites Kreuz hatte, stramme Oberschenkel und einen kurzen Hals. Zu dritt lümmelten sie auf dem schmalen Bett. Nicole erzählte, dass sie heute von Bremerhaven mit einem Zug voller BMWs gekommen war. Sie sprach von ihrem Job, von den Strecken, die sie wieder und wieder zurücklegte, von den zehntausend PS, von den hundertvierzig Stundenkilometern, vom Bulli, ihrer Lieblingslok. Der Lehrling hörte aufmerksam zu, denn auch für ihn waren all die Details neu. Der Rotschopf betrachtete verstohlen Nicoles Körper, wenn er sich unbeobachtet wähnte. Ob sie denn keine Modelleisenbahn zu Hause hätten, fragte Nicole mit einem Zwinkern. Dann legte sie kurz entschlossen ihren Kopf in den Schoß des Lehrlings und machte es sich bequem. Der Lehrling, der im Schneidersitz am Kopfende des Bettes saß, sah auf Nicole hinab mit diesem Flattern im Blick, das sie aus der Hotelküche kannte. Zugleich hob er verächtlich die Augenbrauen hoch, und eine Sekunde später tat dies auch der Rotschopf, der ans Fußende rutschte, damit Nicole neben ihm ihre Beine ausstrecken konnte.

»Kinderkram«, sagte der Lehrling mit seiner tiefen, ungelenken Stimme.

Sie fragte ihn nach der Arbeit und erfuhr, dass er in der darauffolgenden Woche zum ersten Mal mit dem Chef zusammen das Fleisch marinieren dürfe. Der Lehrling wirkte abwesend. Ihm fiel es sichtlich schwer, angesichts von Nicoles körperlicher Zutraulichkeit den Inhalt ihrer Worte zu erfassen.

»Soso«, entgegnete Nicole süffisant. »Das Fleisch marinieren?«

Sie spürte seinen steifen Schwanz am Hinterkopf.

»Ja«, sagte der Lehrling unsicher, doch als Nicole lachte, lachte auch er, und der Rotschopf, dessen Augen hinter der

Brille das Geschehen verfolgten wie einen Fernsehkrimi, stimmte kurz darauf in das Lachen ein.

Als Nicole ihn fragte, was er denn den lieben langen Tag so mache, wurde er rot und antwortete brav: »Eine Ausbildung zum Steuerfachgehilfen.« Ja, es mache ihm Spaß, jedenfalls meistens, und ja, wegen der Mandanten müsse er stets Schlips und Anzug tragen. Nicole musste ihm jedes Wort aus der Nase ziehen.

Während er seine Antworten stotterte, konnte er den Blick nicht von Nicoles Fingern losreißen, die langsam ihr Flanellhemd aufknöpften. Die beiden, erfuhr Nicole immerhin, als sie ihren Bauch und ihre Titten entblößte, kannten sich schon seit Kindergartenzeiten, hatten zusammen die Schule besucht. Auch jetzt, da jeder seiner beruflichen Wege ging, schienen sie unzertrennlich. Der Rotschopf wohnte wie auch der Lehrling noch bei seinen Eltern, hatte aber fest vor, baldmöglichst in eine eigene Wohnung zu ziehen.

Nicole suchte die Hand des Lehrlings und legte sie sich auf die Brust, die heute ein durchsichtiger schwarzer BH zierte. Er streichelte ihre Rundungen, ihren Hals, ihr Haar. Sie hörte seinen Atem und spürte seine schlanken, zittrigen Hände. Der Rotschopf hielt sich an seiner Colaflasche fest. Nicole streckte sich zwischen den beiden aus. Sie genoss die geilen Blicke, die ihren Körper betatschten, und sah den Rotschopf an.

»Machst du Judo?«, fragte sie.

Er bejahte verblüfft.

»Ich sehe es an deinen Muskeln«, sagte Nicole. »Judo hab ich früher auch mal gemacht. Welcher Gürtel?«

»Blau«, entgegnete der Rotschopf, und sein Gesichtsausdruck verlor alles Kindliche und wurde ernst und bedeutungsschwer. »Ich bereite mich auf den braunen vor.«

»Nicht schlecht, ich hab's nur bis Gelb geschafft«, sagte Nicole. »Hast du denn schon mal mit einer Frau geschlafen?«

Der Rotschopf wurde wieder rot, wand sich schüchtern unter Nicoles Frage und schüttelte den Kopf.

»Willst du erst mal zuschauen?«

Er zuckte mit den Schultern, suchte den Blick seines Freundes und nickte dann unsicher. Der ständige Wechsel zwischen Coolness und Naivität, zwischen Staunen und Abgeklärtheit, zwischen Mann und Kind berührte Nicole seltsam. Die beiden Jungs suchten noch nach ihren Rollen, doch würden sie diese, mutig und klug wie sie waren, bald finden. Nicole verscheuchte die mütterlichen Gefühle und stand auf.

»Wollen wir ihm zeigen, was wir manchmal zusammen machen?«, fragte sie den Lehrling.

»Lektion eins«, erwiderte er und kostete grinsend seinen Erfahrungsvorteil aus, doch verrieten seine roten Ohren, dass er bluffte. Der Rotschopf grinste dämlich mit. Sicher hatte der Lehrling ihm von seinen Abenteuern in der Hotelküche berichtet. Nun benahm er sich etwas zu forsch, wollte seinem Freund imponieren, was eine träge Geilheit in Nicole entfachte. Sie zog die Jeans aus; der schwarze String ließ den Arsch frei, und der Rotschopf saugte sich mit Blicken an ihm fest.

Der Lehrling entkleidete sich eifrig und präsentierte Nicole seinen makellosen Körper mit einem mächtigen Schwanz, der aus dem Bund der Unterhose hervorlugte in Richtung Zimmerdecke. Ein prächtiges Teil, dessen Größe Nicole wieder einmal beeindruckte. Sie kniete sich davor nieder und achtete darauf, dass der Rotschopf ihre Hinteransicht ins Visier bekam. Sie spielte ein wenig an dem zarthäutigen Prügel. Wieder schien der Junge das Anhängsel seines Schwanzes zu sein, der eigenen Geilheit ausgeliefert. Er stand da wie ein Schüler vor der Klasse, peinlich erregt, wusste nicht, wohin er schauen sollte, und seine schmalen Hände hingen wie Fremdkörper an ihm herab. Nicole schob den Bund der Unterhose herunter, strich mit einem Finger langsam über den Schwanz bis zum Schaft und wieder hinauf zur empfindlichen Kuppe, die sie schließlich küsste und kurz in den Mund nahm. Damit er nicht gleich abspritzte, legte sie sich aufs Bett zurück; der Lehrling, aus der hilflosen Position erlöst, lag im Nu neben ihr und befingerte ungeduldig ihren Körper. Im Schnellverfahren wanderte seine Hand unter ihren String, bohrte sich ein Finger in ihre Möse. Nicole seufzte, öffnete die Schenkel und sah den Rotschopf an, dessen Gesichtsfarbe sich für ein dauerhaftes Rot entschieden hatte.

»Schau genau hin«, sagte Nicole, was überflüssig war, denn genauer als der Rotschopf es tat, konnte man nicht hinschauen.

Nicole ließ sich streicheln und küssen, die Titten kneten und die Taille umfassen, und als sie den Lehrling mit einem Bein einlud, auf sie zu steigen, zerrte er ihr den Tanga vom Leib, schmiss ihn in die Luft, schwang sich über sie und stieß seinen Schwanz mit Wucht in sie. Nicole schauderte, der Lehrling rammelte, der Rotschopf starrte durch seine Brillengläser wie ein besoffenes Insekt, und da sie zu faul war, den Lehrling aufzuhalten, ihn zur Ruhe zu ermahnen, winkelte sie die Beine an, drückte die Fersen in seinen Arsch und presste ihn damit heftig und tief in sich, einmal, zweimal, dreimal. Er spritzte ab. Nicole sah seine zusammengekniffenen Augen, den Schweißfilm auf der Stirn, die Nasenflügel, die sich wie Nüstern blähten. Sie betastete seine glatten, muskulösen Oberarme, die er durchdrückte, um nicht auf Nicole niederzuplumpsen.

»Das war der Klassiker«, erklärte Nicole lachend dem Rotschopf, der sich die ausgetrockneten Lippen leckte, »allerdings im Zeitraffer.«

Der Lehrling wälzte sich etwas verstört von ihrem Körper und versuchte, zu Atem zu kommen. Er wusste selbst nicht, warum schon alles vorbei war. Sie kraulte ihm den Nacken, wobei sie den Rotschopf nicht aus den Augen ließ. Sie sah im Halbdunkel seinen Körper, der reglos am Fußende hockte.

»Willst du das auch haben?«, fragte sie leise.

Sein Blick huschte zum keuchenden Lehrling. Dann nickte er zaghaft.

»Steht dein Schwanz schon?«

Er nickte wieder.

»Schon lange? Klopft er dir in der Hose, dass du nicht weißt, wie du sitzen sollst?«

Er nickte zum dritten Mal.

»Pack ihn jetzt aus, deinen harten Schwanz.«

Der Rotschopf stand umständlich von der Bettkante auf und zerrte an seiner Hose herum, die sich wie ein Zelt beulte, von seiner dicken Stange aufgespannt.

Er hielt inne, sah hilfesuchend zum Lehrling.

»Mach, was sie sagt«, sagte der und lächelte zufrieden.

Als der Rotschopf die Hose ablegte, spannte die Stange die Unterhose wie ein Innenzelt.

»Zieh dich aus«, forderte Nicole ihn auf, während sie dem Lehrling ins Haar fasste. »Dann sind wir alle nackt.«

Der Rotschopf befolgte Nicoles Anweisungen. Sie kam allmählich in Fahrt.

»Komm her«, sagte sie, »ich will dich anschauen.«

Der gedrungene Leib, weißhäutig und an Schultern und Oberschenkeln von Sommersprossen übersät, war robuster als der gazellenartige Körper des Lehrlings. Feuerrot kräuselten sich die Schamhaare, und auch auf der Brust sprossen bereits einzelne rote Haare wie Borsten. Nicole berührte vorsichtig den Schwanz. Der Rotschopf zitterte. Er würde demnächst in Ohnmacht fallen, wenn Nicole ihn nicht rettete.

»Leg dich hin.«

Der Lehrling stand auf und machte Platz für seinen Freund. Der Rotschopf kam auf dem Rücken zu liegen, und Nicole kniete sich neben ihn. Sie strich sanft über die Körperpartien, von den Schienbeinen über die Knie hinauf zu den Lenden. Den Schwanz ließ sie aus; der Junge stand unmittelbar vor der Explosion. Sie berührte den Bauch, dessen Decke sich anspannte, die Brust, deren Warzen fest wie Pfefferkörner waren, die breiten, von Muskeln gerundeten Schultern, den kurzen, kräftigen Hals. Sie nahm dem Rotschopf die Brille ab, streichelte sein Gesicht, in dem sich mehr Bartstoppeln fanden als beim Lehrling.

»Psst«, machte sie, um ihn zu beruhigen, fuhr ihm über die Augen, die so viel Neues gesehen hatten, damit er sie schloss.

Seine Lider zuckten. Die Hände hielt er brav an die nicht vorhandenen Hosennähte; wie ein kleiner Soldat lag er da, in die Horizontale gekippt, nur der enorme Schwanz stand in die Höhe, ein Widerhaken in der flach dahinfließenden Landschaft. Der Lehrling hatte sich auf einen Stuhl in der Ecke des Zimmers gesetzt; nackt saß er da, mit geöffneten Schenkeln und mit einem immer noch oder schon wieder aufgerichteten Schwanz. Der Lehrling beäugte das Schauspiel. Nicole und er warfen sich einen Blick zu, als Nicole sich verkehrt herum auf den Bauch des Rotschopfs setzte wie auf einen Gaul, so dass er ihren Arsch genau vor dem Gesicht hatte. Der Leib unter ihr vibrierte. Ihren Schenkeln und ihrer Möse, aus der der heiße Saft des Lehrlings direkt auf den Bauch seines Freundes lief, gefiel das sehr. Sie konnte fühlen, wie sein Herz pochte.

Sie sah den Schwanz des Lehrlings, sie sah den Schwanz des Rotschopfs, der sich ihr entgegenstreckte. Nicole fand die doppelte Potenz, die ihr buchstäblich zur freien Verfügung stand, über alle Maßen geil.

»Fass mich an.«

Der Rotschopf hob die Hände und fuhr ihr damit zaghaft über den Rücken.

»Fester, grapsch mir an den Arsch!«, sagte Nicole und schob ihm ihre zwei prallen Backen dicht vor die Nase. Mit dem Mut des Verzweifelten langte der Rotschopf zu, griff Nicole an die Hüften, trieb die Arschbacken wie Kugeln auf und nieder, und ehe sie es sich versah, stieß er sie von sich, drehte sich in größter Not zur Seite, jede Menge Sperma schoss vor Nicoles Augen durch die Luft, traf das Laken, landete auf der Bettdecke, eine saftige Schweinerei.

»Hoppla!«, rief Nicole und lachte, als sie hinter sich einen gequälten Ton des Bedauerns hörte, sah den Lehrling an, der mehr auf dem Stuhl lag als saß, seinen Schwanz umfasst hielt und das Geschehen amüsiert verfolgte. Bis vor fünf Tagen war er noch der blutige Anfänger gewesen, heute aber benahm er sich wie ein alter Hase.

Sie gab den Körper des Rotschopfs gänzlich frei, der sich wie ein Hund mit schlechtem Gewissen trollte und das Bett räumte.

»Ist nicht schlimm«, sagte Nicole zum Trost, »deinem Freund ist es am Anfang auch passiert.«

Der Rotschopf sah zu Boden. Er war sehr durcheinander. Nicole sah den Lehrling an, der aufstand und bereit für die zweite Runde war.

Er kam zu Nicole ins Bett, küsste sie, blieb mit der Hand an ihrem Busen hängen.

»Wie willst du es?«, fragte Nicole.

»Von hinten? Wie neulich?«, fragte der Lehrling.

»Das hat dir gefallen, was?«

Nicole griff ihm fest in die schwarzen Haare.

»Zuerst bist du dran«, sagte der Lehrling, und seine Stimme klang zum ersten Mal, als sei sie schon immer so tief gewesen.

»Das finde ich, ehrlich gesagt, auch«, entgegnete Nicole und legte sich den Lehrling genauso zurecht wie zuvor den Rotschopf. Sie schwang sich verkehrt herum auf ihn, und unter ihren Schenkeln und ihrem Arsch spürte sie den schmalen, gelenkigen Körper. Der Lehrling strich ihr mit einem Finger die Wirbelsäule hinauf, sehr langsam, Wirbel für Wirbel. Nicole besah sich den Schwanz, rutschte über ihn und stieß ihn sich in die klitschnasse Möse. Der Lehrling hielt seine Lenden ganz still, als sie ihn zu reiten begann. Er wollte nicht denselben Fehler machen wie sein Freund und dachte wahrscheinlich an die dritten Zähne seiner Uroma, um sich zu bremsen. Nicole genoss den steifen Schwanz in sich, bog ihn gegen die Richtung, in die er strebte, was dem Lehrling den Saft abschnürte. Sie stützte sich auf seinen Fesseln ab, drückte seine Fersen in die Matratze, zwängte ihn mit ihren Schenkeln ein, rieb sich ausladend an ihm, und immer heftiger sauste ihr Arsch auf sein Becken nieder. Als sich die ersten Zeichen der Eruption zeigten, fraß sie sich mit Blicken am steifen Rohr des Rotschopfs fest, der auf dem Stuhl saß. Sie beschleunigte das Tempo bis zum Galopp, während sie auf das Genital starrte, das wie ein Mast aus dem roten Kraushaar ragte, sonderte kleine Quietschtöne ab. Dass sie den einen Schwanz berstend in sich fühlte, während sie den zweiten mit Blicken verschlang, brachte sie fast um den Verstand. Nicole schrie, der Lehrling ließ den Saft kommen. Ohne zu verschnaufen, stieg Nicole abrupt ab, warf sich neben ihm auf das Lager, mit dem Kopf zum Fußende. Ihr war heiß. Sie war erschöpft. Von wem welche Flüssigkeiten stammten, hätte sie nicht mehr sagen können. Der Lehrling rollte sich zur Seite. Nicole sah seinem Rücken an, wie schnell er atmete.

Der Rotschopf legte sich unaufgefordert zu ihnen ins Bett. Wie die Ölsardinen drängten sie sich aneinander; Nicole sah nach links auf die schönen Füße des Lehrlings, wandte sich dann rechts dem Rotschopf zu, der schon zu fingern begann, mit schwitzigen Händen ihre Brüste bearbeitete. Sie nahm ihn in den Arm.

»Jetzt küss mich erst«, hauchte sie, »hier am Hals, und hier, an den Brüsten.«

Seine feuchten Lippen saugten sich an Nicoles Schlüsselbein fest. Seine nasse Zunge wanderte zu ihren Brustwarzen. Sein Schnaufen dröhnte in ihren Ohren. Er hatte jegliche Scheu verloren. Er wollte auf seine Kosten kommen. Er riss sie an den Haaren. Was Verklemmung gewesen war, wurde roher Trieb.

»Mach das Licht aus«, sagte sie zum Lehrling, der die Leselampe ausknipste.

Es war stockfinster. Der Rotschopf tastete nach ihrer Möse, griff mit der flachen Hand ins Fleisch, kniff derb in die Weichteile. Er wollte eindringen, schnell und ruckartig waren seine Bewegungen. Nicole presste die Knie zusammen und verdrehte sich wie ein Gewinde. Den Unterleib zur Seite gerollt, winkelte sie ein Bein an. Hinter ihr kniete er jetzt, stützte sich auf ihrem Hüftknochen ab, drückte den Oberschenkel nach vorn, rammte ihr den Schwanz ins Loch. Niemand konnte niemanden mehr beobachten. Im Schutz der Finsternis schalteten sich die Kontrollinstanzen in den Hirnen ab. Nicole ließ es sich gefallen. Sie stöhnte und ächzte auf. Der Rotschopf bohrte, rammelte, fickte. An ihren Ohren spürte Nicole die Knie des Lehrlings. Seine Hände pressten ihre Schultern in die Matratze. Er beugte sich umgekehrt über sie, und sein Schwanz suchte ihren Mund. Sie öffnete ihn, leckte die Spitze seines Rohrs, ließ den Schwanz ein- und ausfahren, saugte mit Zunge und Lippen, achtete darauf, die Zähne nicht zu benutzen. Von zwei Seiten wurde Nicole bearbeitet, ein praller Hodensack schlug auf ihr Gesicht, Lenden peitschten gegen ihren Arsch, Saft floss ihr übers Kinn, überall Schwänze und Hände, hier ein Rücken, dort eine Wade, Stöße von überbordender Kraft. Sie verlor die Orientierung, wieder rissen Hände ihr Becken in die Höhe, dicht über ihrem Gesicht spürte sie, wie ein Schwanz gewichst wurde, zwei Finger spreizten ihre Spalte, eine Hand hielt ihr den Mund zu, als sie schrie, es klatschte und schmatzte und wackelte, grob fuhren Hände über ihren Bauch, schoben ihre Brüste zusammen, zwickten in die Nippel; Nicole wurde butterweich und gab sich keine Mühe herauszufinden, wer was tat oder wem was gehörte. Die Einzelteile flossen zusammen zu einem Wirrwarr aus Körpern, deren nutzloseste Teile die Köpfe waren. Ein Staffelstab fiel ihr ein, aus der Leichtathletik-AG, wo sie den Moment der Übergabe tausendmal geübt hatten, den abgegriffenen Staffelstab tausendmal überreicht, in Zeitlupe, um die Technik zu optimieren, in Echtzeit, im vollen Sprint. »Nicht an Tempo verlieren!«, hatte der Trainer gerufen, flutschen müsse das, flutschen, wenn der hölzerne Knüppel den Träger wechsle. Den Stab zu empfangen war ebenso schwer wie ihn abzugeben, doch wer fleißig übte, dem gelang es schließlich auch, ohne Einbußen, ohne Verluste. Dann erschien ein weiterer Trainer vor Nicoles innerem Auge, Christian, der Co-Trainer beim Judo, der ihr damals im Trainingslager so erfahren und erwachsen vorgekommen war, allwissend und selbstsicher, dessen Schwanz sich erst gegen die Schlafanzughose und dann gegen ihre verschlossene, jungfräuliche Möse gedrückt hatte. Dabei war Christian doch nicht viel älter als die beiden Freunde gewesen, die es ihr hier kräftig besorgten. Er hatte keine Ahnung gehabt, damals, im Zwölfbettzimmer mit den angespannt lauschenden, wichsenden Jungs. Auch Nicole hatte keine Ahnung gehabt damals. Jetzt war sie glücklich über den Anschluss an ihre früheste Jugend, stolz auf ihr Vermögen, zwei pubertierende Kerle zur Raserei zu bringen, und während Hände, Lippen, Kniescheiben, Herzen, Schwänze, Finger sie von allen Seiten bedrängten, ließ Nicole sich pflügen in totaler Finsternis, willenlos wie eine Gummipuppe. Hätte sie die wilde Bolzerei nicht selbst organisiert, man hätte sie glatt für eine Vergewaltigung halten können.

Irgendwann hielt sie zwei erledigte Schwänze in den Händen, und sie wunderte sich sehr, dass ihr das nicht früher eingefallen war: Sie hatte genau zwei Hände für genau zwei Schwänze, eine einfache Rechenaufgabe. Die Jungs waren leer gepumpt und schlapp. Schwer lagen ihre Beine und Arme kreuz und quer übereinander, schwer ging ihr Atem, und bleiern sanken Nicoles Gliedmaßen zwischen allem in die Tiefe. Das schmale Bett ein feucht dampfendes Nest, eine dunkle Höhle, darin drei müde, verschwitzte Murmeltiere, ineinander verknotet gaben sie sich Wärme und Wärme und noch mehr Wärme …

Sie erwachte. Ihr linker Arm war eingeschlafen. Sie zog ihn unter einem Rücken hervor. Der Arm kribbelte, und langsam floss das Blut wieder durch die Adern. Von Nicoles Bewegungen erwachten auch die Jungs. Träge wälzten sie sich aus der unbequemen Haltung, knurrten und schnieften, sortierten die Leiber. Ein Sekundenschläfchen hatten alle drei gehalten, kurz und leicht, weggesackt nach einer kleinen Orgie. Nicole schälte sich aus den Kissen, suchte nach dem Schalter der Leselampe und knipste sie an.

Mit dem Licht nahmen auch die Kontrollinstanzen in den jugendlichen Köpfen ihre Arbeit wieder auf. Die Jungs räusperten und schüttelten sich, als wollten sie etwas loswerden. Eine peinliche Stimmung machte sich breit. Sie wagten nicht, Nicole ins Gesicht zu sehen, suchten verdruckst ihre Klamotten zusammen, stiegen in ihre Jeans, fummelten die Socken unter dem Bett hervor. Der Rotschopf suchte seine Brille. Nicole gab sie ihm. Die hier bis eben getobt hatten, mussten zwei andere gewesen sein.

»Wollt ihr duschen?«, fragte Nicole.

Die Jungs schüttelten einhellig die Köpfe.

»Durst«, sagte der Lehrling und strich sich das Hemd glatt.

Beide gingen ins Bad und soffen wie Hunde aus dem Wasserhahn. Nicole hörte sie schlabbern und prusten. Sie zog sich das Flanellhemd über den verklebten Körper und knöpfte es nachlässig zu. Mit nassen Gesichtern und zerstrubbelten Haaren kamen die Jungs zurück.

»Du hast eine Freundin, stimmt's?«, sagte Nicole.

Der Lehrling erschrak für einen kurzen Moment. Die tiefbraunen Augen flackerten wieder. Er rang um eine Antwort, fand aber keine.

»Du bist zumindest verliebt, oder?«, hakte Nicole nach.

»Schwer verliebt«, antwortete der Rotschopf mit sachlicher Bestimmtheit, als nenne er den Befund eines Experiments im Physikunterricht. Der Rotschopf sprang seinem in den Gefühlsstürmen der ersten Liebe gefangenen Freund helfend bei. Ein feiner Zug, fand Nicole.

Sie strich dem Lehrling flüchtig über die Wange.

»Sei lieb zu ihr«, sagte sie, »und zuerst ein bisschen vorsichtig. Du weißt ja, wie es geht.«

Der Lehrling nickte ergeben und blickte zu Boden. Nicole sah, dass er nach Worten suchte, ihr die ganze Kompliziertheit seiner Lage schildern wollte. Doch ihm gelang kein Anfang. Sie hätte es auch nicht genauer wissen wollen.

»Und du?«, fragte Nicole den Rotschopf. »Bist du auch verliebt?«

Die Gesichtsfarbe, die eben auf dem Wege gewesen war, sich zu normalisieren, entflammte wieder dunkelrot. Der Rotschopf schluckte.

»In dich«, erwiderte er mit schwacher Stimme.

Nicole lachte auf und streichelte die Wange des Rotschopfs, um ihm zu zeigen, dass sie ihn nicht auslachte. Er wand sich schüchtern unter der Berührung.

»Das verwechselst du«, sagte Nicole sanft.

Der Rotschopf sagte nichts mehr. Ihm war alles sichtlich unangenehm. Die Freunde wandten sich zum Gehen.

»Danke«, sagten sie im Chor und gaben Nicole zum Abschied die Hand, brav wie Konfirmanden.

Es hätte nicht viel gefehlt, und sie hätten Nicole gesiezt wie eine Lehrerin, die sie zwecks Nachhilfe zum Hausbesuch empfangen hatte. Der Lehrling sah traurig aus, der Rotschopf verstört. Immer wieder suchte er Nicoles Blick, dem er, wenn sie ihn erwiderte, nicht standhalten konnte.

Nicole blieb in der Tür des Hotelzimmers stehen, verschränkte die Arme vor der Brust, lehnte sich an den Rahmen und rieb einen Fuß am anderen. Sie sah den Jungs nach, die sich im langen Flur entfernten. Stumm gingen sie nebeneinander her. Die Schultern des Lehrlings hingen ein wenig nach vorn; der Rotschopf hatte einen federnden Gang. Da liefen sie, der angehende Koch und der angehende Steuerfachgehilfe, unzertrennlich seit Kindertagen. Freundschaft, dachte Nicole, ist schön. Kurz bevor sie um die Ecke bogen, drehte sich der Rotschopf noch einmal um. Er hob die Hand zum Gruß, langsam und unsicher. Nicole winkte lachend zurück. Ein kurzer Austausch, der bedeutete, dass sie sich wiedersehen würden. Der Rotschopf hatte schließlich noch einige Lektionen nötig. Der Lehrling schaute sich nicht um. Beide verschwanden in Richtung des Fahrstuhls. Nicole sah in den leeren Flur. Der Lehrling, warum war er bedrückt? Weil seine Zeit mit Nicole an ihr Ende gelangt war, an ein von ihm selbst ausgerufenes Ende. Er hatte ein Mädchen kennengelernt und sich verliebt. Er wollte seine Erfahrungen anwenden und mit dem Mädchen neue machen. Er spürte den Lauf der Zeit. Das Kommen und Gehen. Er war dabei, erwachsen zu werden.

Nicole seufzte. Sie registrierte, dass ihr die Knochen weh taten. Ein klarer Fall von Überbeanspruchung, den ein heißes Bad mildern könnte. Sie hörte ein Husten. Vom Fahrstuhl her kam ein älteres Ehepaar um die Ecke. Nicole sah ihnen neugierig entgegen. Die dicke Frau trug einen mächtigen, spitzen Busen wie aus Stein vor sich her. Der Mann lief ein Stück hinter ihr, ein dürrer, schlaksiger Kerl, dessen Schuhe bei jedem Schritt über die Auslegware schlurften. Ihre Gesichter sahen dumpf aus. Nicole stellte die Diagnose: Hier kamen zwei seit Jahren und Jahrzehnten unbenutzte Körper angelaufen, die keinerlei Anziehung mehr aufeinander ausübten. Dieses Paar hatte den Sex vor langer Zeit abgeschafft.

Ein Schwall von Puffgeruch strömte aus dem Zimmer in Nicoles Nase. So roch es in Internatsschlafsälen oder Sportumkleiden. Während sie sich vom etwas obszönen Duft umwehen ließ, schaute sie das Ehepaar lächelnd an. Als die Frau Nicoles schlampige Aufmachung bemerkte, die zerzausten Haare, die nackten Beine, die aus dem Flanellhemd schauten, richtete sie den entrüsteten Blick verbissen auf ein nicht erkennbares Ziel, das irgendwo in der Ferne liegen musste. Nicole grinste und spürte einen warmen Rest Sperma, der an ihrem linken Innenschenkel hinunterlief.

»Ich glaube, ich werd dann mal lüften«, sagte sie, als das Paar ihre Tür passierte.

Die Frau beschleunigte den Schritt, der Mann schlurfte eilig hinterdrein.

»Schönen Abend!«, rief Nicole und sah ihnen nach, ein trauriger und zugleich komischer Anblick.

Ob sie in Fulda Urlaub machten? Bildungsurlaub? Dom, Schlosshotel, Altstadt? Es wäre ihnen zuzutrauen. Sie blieben vor einem Zimmer am Ende des Flurs stehen und beeilten sich, darin zu verschwinden.

Der Professor fiel ihr wieder ein. Die SMS von D., die sie erst vor ein paar Stunden im Führerstand umgehauen hatte. Sie würde den Professor vermissen. Seine bitteren Flüche. Seine gekrähten Befehle. Seine fürchterliche Wortkargheit. Den klobigen Schreibtisch, hinter dem er im dunkelroten Morgenmantel saß, inmitten eines Bühnenbilds aus einem anderen Jahrhundert. Nicole würde auch die Geschichten vermissen, die sie sich über den Professor ausgedacht hatte, den Quell ihrer Fantasien. Sie würde sogar den Widerwillen vermissen, den sie vor jedem Besuch hatte überwinden müssen. Dass sie den Professor niemals wiedersehen würde, konnte sich Nicole nicht vorstellen. Sie würde noch lange an ihn denken, wieder und wieder die Erinnerung wie einen Film in ihrem Kopf abspulen. Die Alten gehen, dachte sie, die Jungen kommen.

Noch immer stand Nicole im Türrahmen, auf der Schwelle des Zimmers sechshunderteinundzwanzig in ihrem Nullachtfünfzehn-Stammhotel in Fulda und konnte sich nicht entschließen hineinzugehen. Sie stellte sich den Rotschopf vor, seine gedrungene Gestalt, seinen federnden Gang, seinen rot umlockten Schwanz, die weiße Haut, die lüsternen und zugleich fliehenden Augen hinter der Brille, den fast brutalen Willen, sie zu ficken. Den vor Erregung zitternden Körper eines ehrgeizigen, siebzehnjährigen Judokas. Vielleicht würde er bald den braunen Gürtel tragen. Vielleicht würde er ihr diesen Gürtel eng um die Taille schnüren und sie am Zügel halten. Die Aussicht auf den Rotschopf tröstete Nicole. Sie hatte ihn wach geküsst. Die Alten gingen, die Jungen kamen. Die Übergabe des Staffelstabs war geglückt.

Karlsruhe/Montag/17.00 = = = Karlsruhe/Dienstag/01.11

Nicole musste auf offener Strecke halten und warten. Nach einer halben Stunde endlich nannte das Stellwerk ihr wenigstens den Grund: Ein ICE stand auf einem vor ihr liegenden Streckenabschnitt und kam nicht vom Fleck. Technische Probleme, hieß es nichtssagend. Nicole fluchte. Es sah so aus, als würde sie den Termin im Hotel *Gutmann* verpassen. Nach achtzig Minuten Stillstand rollte der Verkehr wieder. Den Stau, den der ICE auf der hochfrequentierten Strecke verursacht hatte, stellte sich Nicole lieber nicht vor. Sie erreichte Karlsruhe kurz vor halb sieben. Sie sprang aus der Lok, rannte über den Güterbahnhof, schwang sich in ein Taxi. Sie trieb den Fahrer an und versprach ihm ein großzügiges Trinkgeld. Nach einem Zwischenstopp im *Ibis*-Hotel, wo Nicole den Rucksack an der Rezeption abgab, düste das Taxi weiter in Richtung Stadtrand.

Das Hotel *Gutmann*, ein imperiales Gebäude aus den zwanziger Jahren, erweckte den Eindruck, als hätte es längst aufgekauft sein und einer der großen Ketten zugehören müssen. Es wirkte seltsam fremd in der Gegend, stand wie eine epochale Fehlbesetzung zwischen einem Wertstoffhof und einem Getränkegroßhandel. Punkt neunzehn Uhr eilte Nicole am Hoteldiener vorbei durch die Drehtür über den roten Teppich in die Halle und musste erst einmal bremsen. Sie spürte, dass die Uhren hier anders tickten. Langsamer. Würdevoller. Gemessenen Schritts ging sie weiter und atmete tief durch. Neben dem langen und hohen Empfangstresen aus dunklem Holz prangte eine kostbare Standuhr, ein Erbstück womöglich, deren goldenes Pendel hinter Glas bedächtig ausschlug. An der Rückwand des Tresens war ein Messingschild auf der violetten Velourstapete angebracht, dem Nicole entnahm, dass das Hotel ein seit nunmehr vier Generationen familiengeführtes Etablissement war. Nicole fragte sich, wie Familie Gutmann ihr Hotel durch die Zeiten gebracht hatte. Brennender interessierte sie jedoch, was Richard mit diesem Hotel verband. Es machte einen gediegenen Eindruck, widerstand allen Moden und Trends, und wer es betrat, den beschlich ein nicht näher erklärbares Wohlgefühl. Oder galt dies nur für Nicole, weil eine – wie auch immer geartete – Begegnung mit Richard bevorstand?

Sie sah auf das hölzerne Schlüsselbord, das mit seinen gedrechselten Verzierungen einem riesigen, altertümlichen Setzkasten glich. In manchen Fächern hingen Schlüssel an schweren Messingglocken, in anderen lagen Kuverts, diskrete Mitteilungen für Gäste. Nicole nannte ihren Namen. Zwei freundliche Herren mittleren Alters, beide in weißen Hemden und schwarzen Anzugwesten, waren ihr zu Diensten. Der eine blätterte in einem dicken Buch, zeigte mit dem Finger auf eine Zeile, der andere nickte kaum merklich.

»Frau Bosch, Sie werden erwartet«, sagte er ruhig. »Möchten Sie einen Moment Platz nehmen?«

Nicole bejahte. Sie bekam weder einen Schlüssel noch ein Kuvert. Kein Zimmer, keine Nachricht. Der Herr lief langsam um den Tresen herum und fragte, ob sie ablegen wolle.

»Nein, danke«, entgegnete Nicole und nannte als Grund die Kälte, die ihr noch in den Gliedern stecke, obwohl ihr von der Hetzerei, die sie hinter sich hatte, sehr warm war. Doch riet ihr der Instinkt, alle Sachen bei sich zu behalten für den unwahrscheinlichen, aber nicht ausgeschlossenen Fall, dass eine Flucht nötig wurde.

Der Herr geleitete sie durch die Halle in einen etwas abseits gelegenen Teil.

Vor einer Sitzgruppe aus schweren, abgewetzten Ledersesseln blieb er stehen.

Ein violetter Teppich, passend zur Velourstapete, dämpfte Schritte und Geräusche. Im Kamin flackerte ein Feuer, davor lag ein zotteliges, schwarz-weiß geflecktes Fell. Auf dem flachen, dunklen Holztisch ein paar Zeitschriften, Magazine, Wirtschaftsblätter und eine weiß blühende Erika im robusten Tontopf.

»Darf ich Ihnen etwas zu trinken bringen?«, fragte der Herr. »Vielleicht einen Tee? Damit Ihnen warm wird?«

»O ja, einen Jasmintee bitte«, erwiderte Nicole.

Der Herr nickte und entfernte sich.

Nicole entschied sich für den Sessel, der schräg neben dem Kamin stand. Sie ließ sich hineinsinken, rutschte auf dem glatten Leder beinahe in die Horizontale und zog sich an den breiten Armlehnen hinauf in eine schickliche Haltung. Sie hatte die Halle gut im Blick, ohne selbst auf dem Präsentierteller zu sitzen, und konnte auch das Feuer sehen. Der Masseur fiel ihr ein, die rot schimmernden Paravents im duftenden Reich, die medizinischen Utensilien, die weiße Kanne und die Teelichte. Dem Masseur hatte sie den plötzlichen Wunsch nach Jasmintee zu verdanken. Die Gedanken an die enge weiße Kleidung, an die solariumgebräunte Haut, an die gegelte Haarsträhne, die ihm in die hohe Stirn gefallen war, verscheuchte sie.

Ihr wurde trotzdem heiß; sie zog die Jacke aus und machte es sich im Sessel bequem. Im Schutz einer bauchigen Bodenvase mit Zweigen voll buntem Herbstlaub ließ sie den Blick durch die Halle schweifen. Die Gäste, die sie durchquerten, sahen erholt aus. Kein hektisches Business-Gerenne, keine lauten Stimmen. Was für Leute verkehrten hier? Eine Gruppe plaudernder Frauen flanierte vorüber, ein junges Paar, einzelne Männer. Verbrachten sie ihren Urlaub an diesem Ort? Mitten im November? Oder kurten sie? Führten die Geschäfte sie nach Karlsruhe? Nicole konnte sich keinen rechten Reim auf die Klientel des Hotels *Gutmann* machen. Keine Kinder, keine Tiere, das fiel ihr auf.

Der freundliche Herr brachte den Tee auf einem ovalen Silbertablett. Nicole bedankte sich. Sie sah auf die Uhr. Zehn nach sieben. Ließ Richard sie hängen? Was hatte er mit ihr vor? War sie am falschen Ort? Zur falschen Zeit? Nein, sie werde erwartet, hatten die Herren am Empfang bestätigt. Der geheimnisvolle Termin war sogar schriftlich vermerkt worden.

Sie nahm das Sieb aus dem Kännchen, goss sich Tee in die Tasse und rührte ein Stückchen Kandiszucker hinein. Sie nahm ein paar Schlucke, die wohltuend durch ihre Kehle rannen. Nicole hielt nach Richard Ausschau. Er hatte gesagt, er werde da sein, aber er werde sie nicht kennen. Und auch Nicole durfte ihn nicht kennen. Mehr wusste sie nicht. Er konnte jeden Moment um die Ecke biegen. Sollte sie dann wegschauen? Ihn übersehen, ignorieren, wie Luft behandeln? Doch warum? Nicole hatte keine Ahnung, was ihr bevorstand. Sie konnte nichts weiter tun, als zu warten und ihm zu vertrauen.

Ihr Blick fiel auf eine Hotelangestellte, die sich am hölzernen Geländer der Freitreppe zu schaffen machte. Eine schöne Treppe, alt und majestätisch, deren Fuß in eine geschwungene Breite wuchs, wellengleich ausuferte, wie eine Zunge in die Hotelhalle leckte. Wer diese Treppe hinaufstieg, straffte automatisch den Rücken, hielt den Kopf aufrecht und konnte nicht anders, als zu schreiten. Die Hotelangestellte, ein Zimmermädchen vermutlich, trug ein eng geschnürtes, dirndlähnliches Kleid, die Dienstuniform. Sie wienerte die zierlichen Streben des Geländers einzeln blank und war mit großer Sorgfalt bei der Sache. Konzentriert bearbeitete sie die Rillen und Erhebungen des Holzes, ging von oben nach unten vor, stand auf, bückte sich, kauerte sich hin. Nicole betrachtete ihr Hinterteil, das sich rund und prall unter dem Kleid abzeichnete. Jedes Mal, wenn die Hotelangestellte eine Stufe hinabstieg, um das Procedere zu wiederholen, drehte sie sich zur Seite, und Nicole konnte das weit ausgeschnittene Dekolleté sehen, die glatte weiße Haut, die Spalte zwischen den zusammengedrückten Brüsten. Das junge Mädchen besaß eine enorme Oberweite, die durch die eng geschnürte Taille des Dirndls noch größer erschien. Der Anwalt würde dahinschmelzen, wenn er sehen könnte, was Nicole gerade sah. Er würde, je strenger er sich den Blick auf die Brüste verbot, umso gieriger darauf werden. Nicole stellte sich vor, wie das Zimmermädchen sich im Dirndl auf ein Bett legte, auf den Rücken, den Kopf über den Bettrand nach unten hängen ließ, während der Anwalt breitbeinig über ihr stand und ihr seinen tittenfixierten Schwanz ins Dekolleté jagte. Nicole überlegte, ob es eine Möglichkeit gab, den Anwalt in den Genuss dieses unerhört straffen, riesigen Busens kommen zu lassen. Sollte sie ihm beim nächsten Treffen einen Tipp geben? Ihn zu einer Dienstreise nach Karlsruhe animieren? Das Zimmermädchen war am Fuße der Treppe angelangt. Nicole bedauerte, dass es mit Eimer und Lappen um die Ecke verschwand. Sie hatte schon öfter festgestellt, dass Menschen, die selbstvergessen in eine Arbeit vertieft waren, ungeheuer sexy wirkten. Sie hatten kein Bewusstsein für ihre Ausstrahlung, alle Aufmerksamkeit floss ins Gelingen der Arbeit; schutzlos waren sie dabei den Blicken anderer ausgeliefert, ohne davon Notiz zu nehmen. Nicole trank den Tee aus und schaute wieder auf die Uhr. Gleich halb acht. Sie blickte sich um. Niemand beachtete sie, die abseits in der Kaminecke saß, reglos im Ledersessel versunken. Sie wurde wieder nervös. Sollte sie zum Empfangstresen gehen und nach Richard fragen? Ob die Herren mehr wussten als sie? Ob sie wussten, was Nicole erwartete? Wozu hatte sie die Hetzerei auf sich genommen, wenn sie jetzt seit einer halben Stunde herumsaß? Nicole war dabei, sauer zu werden. Verschaukelte Richard sie? Oder gehörte es schon zum Spiel, dass er sie zappeln ließ? Aber zu welchem Spiel? Und was, wenn Richards geheimer Plan gar nicht Nicoles Wunsch entsprach? In dem Moment, als sie aufstehen wollte, um sich am Hoteltresen zu erkundigen, ob eine Nachricht für sie eingegangen war, sah sie ihren Gynäkologen neben dem Schirmständer im Eingangsbereich stehen, in ein ernstes Gespräch mit einem jüngeren Mann vertieft. Nicoles Puls begann zu rasen. Sie sank tiefer in den Sessel, schnappte sich eine der Zeitschriften vom Tisch und hielt sie sich aufgeschlagen vor das Gesicht. Was hatte der Gynäkologe hier zu suchen? Er gehörte nach Berlin in seine Praxis in der Wilhelmstraße. Dort sollte er gefälligst im weißen Kittel am Stuhl stehen, Frauen untersuchen und ihnen Pillen oder Antipilzsalben verschreiben. Sollte der Gynäkologe sie erkennen, würde das Nicole völlig aus dem Konzept bringen. Den jüngeren Mann, mit dem er so angeregt plauderte, kannte Nicole nicht. Ein Kollege? Ein Neffe? Ein Pharmazievertreter? Als sich die beiden zum Gehen wandten, stellte Nicole fest, dass sie sich getäuscht hatte. Er war es nicht. Es war ein fremder Mann, der dem Gynäkologen allerdings sehr ähnlich sah. Nicole ließ die Zeitschrift in den Schoß sinken. Sie atmete durch. Es war Viertel vor acht. Der Mut, zur Rezeption zu gehen und nach Richard zu fragen, hatte sie verlassen. Dass sie jemanden erkannte, der es dann gar nicht war, zeigte Nicole, wie unsicher sie sich fühlte, wenn sie das Geschehen nicht steuern konnte. Sie beschloss, das Hotel Punkt acht zu verlassen und der Warterei ein Ende zu setzen. Sie gab Richard noch genau fünfzehn Minuten.

Ein älterer Mann mit einem Cognacschwenker und einer verbundenen Hand näherte sich der Kaminecke. Nicole blickte wieder starr in ihre Zeitschrift.

»Guten Abend«, sagte der Mann höflich und setzte sich in einen Sessel, der dem Kamin zugewandt war.

Nicole nickte knapp zurück, hielt die Zeitschrift wie einen Schutzschild vor sich und beobachtete den Eindringling aus dem Augenwinkel. Er stellte den Cognacschwenker auf dem Tisch ab. Höchstens drei Meter trennten sie. Es störte sie, die Kaminecke mit jemandem teilen zu müssen. Oder sollte dieser Mann in Strickwestover und Cordhosen ein Entsandter Richards sein? Sein volles Haar lag in silbergrauen Wellen am Kopf. Er schaute in die Flamme und nahm einen Schluck Cognac. Er atmete hörbar. Wie alt mochte er sein? Siebzig? War er Stammgast hier? Wartete er auf jemanden? Nahm er bloß seinen allabendlichen Schlummertrunk? Der Mann drehte den Kopf zu Nicole und lächelte sie an. Zufrieden sah er aus, etwas blass. Sie lächelte zurück und sah wieder in die Zeitschrift. Ein Witwer, der sich langweilte? Er schien nicht vorzuhaben, Nicole in ein Gespräch zu verwickeln, jedenfalls nicht sofort. Ob er wusste, dass sie zum Warten verdammt war? Ob er darauf spekulierte, dass Nicole das erste Wort sprach? Oder litt er bloß unter Schlafstörungen und wollte sich an der Flamme müde schauen? Äußerlich wirkte er harmlos, ein gut betuchter Senior, der seinen Lebensabend genoss. Aber Nicole wusste doch, dass man den Männern selten ansah, wovon sie träumten. Wovon träumte dieser hier? Und was war mit seiner Hand geschehen?

Jemand tippte ihr auf die Schulter. Nicole fuhr herum und sprang auf. Eine kleine Frau im grauen Kostüm wich einen Schritt zurück und lächelte sie vorsichtig an.

»Verzeihen Sie, ich wollte Sie nicht erschrecken, Fräulein Mary«, sagte sie leise.

»Schon gut.«

Nicole sah verwirrt zu dem Herrn mit der verbundenen Hand. Er nickte der kleinen Frau höflich zu. Kannten sie sich? Wieso hatte die Frau Nicole Fräulein Mary genannt?

»Bitte folgen Sie mir«, forderte die kleine Frau sie auf. »Es ist alles vorbereitet.«

Nicole schwieg ratlos, schnappte ihre Sachen und ging der kleinen Frau nach, die auf hohen Absätzen über das Fischgrätparkett der Halle tippelte.

»Entschuldigung«, sagte Nicole, als sie den Fuß der Treppe passierten, »wie nannten Sie mich eben?«

Die kleine Frau blieb abrupt stehen und drehte sich erschrocken um.

»Fräulein Mary«, sagte sie mit ängstlichem Blick. »Der Tyrannus nannte mir Ihren Namen. Heißen Sie nicht so?«

»Doch.«

Sie liefen weiter. Hinter der Treppe führte ein Gang auf eine Tür zu. Die kleine Frau zückte ein Schlüsselbund und schloss sie auf. Sie durchquerten einen weiteren Gang, dann stiegen sie eine steinerne Treppe hinunter, viele hohe Stufen. Wieso führte diese überaus akkurate Person Nicole in den Keller? Gehörte sie mitsamt ihrer Schlüsselgewalt zum Hotel? Sie wirkte eher wie eine wissenschaftliche Mitarbeiterin. Wieder schloss die kleine Frau eine Tür auf, wieder rasselte das Schlüsselbund zwischen ihren flinken, gepflegten Fingerchen. Brachte die Frau Nicole ins Weinlager? In die

Küche? Sie bogen um Ecken. Sie ließen weitere Türen hinter sich, die in Nicoles Rücken leise in die Schlösser fielen. Die Gänge wurden länger, schmaler, schmuckloser. Gekalkte Wände, Rohrleitungen. Nicole sah Gießkannen aus Blech und Mistgabeln an den Wänden lehnen, eine Schubkarre, eine uralte, löchrige Zinkwanne. Es roch nach Erde. War das hier das Reich des Hotelgärtners? Aber das Hotel hatte doch gar keinen Garten. Oder doch? Schweigend liefen Nicole und die kleine Frau nebeneinander her. Ihre Absätze klackten auf dem Steinboden. Kalt war es hier unten, feucht und muffig. An der Seite der kleinen Frau geriet Nicole in ein unterirdisches Tunnelsystem, in dem sie die Orientierung verlor. Befanden sie sich überhaupt noch im Hotel? Oder bereits in einer benachbarten Bunkeranlage? Unter dem Wertstoffhof?

»Wir sind da«, sagte die kleine Frau.

Sie öffnete eine Tür und bat Nicole abzulegen. Hier war es wärmer, ein geheiztes Zimmerchen ohne Fenster, das einer Theatergarderobe ähnelte. Ein Sofa stand an der rechten Wand. Links ein Schminktisch mit einem von hell leuchtenden Glühlampen umkränzten Spiegel. Ein fahrbares Gestell, wie sie es aus Kaufhäusern kannte, war mit Kleidern auf Bügeln behängt. Sollte Nicole sich verkleiden und in einem Theaterstück mitspielen? Was dachte sich Richard? Sie war sich sicher, dass sie sich so etwas niemals gewünscht hatte.

Die kleine Frau wies Nicole an, in dem Lederstuhl auf Rädern, der Nicole an das Mobiliar eines Friseurs erinnerte und vor dem Schminktisch stand, Platz zu nehmen. Nicole gehorchte.

»Wünschen Sie ein Glas Champagner, Fräulein Mary?« Nicole sah ihr ins Gesicht. Sie suchte nach einer Erklärung für die seltsamen Vorgänge. Doch im Gesicht der kleinen Frau stand nichts geschrieben als eine undurchdringliche

Höflichkeit. Nicole wusste, dass sie nicht zu fragen brauchte. Sie würde keine Antwort bekommen. Sie schloss kurz die Augen. Als sie sie öffnete, sah sie sich im Spiegel an.

»Sehr gern«, hörte sie sich mit fester Stimme sagen, und der Mund gegenüber formte die Worte synchron.

Die kleine Frau hockte sich hinter der Tür vor einen Kühlschrank, der Nicole bis jetzt entgangen war. Sie hantierte herum und servierte ein langstieliges, gefülltes Glas, an dessen Innenwänden die Perlen emporsprudelten.

»Zum Wohl«, sagte die kleine Frau.

»Und Sie?«

Die kleine Frau trat einen Schritt zurück und senkte den Kopf. »Ich darf mich vorerst verabschieden.«

Sie nickte Nicole sanft zu und verließ das Zimmerchen. Nicole hörte, wie sich das Klacken der Absätze zügig entfernte.

Ihr wurde klar, dass sie in der Falle saß. Sie würde nicht ohne weiteres allein herausfinden aus diesem unterirdischen Labyrinth, und wenn sie es versuchte, würde sie an verschlossenen Türen rütteln und in Panik geraten. Sie hatte keine andere Wahl, als sich in einen Plan zu fügen, den sie nicht kannte: in Richards Plan. Sie trank einen Schluck. Dann prostete sie sich im Spiegel zu und leerte das Glas in einem Zug. Sie wollte aufstehen und einen Blick in die Wandschränke werfen, als sie Schritte hörte, wiederum auf hohen Absätzen, diesmal jedoch kräftig und resolut. Nicole fiel in den Lederstuhl zurück.

Die Frau, die nun erschien, trug ein enges sandfarbenes Kleid und war auffällig geschminkt und frisiert. Ihre Figur nannte man wohl vollschlank. Sie gab Nicole die Hand, die sich weich und warm anfühlte. Die Frau war Nicole auf Anhieb sympathisch. Vielleicht lag es daran, dass sie dem Alter nach Nicoles Mutter hätte sein können.

»Na, dann wollen wir Sie mal herrichten«, sagte die Frau fröhlich.

»Herrichten?«, fragte Nicole.

»Keine Sorge, Sie werden staunen.«

Sie suchte allerlei Töpfchen und kleine Werkzeuge aus den Wandschränken zusammen. Sie stellte sich hinter Nicole, sah sie im Spiegel an, strich ihr die blonden Fransen aus der Stirn und fing an, ihre Haare zu bürsten. Sie band sie streng nach hinten zu einem Knoten, den sie mit Klemmen flach drückte, und bändigte so auch die Strähnen am Haaransatz. Dann bat sie Nicole, die Augen zu schließen, und machte sich an ihrem Gesicht zu schaffen. Sie tupfte und wischte, puderte und pinselte, und manchmal, wenn sie Nicole bat, die Augen zu öffnen, sah Nicole in das Gesicht der Frau, sehr dicht vor ihrem eigenen. Sie spürte ihren Atem, der blumig roch. Die Nähe war ihr angenehm. Sie ließ sich die Berührungen gefallen. Die Zuwendung beruhigte sie. Es kitzelte hier und zwickte da. Die Frau arbeitete konzentriert und mit ruhiger Hand. Sie tänzelte um den Lederstuhl, beugte sich bald rechts, bald links über Nicole, die die Augen geschlossen hielt, um sich zu erholen, bis sie etwas wie eine Gummibadekappe über den Kopf gestülpt bekam.

»Jetzt schauen Sie mal«, bat die Frau.

Nicole blickte in den Spiegel. Eine Fremde sah sie an. Ein tiefschwarzer Pagenkopf mit schnurgeradem Pony und mildem Glanz auf dem Scheitel. Ein dunkelroter Kussmund, ein gepudertes Näschen und ein sehr heller Teint, eine vornehme Blässe, fast etwas zu blutarm, wenn nicht der rötliche Hauch gewesen wäre, der von den äußeren Enden der Jochbeine abwärts schimmerte. Silbergrauer Lidschatten glänzte bis unter die schwarz nachgezogenen Augenbrauen. Lange, gebogene Wimpern, dicht wie Gefieder, die jedes Zwinkern begleiteten wie Flügelschläge. Keine Poren, keine

Fältchen, keine Unebenheiten. Nicole sah sehr angemalt aus. Sie war maskiert. Sie musste lachen; die Fremde im Spiegel lachte mit.

»Gefällt es Ihnen?«, fragte die Frau.

»Sieht toll aus.«

»Wer blickt Sie da aus dem Spiegel an?«

Nicole zögerte kurz, dann antwortete sie: »Eine Edelhure.«

Die Frau nickte zufrieden. Nicole fasste Mut, als sie realisierte, dass die schwarzhaarige, stark geschminkte Person im Spiegel nichts mit ihr zu tun hatte. Die Maske, mochte sie noch so übertrieben wirken, schützte Nicole. Sie sah an sich herab auf das hellblaue Hemd und die ausgewaschenen Jeans, die sie trug.

»Allerdings hat jemand den falschen Körper an den Kopf geschraubt«, sagte Nicole.

Die Frau lachte vollmundig.

»Darum kümmern wir uns jetzt.«

Sie suchte in den Kleidern herum, die an dem fahrbaren Gestell hingen. Die Bügel kratzten über das Metall; die Stoffe wedelten federleicht hinterdrein. Die Frau hielt Nicole verschiedene Teile vor die Brust, ein strassbesetztes Fetzchen in Grün, einen regenbogenbunten Schlauch, der sich vielleicht zu einem durchsichtigen Ganzkörperanzug dehnen ließ.

»Alles zu schrill«, meinte die Frau, »das mag er nicht.«

»Wer?«, fragte Nicole.

»Der Tyrannus«, antwortete die Frau, ohne aufzusehen.

Nicole schluckte. Bestellte Richard sich öfter Frauen in dieses geheime Verlies, um sie herrichten zu lassen, wie die Frau es genannt hatte? Und sie, die fröhliche Vollschlanke, die zweifelsohne Routine hatte im Zurechtmachen von Frauen, war sie seine Assistentin, seine Vertraute? Auch seine Geliebte?

»Das machen wir anders«, sagte die Frau entschieden und hängte all die Fummel zurück an die Kleiderstange.

Sie verließ den Raum. Nicole hörte ihre Schritte, wieder rasselte ein Schlüsselbund. Als die Frau zurückkehrte, trug sie einen großen Kleidersack bei sich. Sie gab Nicole ein winziges schwarzes Stück, eine Art Negligé aus feinem, weichem Stoff. Man hätte es, wären nicht die gepolsterten Körbchen gewesen, in einer Hand zusammenknüllen können.

»Ziehen Sie das mal an.«

»Das ist viel zu kalt.«

»Warten Sie's ab.«

Nicole entkleidete sich zögerlich bis auf die nackte Haut. Sie schämte sich ein bisschen. Die Frau schmunzelte und verdrehte scherzhaft die Augen in Richtung Decke. Dann half sie ihr, das schwarze Fetzchen über den Perückenkopf zu bugsieren. Sie schloss den Verschluss zwischen Nicoles Schulterblättern, drehte sie zu sich um und rückte Nicoles Brüste in den Körbchen zurecht. Die Träger verliefen wie Fäden über die Schultern. Der transparente, kühle Stoff schmiegte sich locker an den Bauch und verdeckte kaum die Scham.

»Passt!«, rief die Frau erfreut.

Nicole stand mit nacktem Hintern und barfüßig im Zimmerchen. Sie klemmte die Knie zusammen und betrachtete sich im Spiegel. Die Fremde zitterte. Die Frau gab Nicole ein Miederhöschen, das sie dankbar und eilig anzog. Es packte den Hintern straff ein und erstreckte sich hinauf bis zum Bauchnabel. Nicole fühlte sich schon besser. Die Frau kramte in den unteren Fächern eines Wandschranks und stellte drei Paar Schuhe vor Nicole hin, allesamt sehr hochhackig und sehr spitz. Nicole probierte ein Paar, reckte automatisch den Rücken und den Hals und überragte die

Frau um geschätzte acht Zentimeter. Nicoles Haltung verwandelte sich ins Erhabene. Sie fror auch fast nicht mehr.

»Na bitte!«, rief die Frau.

Nicole probierte die zwei anderen Paare und entschied sich für rote Lackschuhe, die perfekt zum Lippenstift passten. Während sie ein wenig auf und ab stolzierte und an sich herabsah auf die knallroten High Heels, die weiße Haut ihrer Beine, das schwarze Fetzchen, durch das das Miederhöschen schien, öffnete die Frau den Kleidersack. Ein Pelzmantel kam zum Vorschein, in matten Weiß- und hellen Grautönen meliert, mit einem breiten Kragen, weiten Ärmeln und einem Umfang, der sich in Richtung des Saums ins Üppige steigerte.

»Ist der schön!«, entfuhr es Nicole.

Die Frau strich über das weiche Fell und seufzte.

»Ein edles Stück für eine edle Hure.«

Sie schaute Nicole an. In ihren Augen schien eine kleine Sehnsucht auf. Hatte sie den Pelz früher etwa selbst getragen? Als Hure? Für Richard?

Die Frau hielt Nicole den Mantel hin. Als sie hineinschlüpfte, hatte sie den Eindruck, nach Hause zu kommen. In das edle Stück gehüllt, dessen glattes Futter der Haut schmeichelte, hätte Nicole den Rest ihres Lebens verbringen wollen. Sie strich über das grau-weiße Fell.

»Kaninchen?«, fragte sie.

Die Frau lachte.

»Kaninchenfellimitat«, erwiderte sie, »wir wollen doch keinen Ärger mit den Tierschützern kriegen.«

Sie ging einmal ganz um Nicole herum, die den Mantel am Hals mit den Händen zuhielt und sich langsam in die entgegengesetzte Richtung drehte. Die Frau schien sehr zufrieden mit ihrem Werk.

»Wir zwei sind fertig«, sagte sie und gab Nicole wie zu

Beginn die warme, weiche Hand. »Sie werden gleich abgeholt. Ich wünsche Ihnen einen angenehmen Abend.«

Nicole hätte die Frau gern gefragt, was sie erwartete. Doch die hielt schon die Klinke in der Hand, zwinkerte Nicole zum Abschied zu und ging aus dem Raum.

Nicole staunte die Fremde im Spiegel an. Die Fremde stellte den Pelzkragen hoch, ließ das Kinn darin verschwinden, klapperte mit dem Wimperngefieder. Sie strich sich über den Leib, den das flauschige Fell wohlig umspielte. Nicole musste an die Karnevalskostüme ihrer Kindheit denken, an die Ritter und Piraten, an Helme und Kettenhemden, an Augenklappen und schwarz angemalte Schneidezähne. Wer hätte damals gedacht, dass sie sich mit zweiunddreißig noch immer verkleiden würde? Noch dazu als verführerische Hure? Damals waren sich alle einig gewesen, dass ein Junge an Nicole verloren gegangen war. Sie öffnete den Kühlschrank und goss sich aus der Champagnerflasche nach. Beim Trinken beobachtete sie sich im Spiegel. Die Fremde hatte Klasse. Und sie hatte ein Geheimnis, das auch Nicole nicht kannte. Die Tür ging auf. Nicole erschrak und fühlte sich ertappt. Sie hatte keine Schritte gehört.

Eine dritte Frau erschien, hoch gewachsen und sehr dünn. Sie trug ein enges, knöchellanges Kleid, einen elastischen Stoffschlauch, der sie optisch zusätzlich in die Vertikale dehnte. Aus dem Rollkragen schraubte sich ein dürrer Hals, darauf saß ein schmaler Kopf mit einem gebieterisch straffen Haarknoten. An den großen Füßen trug die Frau flache Ballerinas. Sie kam Nicole wie eine Gouvernante vor.

»Guten Abend, Fräulein Mary«, sagte sie in ernstem Ton, »folgen Sie mir bitte!«

Nicole stellte das Glas ab.

»Wohin denn?«

Der leicht renitente Tonfall verwunderte Nicole selbst.

»Keine Fragen bitte«, entgegnete die Gouvernante gereizt.

Nicole warf einen letzten Blick in die Theatergarderobe, auf den Schminktisch, den Spiegel mit den Glühlampen, den Lederstuhl. Sie folgte der großen Frau. Wieder passierten sie Gänge, wieder rasselte ein Schlüsselbund, mit dem die Gouvernante Türen öffnete und hinter sich verschloss. Diesmal war es Nicole, die mit jedem Schritt das nachhallende Geräusch verursachte. Ihre Absätze klopften auf dem Steinboden. Die Gouvernante stieg Treppen hinunter und Treppen hinauf. Nicole, die aufpassen musste, auf den hohen Schuhen nicht umzuknicken, wickelte sich in den Pelz. Die Kühle stieg die Waden aufwärts und kroch unter den Mantel. Die Gouvernante schwieg eisig. Auf den Ballerinas schlich sie dahin wie eine Schlange. Was waren das für Frauen, die Nicole hier betreuten? Richards Gespielinnen? Gehörten sie zu seinem Unternehmen? Waren es seine Sekretärinnen? Oder weibliche Führungskräfte im konspirativen Sondereinsatz?

»Wie lange müssen wir noch gehen?«, fragte Nicole, der die Füße vor Kälte und Schmerz abzusterben drohten.

Die Gouvernante blickte sie verächtlich an und antwortete nicht. Sie schien Nicole in ihrer Verkleidung zu verabscheuen. Warum tat sie, was sie tat, wenn sie es widerlich fand? War sie nicht freiwillig hier? Hatte Richard sie gezwungen? Schwer vorstellbar, dass diese Giftschlange zu Richards intimen Freundinnen gehörte. Nicole wurde nicht schlau aus dem Spiel, das man mit ihr spielte.

Seit mehreren Stunden hielt sie sich in einem Hotel namens *Gutmann* auf, aus dem sie niemals mehr allein herausfinden würde. Sie hatte sich in eine Edelhure verwandeln lassen, sich in die Hände dreier Frauen begeben und wusste noch immer nicht, was all das mit jenem Wunsch zu tun haben sollte, den Richard ihr erfüllen wollte. Was hatten sie als Nächstes mit ihr vor? Nicole fragte sich, ob sie Richard überhaupt zu Gesicht bekommen würde. Als sie merkte, wie die Zweifel sie zu überwältigen drohten, fing Nicole an zu summen wie ein Kind im finsteren Wald, eine brüchige Melodie aus wenigen Tönen. Sie wollte sich Mut machen. Sie wollte gegen die Gouvernante rebellieren. Sie wollte sich von der Kälte und den schmerzenden Füßen ablenken. Die Gouvernante stieß Nicole den spitzen Ellbogen in die Seite.

»Fräulein Mary, Disziplin!«, zischte sie.

Nicole verstummte. Das alles war kein Spaß mehr. Und gingen sie nicht im Kreis, zwar um Ecken, durch Türen, treppauf, treppab, aber dennoch im Kreis? Die Kalkwände hatte sie schon einmal gesehen, auch die Rohre unter der Decke. Nicole beneidete die Gouvernante um ihre Ballerinas. Sie blieb unvermittelt stehen und zog die roten Lackschuhe von den Füßen. Lieber Erfrierungen als brennende Blasen. Ohne ein Wort riss die Gouvernante Nicole die Schuhe aus den Händen, kauerte sich vor sie hin und schlug ihr gegen die nackten Waden, damit sie die Füße hob. Nicole biss die Zähne zusammen und stieg in die Schuhe zurück. Die Gouvernante lief weiter; schneller als zuvor eilte sie durch das unterirdische Labyrinth. Nicole stolperte hinter ihr her und kämpfte gegen die Tränen. Vor einer hohen Flügeltür kamen sie zu stehen. Das Schlüsselbund rasselte. Die Gouvernante blickte Nicole feindselig an.

»Gehen Sie hinein!«, verlangte sie schroff.

Sie packte Nicole derb am Arm, schob sie durch die Flügeltür, die hinter ihr zukrachte. Nicole hörte, wie der Schlüssel im Schloss sich laut drehte. Dann war es still.

Ein Saal, dunkel und warm. Überall Kerzen am Boden, ein Lichtermeer, das sich in der Ferne in einzelnen Tupfen verlor. Vor Nicole verdichteten sich die Flämmchen und formten ein Spalier, das sie zögerlich betrat. Jemand hatte ihr einen Weg gebaut, wies ihr die Richtung. Sie hob den Blick. Schwarz wölbte sich die Saaldecke wie ein Nachthimmel. Das Ausmaß des Raumes konnte Nicole nur erahnen. Flüchtige, großflächige Schatten, die über hohe Wände huschten. Löste sie selbst diese verschwommenen Schattenspiele aus? Was war das für ein Raum, der sich im Keller eines Hotels befand? Sie ging lautlos über den Teppichboden, dessen Farbe sie nicht ausmachen konnte. Etwas wie Grau oder Nachtblau, vielleicht auch ein dunkles Grün. Vorsichtig wandelte sie an den Kerzen entlang, die sich rechts und links in dichter Folge reihten. Die Flammen flackerten vom geringen Luftzug, den Nicole mit jedem Schritt verursachte. Einzig ihre roten Lackschuhe leuchteten und die weiße Haut ihrer nackten Füße. Schon am Saum des weißgrauen Pelzmantels verlor das Licht seine Kraft. Sie lauschte in die Stille hinein. Stumm zuckten die Feuerpunkte. War sie ganz allein? Sie blieb stehen und schaute sich um. Sie wusste, dass sie angekommen war.

Langsam durchschritt Nicole den Saal. Als sie dessen Mitte erreicht hatte, stieß sie auf ein Hindernis. Ein Stein. Grau und glatt. Ein Findling? Wie war der Koloss hier hineingeraten? Er gehörte doch ans Ufer eines Bergsees. Oder auf ein sich bis zum Horizont erstreckendes Weizenfeld. Wurde vor Millionen Jahren von einem schmelzenden Gletscher verloren und vergessen. Nun lag er hier, direkt vor Nicoles Füßen, im Zentrum eines alten, verwunschenen Saals. Vielleicht hatte er schon immer hier gelegen, und die Familie Gutmann hatte, da er beim besten Willen nicht fortzuschaffen gewesen war, das ganze Hotel um diesen Stein herum gebaut? Oder war er nur der stumpfe Gipfel eines gewaltigen Gebirges, das aus der Unterwelt in den Keller hinaufragte? Nicole kauerte sich nieder und strich mit der Hand darüber. Sie umkreiste ihn, schaute ihn von allen Seiten an. Er sah aus wie eine ins Flache zerlaufene Halbkugel. Sie wagte nicht, die Schuhe auszuziehen, seit die Gouvernante sie herrisch zurechtgewiesen hatte. Dabei wäre sie gern mit nackten Füßen auf den Stein geklettert, hätte sich auf dessen höchsten Punkt gehockt und über das Lichtermeer geschaut. Stattdessen setzte sie sich auf den Rand wie ein Wanderer, der am Ziel ausruhte. Sie blickte auf die Gasse aus Kerzen, durch die sie gegangen war. Es mussten Hunderte sein, alle weiß, alle in den gleichen langstieligen, silbernen Haltern, deren runde Füße schwer und stabil wirkten. Hier und da perlten Wachstropfen herab und blieben auf halber Strecke hängen. Trockneten, erkalteten, erstarrten. Sie rückte mit dem Hintern ein Stück höher und fand es schön, dass zwischen ihrem Körper und dem Stein der Pelz für ein leichtes Gleiten sorgte. Sie stützte sich mit den Händen ab und lehnte sich nach hinten, als säße sie am Strand. Die Form des Steins verleitete sie dazu, sich ganz an ihn zu schmiegen. Nicole ließ sich auf den Rücken sinken.

Sie spürte die Entlastung der Wirbelsäule, die sich sanft bog und der Rundung des Steins anpasste, dessen Form wie gemacht für Nicole schien. Vom weichen Pelz gepolstert, lag sie sehr dekorativ da und entsann sich ihrer Verkleidung. Hier räkelte sich verträumt die Edelhure, die Fremde, das rätselhafte Fräulein Mary mit dem schwarzen Pagenkopf, den roten Lippen, dem gepuderten Näschen und den gefiederten Wimpern in einem zauberhaften Bühnenbild. Sie lauschte. Nichts geschah. Sie streckte die Arme und die Beine aus, so weit sie konnte, streichelte mit den Fingerspitzen über den Stein. Sie genoss die Dehnung ihres Rückens und schlug, nicht nur, weil ihr warm wurde, die Schöße des Pelzmantels beiseite. Die Beine stellte sie leicht an und spreizte sie. Sie dachte an die roten Lackschuhe, deren spitze Absätze am Fuße des harten Steins in den Teppichboden stachen, an ihre weißen Knöchel, die Waden, die Knie, deren Scheiben die beiden höchsten Punkte der Skulptur bildeten. Auch an ihre Oberschenkel dachte sie, die im Kerzenlicht samtig schimmerten, und an den Ansatz der Pobacken, die ein schwarzes Miederhöschen straff umspannte. Sie hatte Lust, die Stellen zu befühlen, an den Außenseiten der Oberschenkel entlangzugleiten bis zum festen Stoff, doch konnte sie sich nicht entschließen, sich zu bewegen. Reglos wie eine Eidechse, die sich auf einem trockenen Stein sonnte, wollte sie daliegen. Warum fühlte sie sich so wohl in der aufgebockten Position? Weil sie sich zugleich erhöht und erniedrigt vorkam? So präsentierte sie sich den nicht vorhandenen Augenpaaren. Ob sie heimlich beobachtet wurde? Hieß ein Findling vielleicht Findling, weil man darauf gefunden werden konnte?

»Richard, finde mich«, flüsterte Nicole.

Sie wünschte sich eine Berührung, ein Wort, einen Blick.

Plötzlich sah sie, wie sich an den Wänden und der gewölbten Decke die Schatten bewegten. Hatte allein ihr Flüstern einen Luftzug ausgelöst? Sie betrachtete das dämmrige Spiel. Keine Umrisse, keine Konturen, nur dunkle Flächen und noch dunklere, die einander umzitterten. Jemand näherte sich. Nicole hörte ein leises Schlurfen. Sollte sie den Kopf heben und nachsehen? Das Spiel der Schatten wurde wilder. Die Flammen der Kerzen mussten in Aufruhr geraten sein. Ein alter Mann beugte sich über Nicole und blickte sie beinahe zärtlich an.

»Fräulein Mary«, flüsterte er mit erstickter Stimme, »wie schön Sie sind!«

Nicole lächelte den Mann an. Die Altersmilde leuchtete

in seinem faltigen Gesicht. Er trug eine lustige Uniform, einen zweireihig geknöpften, zu großen Gehrock mit steifem Kragen, auf dessen breiten Schultern Büschel goldgelber Kordeln ruhten, die jedem Zirkusdirektor zur Zierde gereichen würden.

»Ich bringe die Kerzen zu Ihnen«, raunte er, »ich stelle sie um den Stein herum. Damit Sie noch schöner werden.«

In seinen kleinen Augen lag ein seliger Glanz.

»Ach so«, sagte Nicole leise. »Und was passiert dann?«

Ein verhaltenes Lächeln huschte um die Lippen des alten Mannes. Er rollte verschmitzt mit den Äuglein, hob die Schultern und ließ sie fallen, so dass die Kordeln zappelten. Nicole hätte es nicht gewundert, wenn er eine Peitsche gezückt oder auf biegsamen Stangen mit Tellern jongliert hätte. Sie krümmte den Zeigefinger und lockte den Kopf des Alten dicht zu sich.

»Wo ist der Tyrannus?«

Der Alte drehte den faltigen Hals im Kostümkragen und blickte sich um. Dann beugte er sich noch tiefer hinunter bis zu Nicoles Ohr.

»Er sieht Sie!«, erwiderte er aufgeregt. »Der Tyrannus kann Sie die ganze Zeit sehen!«

Er legte einen knöchrigen Finger auf die Lippen und schloss für eine Sekunde die Äuglein. Auch Nicole legte zum Zeichen der Verschwiegenheit den Finger auf die roten Lippen und ließ die Wimpern herunterklappen.

Der Alte nickte bedeutungsschwer und wandte sich stumm wieder seiner Arbeit zu. Er schlurfte davon, schlurfte heran, trug emsig Kerze um Kerze zu Nicole, baute ein dichtes Rund aus Flämmchen um den Stein. Nicole besah sich die unruhigen Schatten an der Decke, lauschte dem Tun des alten Mannes, dem Knacken eines Gelenks, dem gelegentlichen Ächzen. Um sie herum wurde es hell und heller. In steter Kleinarbeit bündelte der liebe, alte Mann das Lichtermeer zu einem Kranz, in dessen Mitte Nicole thronte. Sie hörte ab und an die Flämmchen knistern, die die Luft erwärmten. Dann kehrte Ruhe ein. Der alte Mann verschwand im Nichts, aus dem er gekommen war.

In der Stille fühlte Nicole Richards Blick auf sich. Sie war sicher, dass sie alles richtig machte. Sie wusste, dass er seine Freude an ihr hatte. Sie schloss die Augen, spreizte die Beine noch ein wenig stärker, führte die Arme weit vom Körper weg und legte die Handflächen auf den Stein. Mit Genugtuung überließ sie sich der Verderbtheit ihrer Pose.

Da hörte sie wieder etwas. Schritte von ferne, leise, langsam. Schritte von mehr als einer Person. Schritte aus verschiedenen Ecken des riesigen Saals. Schritte von überall her. Lange Wege und ein Schlendern, das dennoch bedrohlich war. Die Ruhe, mit der sich offenbar mehrere Leute Nicole näherten, war bedrückend. Entschieden hatten sie eine Richtung eingeschlagen, die nur ein Ziel kannte: Nicole auf dem Stein. Ihr Herz begann schneller zu schlagen. Sie zwang sich, die Augen geschlossen zu halten, als sei es eine Mutprobe, nicht nachzuschauen, wer da kam, wie viele es waren und zu welchem Zweck sie sich auf Nicole zubewegten. Sie verließ sich einzig auf ihre Ohren, hörte hier und da ein Rascheln, auch ein Räuspern, und das kleine, stumpfe Geräusch, wenn sich Stoff an Stoff rieb. Bald übertönte ihr pochendes Herz alles, was sie eben noch vernommen hatte. Da hielt sie es nicht länger aus und schlug die Augen auf. Vorsichtig bewegte sie den Kopf, ohne ihn zu heben, nach links, nach rechts, nach hinten. Zuerst sah sie nur Kerzen. Wohin sie den Blick auch wandte, überall flackerten Flammen. Dann wurde sie auf einmal der Beine gewahr, die hinter dem Lichtkranz im Dunkel standen. Sie zuckte zusammen. Männerbeine in Anzughosen. Dunkle, glatt fallende

Stoffe, von der chemischen Reinigung gepflegt und mit frischen Bügelfalten versehen.

Da endlich verstand sie, was Richard ihr schenkte. Ihre eigene Onaniefantasie. Sie sollte sich hier und jetzt erfüllen, wahr und wirklich werden, mit Männern aus Fleisch und Blut. Nicole konnte den Schrecken nicht verhehlen. Den Ablauf hatte sie Richard einmal geschildert, zu vorgerückter Stunde in der Bar eines Hotels in Hamburg. Sie hatte sich konzentriert, sich um eine plastische Darstellung bemüht, und Richard hatte ihr mit einem Funkeln in den Augen gelauscht. Am Ende war er ganz hingerissen gewesen. Es war eine Onaniefantasie, die Nicole schon seit einer Ewigkeit begleitete, länger als sie Stefan kannte. Nur in Momenten, in denen Nicole sich wohl fühlte, eins mit sich war, ganz und gar einverstanden mit ihrem Dasein, kam diese Fantasie zu ihr.

Nicole starrte auf die Männerbeine. Wem gehörten sie? Wie viele waren es? Sie blickte an den Beinen hinauf, sah seitlich an Hosennähten Hände, sah Reißverschlüsse und Gürtel, erahnte Jacketts, unter denen weiße Hemden im Dunkel schimmerten. Doch die Oberkörper der Männer zeigten sich nur schemenhaft hinter dem aus Flammen gewebten Lichtteppich, der wie Nebel über dem Boden schwebte und Nicole blendete. Die Köpfe blieben Nicole verborgen. Ruhig standen die Männer da, ein ganzer Chor, im Kreis postiert, die Füße leicht geöffnet. Sie hörte hier das Knarren eines Schuhs, da ein Schlucken, dort ein tiefes, schweres Atmen. Wer stand da? Kannte sie einen von ihnen? Kannte einer sie? War der dort der Herr aus der Kaminecke? Jener vielleicht der Mann, den Nicole für ihren Gynäkologen gehalten hatte? Und diese beiden die Herren von der Rezeption? Die Kleidung der Männer hatte etwas Uniformiertes, Hosen, Jacketts und Hemden glichen einander, der

Dresscode von Geschäftsreisenden. Der Anwalt kam Nicole in den Sinn, der hier bestens hineinpassen würde. Auch er hatte Routine, was das Tragen von Anzügen betraf. Waren die Männer Geschäftspartner von Richard? Waren es seine Kunden? Hatte er in Karlsruhe ein Treffen ausgerichtet und kredenzte seinen Gästen nun, nach einem delikaten Abendessen, einem ersten Glas Whisky und einer Zigarre eine besondere Aufmerksamkeit? War einer von diesen Männern Richard?

Plötzlich begriff sie, dass die Männer warteten. Sie warteten auf Nicole. Sie musste das Zeichen geben. Es kostete sie Überwindung, die hunderte Male abgespulte Fantasie in der Realität zu erleben. Es verstörte sie. Würde ein jeder von ihnen bereit sein, Nicole mit zehn, zwölf anderen zu teilen? Würden sie sich voreinander die Blöße geben, im wahrsten Sinn des Wortes? Unter dem Mantel der Verschwiegenheit, den Nicole am Leib trug? Der Mantel rettete sie. Er erinnerte sie daran, dass nicht sie es war, die auf dem Stein lag. Es war die Fremde aus dem Spiegel, die Edelhure mit schwarzer Perücke und maskenhaft geschminktem Gesicht. Auf dem Stein lag Fräulein Mary. Sie warf einen Blick in die Runde und sah auf die Reißverschlüsse. Die Männer ein wenig aus der Ruhe zu bringen, das sollte doch gelingen? Ihnen die Routine auszutreiben, ihre Selbstgewissheit zu erschüttern? Fräulein Mary war schließlich auch keine Anfängerin. Eben deshalb machte sie den Anfang. Sie schloss die Augen wieder und fühlte viele Augenpaare auf sich. Wie gut es tat, gesehen zu werden. Sie wanderte mit der Hand über das kühle Innenfutter des Pelzmantels, dessen Schöße sich über den Stein breiteten. Sie strich sich über die Außenseiten der aufgestellten Oberschenkel. Fräulein Marys Hände glitten zärtlich über die eigene Haut. Sie fanden den Saum des Miederhöschens, fasziniert von dem Wechsel aus Weichem und

Abgeschnürtem, krabbelten weiter über den flachen Bauch, den das straffe Höschen bedeckte, und schoben den transparenten Stoff des Kleidchens ein Stück hinauf. Die Männer durften ein wenig mehr Haut betrachten, das gestand Fräulein Mary ihnen gern zu. Die Hände rutschten über die Hüftknochen hinunter, über die Leisten, und wie ein Sommerregen überrieselten Fräulein Mary Schauer, als sie es sich nach langem Verzicht endlich gönnte, die Innenschenkel zu streicheln. Sie dachte an die roten Lackschuhe mit den hohen Absätzen, an ihre nackten Beine, die sehr lang aus diesen Schuhen in den Saal hinaufwuchsen, an die Schienbeine, die im Kerzenlicht seidig glänzten. Die rechte Hand blieb gespreizt auf dem Innenschenkel liegen; die linke machte sich langsam auf den Weg zu den Brüsten, streifte das Miederhöschen, den Bauch und das Kleidchen, schob dessen hauchdünnen Stoff noch ein wenig höher, umfasste behutsam das Körbchen, umspielte die schöne Wölbung, unter der das weiche Fleisch sich hob und senkte, wanderte weiter bis zum Hals und fixierte das Kinn. Mit überstrecktem Kopf lag Fräulein Mary da. Die rechte Hand indes glitt zwischen die Beine, besuchte den Venushügel, und Fräulein Mary musste recht fest zudrücken, die Finger kräftig bewegen, um durch den Stoff hindurch die Schamlippen zu stimulieren, denen Hitze entströmte. Sie rieb sich verträumt die Möse, fasziniert von dem weggesperrten Organ, das sich voller Sehnsucht durch das Miederhöschen bemerkbar machte und Fräulein Marys Becken auf geheimnisvolle Weise die Bewegungen diktierte. Zeige- und Mittelfinger nahmen die Nässe auf. Fräulein Mary seufzte vor Lust, als sie an zwölf Paar blitzblank polierter Lederschuhe dachte, an zwölf Paar auf diesen Schuhen perfekt aufsitzende Anzughosen, deren maßgeschneiderte Säume verhinderten, dass auch nur das winzigste Stückchen Haut zu sehen war, an den elegant fallenden Stoff über muskulösen, durchgedrückten Männerbeinen. Würde Fräulein Mary die Männer locken können? Sie mussten Mut aufbringen, ihre Scham überwinden, die Hierarchie vergessen. Sie mussten sich losreißen von ihren Befürchtungen, ihrem Vergleichszwang, jedweden Rücksichten. Ob sie einander über Fräulein Marys Leib hinweg mit unsicheren Blicken taxierten?

Als Fräulein Mary neugierig die Augen öffnete, sah sie mit Entzücken, dass hier und da der Stoff knapp wurde über den Männerbecken. Er spannte. Da stand etwas ganz verräterisch und ordinär ab: aufgerichtete Schwänze, die ihre Pracht unter dem Hosenstoff nicht entfalten konnten. Dann schnalzte eine Gürtelschnalle auf. Einer hielt es nicht mehr aus. Ihr Blick fand ihn, den tapferen Vorreiter. Der Reißverschluss wurde geöffnet, eine Hand holte den Schwanz hervor und fing an zu wichsen. Fräulein Mary starrte auf den freigelegten Schwanz. Sie rieb sich mit flinken Fingern die Möse im Takt mit dem Mann. Schon schnalzten weitere Gürtelschnallen, klirrten wie Zaumzeug. Das Leder klatschte wie Peitschenhiebe; hektisch wurden Reißverschlüsse aufgerissen. Fräulein Mary sah sich umringt von wichsenden Männern, und sie wusste, obwohl sie die Gesichter nicht erkennen konnte, dass sie ihre Tieraugen auf sie richteten. Ein jeder hatte sich für einen besonderen Blickwinkel auf die Edelhure entschieden. Einer glotzte ihr direkt zwischen die Beine, der nächste konzentrierte sich auf die Finger, die die Möse reizten; ein anderer nahm ihre wackelnden Titten ins Visier, der vierte gierte nach ihrem wogenden Arsch, der fünfte fixierte den roten Mund, den sie leicht geöffnet hatte vor Verlangen, der sechste ergötzte sich womöglich an ihrem Schuh, aus dem der weiße Spann ihres Fußes sich bog, und ein anderer blickte vielleicht gar nicht sie an, sondern verschaffte sich Lust am wichsenden Gegenüber, am zuckenden Schwanz eines Geschäftskollegen, der nichts davon bemerkte. Fräulein Mary spürte, dass sie kam. Sie ließ die Schübe aus ihrem Unterleib hinaufschwappen, wand und räkelte sich. Sie stöhnte auf, und die Männer antworteten. Allerlei nur halbwegs unterdrückte Geräusche drangen an Fräulein Marys Ohren, die nicht aufhörte, ihre klatschnasse Möse unter dem schwarzen Stoff zu malträtieren. Der Gedanke, eine Wichsvorlage aus Fleisch und Blut zu sein, machte sie noch geiler. Unablässig kreisten die Finger um den Kitzler, ohne Wenn und Aber, und auch die Männerhände legten an Tempo zu. Gepflegte, saubere Hände, sicherlich geschickt im Umgang mit Papieren, mit Unterlagen und Verträgen. An einigen Händen blitzten golden Eheringe auf. Ihr fiel ein, dass Montag war. All diese Männer hatten ein Familienwochenende mit Spaziergängen und Kindergeschrei, doch ohne Sex hinter sich. Migränegeplagte Ehefrauen verweigerten sich zu Hause. Da baute sich ein Überdruck auf. Die ausgehungerten Kerle brauchten nichts dringender als eine simple Abreibung. Ein ganzes Dutzend braver Ehemänner mit vollen Eiern – das konnte sich Fräulein Mary nicht entgehen lassen. Sie kam ein zweites Mal, bäumte sich auf vor Lust, hauchte ihren Höhepunkt in den hohen dunklen Saal, und die prallen, dicken, langen Schwänze, an denen die Hände beinahe rissen vor reinstem Trieb, stachen Fräulein Mary entgegen wie Spieße eines Heers. Die Männer schnauften und ächzten; plötzlich hob sich eine Stimme aus den anderen empor, ein lautes Stöhnen. Einer der Männer bog sich nach hinten, reckte das Becken vor und spritzte ab. Der heiße Saft traf Fräulein Mary mitten auf das schwarze Fetzchen. Der Erste. Der Erste hatte sich dank Fräulein Marys hübscher Vorlage erleichtert. Die anderen Männer ließen nicht nach, pumpten den Saft aus den Eiern herauf, wichsten sich die Hirne aus den Managerschädeln. Fräulein Mary griff sich mit den Händen an die Brüste, riss die Körbchen beiseite, presste die nackten Titten gegeneinander, spielte mit den Zeigefingern an ihren Nippeln, spitz wie Stacheln. Sie hob das Becken an, wiegte es hin und her, wippte damit auf und nieder, zum Zeichen, wie sehr sie lechzte nach wenigstens einem dieser herrlichen Schwänze. Ein dritter Orgasmus kündigte sich an. Sie kam ohne Berührung der Möse und gab sich der Wonne hin, von Zauberhand befriedigt. Das hatte sie noch nie erlebt. Einer der Männer kam mit ihr, ächzte auf und raunte: »Jetzt, du Flittchen.« Sein Saft klatschte auf Fräulein Marys nackten Bauch. Die warme Menge lief langsam vom Bauchnabel in Richtung Taille. Sie ließ den Blick ins schwarze Gewölbe des Saals hinaufschweifen, sah den riesenhaften Raum über sich. Dort gähnte die weite Unendlichkeit sie leer und hohl an. Hier jedoch konzentrierten sich hechelnde Männer ganz auf Fräulein Mary, den Glutpunkt, das Zentrum, die magische Mitte. Der Gegensatz trieb sie in einen Zustand der Besessenheit. Sie schob sich die Hand wieder zwischen die Beine, diesmal unter das Miederhöschen. Die Finger schlitterten im Saft. Die Möse floss und schwoll, schwamm und quoll. Sie jagte sich den Mittelfinger ins Loch, das ihn dankbar aufnahm, starrte auf den Dornenkranz aus Schwänzen, die ihr zustrebten in wilder Gier. Doch trotz der verfluchten Nähe dieser kopflosen Wichser konnten sie niemals zueinanderkommen, die Männer und Fräulein Mary. Ein Meer aus Flammen trennte sie. Ein Meer, heiß wie Marys nasse Ritze. Sie fixierte durch die Augenschlitze wahllos einen der Schwänze, die von Lusttropfen benetzte, berstende Eichel, und allein Fräulein Marys Blick schien den Besitzer derart zu erwischen, dass er prompt sein Sperma verschoss. Der Wichser blieb stumm, doch hörte Fräulein Mary ein Zischeln. Sein Schuss hatte eines der Flämmchen getroffen und gelöscht. Fräulein Mary lächelte abwesend, als sie den beißenden Rauch wahrnahm, der dem erkaltenden Docht entstieg. Sie blinzelte in die Runde, und wohin sie auch schaute, überall Schwänze und Hände, die daran rieben wie im Fieberwahn, die Vorhäute zurückrissen und nach vorn schoben. Keiner von ihnen würde sie stopfen. Verzweifelt rammte sich Fräulein Mary den eigenen Mittelfinger ins Fleisch, nahm zwei weitere Finger zu Hilfe, stopfte sich selbst, ahmte notdürftig die Stöße eines Schwanzes nach, die ihr verwehrt blieben, eine schmerzliche Qual, die süß wurde, als sie plötzlich jenen pulsierenden, übernervösen Punkt streifte, der sofort mit einer Salve der Lust reagierte. Sie kam schon wieder, noch heftiger als die Male zuvor, und in dichter Folge spritzten zwei oder drei Schwänze ab, während sie sich verbog und ihren prächtigen Arsch präsentierte. Sie wusste nicht, wer diese Männer waren, wollte es nicht wissen, schrieb ihnen jede Identität zu, die ihr gefiel. Wieder landete Saft auf Fräulein Mary, diesmal auf ihrem Dekolleté, auch auf dem Oberschenkel und auf den Lackschuhen, und sie fragte sich nichts mehr, sondern fickte sich mit den Fingern, hörte den Männern und sich selbst zu, blickte ins Rund der steifen Schwänze; ein Höhepunkt verknüpfte sich mit dem nächsten, sie strampelte, zuckte und schrie, rang nach Atem, und nichts war mehr steuerbar und nichts vorauszusehen als die heißen Wellen, die der Unterleib ausschüttete. Vor Fräulein Marys entrücktem inneren Auge marschierten sie auf: ganze Scharen von Männern, die in einem wilden Reigen heranschwebten, bis sie sie gestochen scharf vor sich sah. Dort lachte Emanuel, der schöne Mulatte mit den drahtdicken Locken und der verkrüppelten Hand; Sascha von Schladow erschien fettverschmiert, und die schwarzen Strähnen zappelten auf seiner Stirn; der Herr mit dem Cognacschwenker und der verbundenen Hand starrte ins Kaminfeuer; da war Christian, der Judo-Trainer im Schlafanzug; vor ihn schob sich der riesige Maurer, behaart wie ein Gorilla; der Professor im dunkelroten Morgenmantel saß summend im Lehnstuhl hinter dem Schreibtisch; Gunnar mit der braven Schülerfrisur gestand, er habe einmal Bruder Antonius geheißen; Ecki, der Nietzsche-Leser, zeigte die Hände mit der Neurodermitis; der getreue Privatsekretär Dino spannte hinter einem Paravent; der Rotschopf mit der runden Brille präsentierte seinen feuerrot umloderten Schwanz; Enrico Kuhn lag unten im Doppelstockbett und hielt die Luft an; ein Eisenbahnfan richtete den Feldstecher wie Stielaugen auf Fräulein Mary; »Glocken«, sagte der Anwalt und grapschte in zwei pralle Titten; der Wagenmeister aus München blickte hinauf in den Führerstand und bekam den Mund nicht mehr zu; Nadebohr von der Zugleitung in Bonn lauschte gierig in den Hörer; der Lehrling schnaufte wie ein junger Stier und zeigte mit den Fingern eine Vier. Mit einer rasenden Geilheit fixierten all die herrlichen Männer Fräulein Mary. Sie war der Magnet, die geile Schlampe, die es ihnen nach Herzenslust besorgte und überfloss vor Dankbarkeit, sich nicht entscheiden zu müssen, sich niemals entscheiden zu müssen. Als sie ihren Körper auf den Pelzmantel sinken ließ, bemerkte sie, dass sie schweißnass war. Sie zog die Finger aus der Möse und legte die zittrige Hand auf den Bauch. Ihre Kehle war ausgetrocknet. Ihr Herz raste. Sie wollte die Beine ausstrecken oder die Schuhe ausziehen, irgendetwas an ihrer Position verändern, doch sie war nicht einmal zur kleinsten Bewegung fähig.

Der Kranz aus Männern war löchrig geworden. Sie verschnauften, packten ihre Schwänze zurück in die Hosen, steckten die weißen Hemden hinein, schlossen ihre Reißverschlüsse, zurrten die Gürtel fest und sammelten die Jacketts vom Boden auf. Einer von ihnen stützte sich auf den Knien ab wie ein Sprinter im Ziel, und Fräulein Mary konnte sein Gesicht sehen, ein Allerweltsgesicht, ein Durchschnittsgesicht, ein Anwaltsgesicht, wie zum Vergessen gemacht. Sie japsten und schwitzten, eine Fußballmannschaft nach dem Spiel, die schlapp in ihre Bestandteile zerfiel. Fräulein Mary war sehr stolz auf sich, hatte sich nicht geschont, jeden Einzelnen bis zur gründlichen Entladung gepeitscht. Die Männer trollten sich. Langsam und ungeordnet gingen sie davon, und Fräulein Mary sah sie in der Finsternis verschwinden. So feierlich, wie es begonnen hatte, so schmucklos hörte es auf.

Stille kehrte ein. Die Kerzen brannten. Fräulein Mary lag reglos. Sie schloss die Augen und dachte an das, was sie in ihren Träumen hundertmal durchgespielt hatte und was nun geschehen war: Viele Männer spritzten auf sie ab, ohne sie zu berühren. Fräulein Mary war am Ende ihrer Kräfte. Sie war traurig und glücklich zugleich.

Irgendwann spürte Nicole eine Hand auf ihrer Schulter. Sie öffnete die Augen. Richard kniete vor ihr. Er sah wunderschön aus in seinem schwarzen Hemd. Der kahle Schädel schimmerte. Sein Gesicht war ruhig und friedlich, doch nicht ohne Schneid. Er lächelte sie an. Nicole spürte eine Träne aus dem Augenwinkel sickern, als sie sein Lächeln erwiderte. Richard schwieg, nahm ihre Hand und öffnete sie. Er legte einen kleinen Gegenstand hinein und drückte sanft Nicoles Finger darum. Sie wusste im selben Moment, was sie in der verschlossenen Hand hielt. Richard hatte ihr etwas zurückgegeben.

Epilog

Im Zustand totaler Übermüdung bewältigte Nicole am Dienstag den Weg von Karlsruhe nach Regensburg. Sie war so erschöpft, dass sie von der Fahrt nicht viel mitbekam. Sie tat keinen Handschlag zu viel und fuhr, wie der alte Werner es einmal genannt hatte, »im einäugigen Modus«. Im Hotel duschte sie eine halbe Stunde und fiel dann in einen zwölfstündigen, traumlosen und bleiernen Schlaf.

Am Mittwochmorgen war sie ausgeruht. Sie duschte nochmals ausgiebig, stärkte sich beim Frühstück und verspürte plötzlich eine heftige Vorfreude auf ihre Familie, die in Berlin auf sie wartete. Mit einiger Verzögerung brachte sie acht Tonnen Gemüse nach Fulda, dreihundertfünfzig Kilometer Strecke. Genau um zwanzig Uhr sieben sprang Nicole aus der Lok, hetzte Treppen herunter und herauf und erwischte mit knapper Not den letzten ICE nach Berlin.

Nach Mitternacht kam sie zu Hause an. In der Wohnung war es dunkel und still. Alles schlief. Nicole streckte den Kopf durch den Spalt der Kinderzimmertür und lauschte den ruhigen Atemzügen. Dann kroch sie vorsichtig neben Stefan, um ihn nicht zu wecken. Wie jedes Mal, wenn sie nach zehntägiger Reise heimkehrte, empfand Nicole eine diebische Freude darüber, ein eigenes Bett zu besitzen.

Am Donnerstagmorgen kam es im Schlafzimmer zu der rituellen stürmischen Begrüßungsszene. Die Kinder tobten in den Kissen wild mit Nicole, zu dritt lachten, quiekten, kuschelten und plapperten sie, während Stefan sich in der Küche ums Frühstück kümmerte. Nicole ließ es sich nicht nehmen, die Kinder selbst zur Schule und zur Kita zu bringen. Auf dem Rückweg kaufte sie beim Bäcker frische Brötchen. Nicole und Stefan frühstückten gemütlich; auch das war ein Ritual geworden. Während im Bad die Waschmaschine mit der Schmutzwäsche aus Nicoles Rucksack rumpelte, hörte sie sich die Geschichten der letzten Tage an. Linas neue Kiwisucht, Pepes Auftritt beim Lesewettbewerb, Linas Rolle als Schmetterling beim Kindertanz, Pepes Entscheidungsschwäche beim Turnschuhkauf. Nicole hatte es im Laufe der Jahre gelernt, die freien Tage wirklich als frei zu betrachten. Alles konnte, nichts musste sein. Sie gehörte nicht zu jenen Frauen, die meinten, alles besser zu können als ein Mann, die mit bösem Kontrollblick durch die Wohnung streiften und an allem herumkrittelten. Nicole fand, dass Stefan seine Sache sehr gut machte. Sie ordnete sich ihm gern unter, seinen Plänen, seinen Gepflogenheiten. Zu Hause war Stefan der Chef.

Gegen drei Uhr holten sie gemeinsam die Kinder ab und gingen Waffeln essen. Nachher schenkte Nicole Lina das rosafarbene Strickjäckchen mit dem Fellkragen und Pepe die wasserdichte Armbanduhr. Abends las sie den Kindern eine Geschichte vor, konnte sich nicht aufraffen, aus Linas Bett aufzustehen; viel zu gemütlich war das Kindernest. Sie löschte das Licht und schlief mit ihren Zwergen zusammen ein.

Am Freitagvormittag putzten Stefan und Nicole die Wohnung. Nachmittags baute Nicole mit den Kindern eine Höhle aus Pappkartons und Decken, in der sie mit Linas selbstgebasteltem Puppenhaus spielten. Stefan reichte den beiden zum Abendbrot einen Räuberteller. Gegen sieben lagen Pepe und Lina satt und müde im Bett. Nicole las gerade die letzten Zeilen der Geschichte vor, als es auch schon klingelte.

Susan und Alex brachten zwei Flaschen Wein mit. Man stieß auf das Wiedersehen an, und als Stefan die duftende Platte servierte, war die Runde voll des Lobes für seine Kochkünste. Man aß, man plauderte über die Schule, über die Klassenlehrerin von Pepe und Lukas. Susan, die wie stets eine zarte Melancholie ausstrahlte, jammerte über Alex' viel zu lange Arbeitstage. Während seine Frau lamentierte, schaute Alex zerknirscht in sein Weinglas. Nicole sah ihm an, dass er eine harte Arbeitswoche voller Überstunden hinter sich hatte. Sie kannte Susans Leidensmonolog, die alte Leier von Verzicht und Aufopferung. Nicole wusste auch, dass Susan sich für die weitaus bessere Mutter hielt. Sie ließ Susan den kleinen Triumph. Sie diskutierte nicht mehr darüber. Aber sie war einmal mehr froh um Stefan, der sich nie beschwerte. Stattdessen brachte er die Nachspeise und öffnete die dritte Flasche Wein. Die Stimmung löste sich; die heiklen Themen kamen auf den Tisch. Alex, vom Alkohol munter und mutig geworden, erkundigte sich danach, wie es um Stefans und Nicoles Liebesleben bestellt sei.

»Bei uns läuft der Sex auf Sparflamme«, sagte er freiheraus.

»Ich kann nun mal nicht auf Knopfdruck!«, erwiderte Susan.

»Wir sind doch noch keine fünfzig!«, rief Alex empört.

Alex und Susan gehörten zu jenen Paaren, die ihre häuslichen Beziehungsgespräche gern vor Publikum fortsetzten. Stefan hob zu einer kleinen Rede an, in der er zugab, dass früher sexuell entschieden mehr los gewesen sei. Er fände das aber gar nicht schlimm. Er sei gegen den Leistungsdruck im Bett. Im Moment stünden nun mal die Kinder an erster Stelle. Später, wenn sie aus dem Gröbsten heraus seien, würde im Ehebett ganz sicher wieder die Post abgehen. Nicole lachte. Da war es wieder, dieses Später, die vornehme Umschreibung für nie. Stefan schien tatsächlich daran zu glauben.

»Ich weiß gar nicht, wovon ihr redet«, hörte sie sich plötzlich sagen, »ich für meinen Teil treibe es jede Nacht mit einem anderen!«

Die Runde bog sich vor Lachen. Nicole sah die dankbare Freude in den Gesichtern. Das Gelächter klang laut, beinahe schrill. Die Wahrheit war immer noch die beste Tarnung.

»Klar«, rief Alex aus und wies auf Susan, »wir zwei sind Stammkunden im Swingerclub, nicht wahr, Schatz?«

»Ich gehe dreimal die Woche in den Puff«, ließ Stefan verlauten und grinste breit.

Die Vorstellung, dass hier vier Sexbestien beieinandersaßen, belustigte die Pärchen sehr. Man stellte sich Stefan im Latexslip vor, Alex als Pornodarsteller, Susan mit einer Peitsche zwischen den Zähnen und Nicole als dralles Busenwunder. Das Geplapper wurde immer alberner. Eine weitere Flasche Wein wurde geöffnet, Chips und Nüsse kamen auf den Tisch, eine Schachtel Zigaretten kreiste. Susan plagte sich mit Schluckauf, und aus Solidarität tranken alle verkehrt herum aus den Wassergläsern und hielten dabei den rechten Arm in die Höhe. Der Rotwein und die Erleichterung darüber, sich einmal offen über das brachliegende Liebesleben ausgetauscht zu haben, befeuerten die Stimmung. Mittendrin saß Nicole, gelassen und heiter, die unerkannte Nymphomanin in einem Club erotischer Frührentner.

Gegen ein Uhr brachen Alex und Susan auf, er schwankend und mit schwerer Zunge, sie giggelnd und hicksend. Die beiden polterten eng umschlungen die Treppen hinunter.

Ob es sich um eine Umarmung oder ein gegenseitiges Stützen handelte, war nicht auszumachen.

Stefan öffnete im Wohnzimmer die Fenster, damit der Rauch abziehen konnte. Nicole trug ein paar Gläser in die Küche, putzte sich im Bad die Zähne und bürstete die Haare. Als sie es verließ, war das Licht in der ganzen Wohnung schon gelöscht. Die kalte Luft ließ sie frösteln. Sie schloss die Wohnzimmerfenster, schlich im Dunkeln zum Kinderzimmer, drückte vorsichtig die Klinke herunter, steckte den Kopf durch den Türspalt. Friedliche Stille.

Im Schlafzimmer brannten die Nachttischlampen. Stefan war dabei, sich auszuziehen. Er warf Hose, Pullover und T-Shirt über den Stuhl. Unterhose und Socken behielt er an, ließ sich wie ein alter Mann ins Bett plumpsen und vergrub sich bis zum Kinn unter der Decke. Auch Nicole zog sich aus, langsam und faul, stand für einen Moment nackt da, bevor sie das Nachthemd aus dem Bett fischte und es sich überstreifte. Stefan verschränkte die Arme hinter dem Kopf und sah zur Decke.

»War ein schöner Abend, oder?«

»Ja.«

Nicole kroch ins Bett und machte es sich auf dem Rücken bequem.

»Hat dir der Hackbraten geschmeckt?«

»Köstlich.«

»Die streiten sich viel, oder?«

»Seit ich sie kenne, tun sie das.«

»Meinst du, sie trennen sich irgendwann?«

»Ich glaube nicht.«

»Ich auch nicht.«

»Ich bin froh, dass wir nicht streiten«, sagte Nicole.

»Ich auch.«

Stefan gab Nicole einen Kuss auf die Wange, wälzte sich

auf die andere Seite und löschte sein Licht. Die Matratze wippte ein paar Sekunden nach, bis Stefan die richtige Schlafposition gefunden hatte.

Nicole lag mit offenen Augen da und schaute ins Halbdunkel. Sie sah den Kleiderschrank, das Gemälde mit den beiden alten Hasen, das Stefan von seiner Uroma geerbt hatte, den Schirm der Deckenlampe mit den tropfenförmigen Perlen, die Kommoden für Unterwäsche und Handtücher, den Hometrainer in der Ecke, den Stuhl, über dem Stefans Klamotten hingen. Nicole gähnte und drehte den Kopf zum Nachttisch, um das Licht zu löschen. Ein paar Bücher lagen darauf, die sie allesamt angefangen, doch nicht zu Ende gelesen hatte. Sie hörte, wie Stefans Atem schwer wurde. Er schnarchte ganz leise. Schnell griff sie nach dem Blackberry, das zum Aufladen an der Steckdose hing. Eine Nachricht von Nadebohr war eingegangen. Der Dienstplan. Nicole überflog die Stationen der nächsten Tour. Schöne Aussichten. Von Wolfsburg ging es am Dienstag nach Bremerhaven, dann nach Fulda, Würzburg, München, weiter nach Wien, nach Regensburg, Göttingen, Duisburg, und wieder nach Fulda, nach fucking Fulda … Sie löschte ihr Licht, schloss die Augen und erwartete den Schlaf.

Etwas bewegte sich plötzlich im Bett. Nicole hörte ein Rascheln am Fußende und flüsterte: »Lina? Pepe?«

Zwei warme Hände umfassten ihre Fesseln, schoben sie sanft auseinander, krochen höher, strichen über die Kniekehlen, drückten die Schenkel nach außen. Unter Nicoles Decke schien sich ein Maulwurf langsam aufwärts zu arbeiten. Träumte sie? Sie gab dem Drängen nach und öffnete die Beine. Sie fuhr mit den Händen unter die Decke und erspürte Stefans Kopf. Nicole war verblüfft, mehr noch: verstört und hellwach. Er bedeckte ihre Möse mit weichen Küssen. Sein heißer Atem strömte direkt gegen ihre Spalte. Sie berührte seine Ohren, griff ihm in die Haare, raufte sie zärtlich. Wieso überfiel Stefan sie wie aus heiterem Himmel? Seit Jahren hatte er das nicht getan. Hatten ihm die Spinnereien über Sexorgien Lust gemacht, über die sie sich mit Alex und Susan ausgeschüttet hatten? Oder wollte er doch nicht so enden wie die beiden? In Schuldzuweisungen, Trott und Langeweile? War ihm seine Rede wider den Leistungsdruck im Bett zu Kopf gestiegen und verführte ihn nun zum Gegenteil? Oder hatte seine Nase doch die anderen Männer gerochen? Reizte es ihn, die Besitzverhältnisse ein für alle Mal klarzustellen? Stefans Bartstoppeln stachen in die weiche Haut ihrer Innenschenkel. Zwei Daumen spielten mit den Schamlippen. Sein Kinn drückte sich fest in ihre Ritze. Dann, als seine Zunge gemächlich mit ihrem Kitzler zu spielen begann, wurde es feucht zwischen ihren Beinen. Nicole überließ sich den Liebkosungen und wurde einer Regung gewahr, die sie wiederum verblüffte: Sie schämte sich. Sie hatte das Gefühl, etwas ganz und gar Verbotenes zuzulassen. Im Schutz der Dunkelheit leckte Stefan sie, unter der Decke vergraben, still und heimlich. Nichts war zu sehen, nichts zu hören. Kein Geräusch erreichte ihre Ohren, nur hin und wieder das Rascheln der Decke und ihr eigener Atem, der an Tempo zulegte wie die raue Zunge, die sich nun an ihrer Möse labte, als sei sie am Verdursten. Nicole fühlte sich schüchtern, keusch und scheu. Das gewaltige Schlecken jedoch, die haltlose Zunge, der gierende Kopf zwischen ihren Beinen trieben ihr Schauder durch den Leib. Fremdgehen, schoss es ihr durch den Kopf, fremdgehen mit dem eigenen Mann.

Stefan kroch unter der Decke langsam zu ihr hinauf, bis sie über sich seine Brust spürte, in der das Herz wild pochte. Sie sah ihn nicht, aber sie roch und fühlte ihn wie seit Ewigkeiten nicht mehr. Er stieß ihr den Schwanz ins nasse Loch. Stumm und blind begann er, sie zu ficken.

Samantha Young

DUBLIN STREET

Gefährliche Sehnsucht

Der Mega-Bestseller

ISBN 978-3-548-28567-2

Jocelyn Butler ist jung, sexy und allein. Seit sie ihre gesamte Familie bei einem Unfall verloren hat, vertraut sie niemandem mehr. Braden Carmichael weiß, was er will und wie er es bekommt. Doch diesmal hat der attraktive Schotte ein Problem: Die kratzbürstige Jocelyn treibt ihn mit ihren Geheimnissen in den Wahnsinn. Zusammen sind sie wie Streichholz und Benzinkanister. Hochexplosiv. Bis zu dem Tag, als Braden mehr will als eine Affäre und Jocelyn sich entscheiden muss, ob sie jemals wieder ihr Herz verschenken kann.

Auch als ebook erhältlich e-book

www.ullstein-buchverlage.de

ullstein

UB690

Jetzt reinklicken!

„*Sind* **Sie** auch *Vielleser*, Bücher**fan** *oder* *Hobby*rezensent?"

„Dann lesen, **kommentieren** und ***schreiben*** **Sie** mit auf **vorablesen.de!**"

Jede Woche vorab in brandaktuelle Top-Titel reinlesen, Leseeindruck verfassen, Kritiker werden und eins von 100 Vorab-Exemplaren gewinnen.

vorablesen
Neue Bücher vorab lesen & rezensieren